PIEZAS OCULTAS

PIEZAS OCULTAS
PAULA STOKES

Traducción de Natalia Navarro Díaz

Argentina – Chile – Colombia – España
Estados Unidos – México – Perú – Uruguay

Título original: *Hidden Pieces*
Editor original: HarperTeen, un sello de HarperCollins Publishers
Traducción: Natalia Navarro Díaz

1.ª edición: Febrero 2019

ISBN: 978-84-92918-52-2
E-ISBN: 978-84-17545-53-6
Depósito legal: B-3.439-2019

Fotocomposición: Ediciones Urano, S.A.U.

Impreso por: Rodesa, S.A. – Polígono Industrial San Miguel
Parcelas E7-E8 – 31132 Villatuerta (Navarra)

Impreso en España – *Printed in Spain*

Para David, Jenn, April, Molly y todo el profesorado y personal del taller de escritores de literatura infantil de la costa de Oregón de 2010. Vosotros lo cambiasteis todo.

11 de diciembre

Siempre ha existido esta brecha entre la persona que soy y la persona que la gente piensa que soy. No soy una falsa, no engaño a la gente ni tampoco miento (demasiado), pero guardo muchos secretos. Me callo algunas partes de mí para que veas el perfil del puzle y te hagas una idea de la imagen, pero no es más que eso: una idea. ¿Las piezas que tengo dentro? Esas no se las muestro a casi nadie.

Una de esas piezas es Holden Hassler. Holden es el motivo por el que estoy ahora mismo sufriendo este frío glacial, recorriendo la carretera serpenteante que lleva a la cima de Puffin Hill; las suelas de mis botas de montaña resbalan por la gravilla congelada. Nadie sabe que me he citado con Holden para esta noche. Nadie sabe que llevo encontrándome con él durante meses. Bueno, excepto Betsy, la golden retriever de ocho años que tengo a mi lado. La tengo desde que era una cachorrita. Ahora mismo está jalando de la correa con al menos la mitad de toda su fuerza. Decido soltarla, corre hasta el buzón más cercano y se pone a olisquear la base.

9

—¿Hueles a alguien, pequeña? —Me inclino y acaricio su pelo suave.

Noto un movimiento a mi izquierda y me sobresalto. Una puerta se abre al fondo de la calle y una mujer sale con su escoba al porche. Se trata de la señora Roche. Su marido es cirujano plástico en Tillamook, el pueblo más cercano lo bastante grande para tener servicios médicos especializados. La señora Roche barre las hojas secas y la basura que hay en su jardín. Nuestras miradas se encuentran un momento y fuerzo una media sonrisa que no me devuelve. Cuando desaparece dentro de la casa, me pregunto si también quiere barrerme a mí. Soy una de las pocas chicas pobres lo suficientemente afortunada para vivir en esta localidad.

Vivo con mi madre en Three Rocks, un pequeño pueblo de la costa de Oregón. Tan solo residen aquí trescientos habitantes durante todo el año. El resto tiene bungalós en la playa que usan como residencias de verano o alquilan a los turistas. Muchas de las casas de esta calle están ahora vacías porque casi nadie quiere quedarse en la playa en diciembre. En Three Rocks no nieva mucho, pero la humedad te deja sin aliento y a veces hace tanto viento que arranca los arbustos y rompe las ventanas.

—Vamos, Bets. —La aparto del buzón y trota por la colina a un paso regular, sin mostrar interés alguno por detenerse en las casas por las que pasamos. Esta zona parece desierta. Produce la misma sensación que quedarse última en un set de grabación después de que todo el equipo se ha marchado ya a casa. Hay signos de vida (congelada) en los jardines, muros cubiertos por hiedras podadas, campanas de viento que recrean una música furiosa…, pero no hay gente.

Alguna que otra gaviota interrumpe con sus graznidos el crujido de la grava bajo mis botas. Una ráfaga de viento arranca susurros a los árboles y me hiela la cara. Me subo la bufanda para taparme la nariz y la boca, y me detengo en un claro, desde donde echo un vistazo al océano Pacífico. Está demasiado oscuro como para ver más allá de una enorme extensión negra, un vacío profundo que se pierde en el horizonte. Pero yo sé lo que esconde, prácticamente siento el incesante ir y venir de las olas.

El teléfono vibra en el interior de mi bolso. Seguro que Holden se está preguntando dónde estoy. Me está esperando en el recibidor del Sea Cliff, un hotel de tres plantas situado en la cima de Puffin Hill. El Sea Cliff es uno de los edificios históricos más famosos del pueblo y, hasta el final del verano, fue el lugar donde se quedaban los visitantes de Three Rocks. Pero entonces el señor Murray, el dueño, murió y sus hijos adultos, que viven en otros estados, no han decidido si quieren vender la propiedad u ocuparse ellos del hotel, por lo que ahora mismo es un lugar muy bonito pero abandonado a todos los efectos. Holden y yo nos encontramos allí las noches que no tiene que trabajar en la gasolinera.

El teléfono sigue vibrando y me doy cuenta de que es una llamada y no un mensaje de texto. No es Holden, él es de los que escriben mensajes. Cuando saco el teléfono del bolso, me sorprende ver el número de Luke en la pantalla. Luke y yo rompimos (bueno, decidimos darnos un descanso) cuando enviaron su unidad militar a Afganistán hace unos meses. Nos escribimos muchos correos electrónicos y sé que él tiene la esperanza de que volvamos a estar juntos algún día.

Me enrollo la correa de Betsy en la palma de la mano con un par de vueltas y me aparto de la carretera para poder contestar a la llamada sin tener que preocuparme por esquivar a los coches.

—Quieta —le indico a la perra con la voz ahogada por la bufanda.

Ladea la cabeza y me sonríe como si reconociera lo absurda que es mi petición. Betsy es estupenda con el «tráelo» y el «da vueltas», pero su respuesta al «quieta» es muy parecida a la respuesta de un niño de dos años a un «no».

Me acomodo la bufanda debajo de la barbilla.

—Lo digo en serio.

Me detengo frente a un bungaló color turquesa con ventanas cubiertas por tablones para proteger el cristal y deslizo el dedo por la pantalla del teléfono.

—Luke —lo saludo, y me esfuerzo por parecer emocionada—. Qué sorpresa.

—Hola, Embry. —Él parece feliz. *Siempre* parece feliz. Bueno, a menos que pierda uno de sus equipos deportivos—. Qué bien que respondas, ¿puedes hablar unos minutos?

—Claro, solo estoy paseando a la perra. Espera un momento. —Miro alrededor y encuentro un lugar para sentarme al fondo, en las escaleras de madera de una casa que está construida sobre unas estacas. Betsy vuelve a ladear la cabeza, sorprendida por mi desviación de la rutina habitual, pero se tumba junto a mis pies.

—¿Qué tal? ¿Cómo estás? —pregunto.

—Bien. Estoy estupendo, en realidad.

—¿Sigues en Kandahar?

—Sí. He intentado que me dieran vacaciones para Navidad, pero había otros chicos de rangos superiores que las solicitaron, así que no volveré a casa hasta el día 1.

—Qué mal. Seguro que tu familia te va a echar de menos. —Me llevo la mano libre a la cara y soplo. Tengo las puntas de los dedos congeladas. Me coloco el pelo por encima de las orejas, pero también parece hielo. Tendría que haberme puesto algo más calentito para el paseo, pero odio la sensación de llevar gorros o guantes, tan ajustados y restrictivos.

—Sí, ya he hablado con ellos y se pusieron tristes, pero saben cómo es esto. —Se queda un instante callado y enseguida vuelve a hablar—: Eh, he tenido una idea loca y quería contártela a ver qué te parece.

—De acuerdo. —Me ajusto el abrigo y vuelvo a soplarme los dedos—. Dime.

—Suponiendo que pueda ir en enero... ¿qué te parece si tú y yo nos casamos?

Suelto una carcajada.

—Muy gracioso.

Betsy me mira con curiosidad por el ruido que hago. Le acaricio la cabeza.

—No, hablo en serio —insiste—. Estaba pensando...

—Vamos, Luke. Dijimos que nos daríamos un descanso mientras tú estabas fuera.

Lo del descanso fue idea mía y cuando se me ocurrió, pensaba de verdad que le estaba haciendo un favor a Luke. Él no tenía ni idea de cuánto tiempo tendría que estar en Afganistán. Su comandante o quien fuera dijo que serían seis meses, pero que la estancia podría prolongarse si era necesario. Yo no sé casi nada de guerras, pero sí sé que muchos soldados regresan a casa con trastorno de estrés postraumático, con recuerdos horribles que nunca son capaces de relatar. Ya tuvimos que pasar varios meses separados mientras Luke llevaba a cabo el entrenamiento básico y se especializaba en la facultad de Medicina. Lo último que me apetecía era añadirle más estrés obligándolo a permanecer fiel a una relación a distancia en caso de que necesitara hallar consuelo en alguien que pudiera estar con él, alguien que entendiera lo que estaba experimentando. «Lo que pasa en Afganistán se queda en Afganistán», eso fue lo que le dije.

13

Pero después de ver el resultado, me pregunto si tal vez mi gesto caritativo no fue tan caritativo, si lo que yo quería era librarme *a mí misma* del estrés de una relación a distancia y le había dado la vuelta para que pareciera que lo hacía por el bien de Luke.

Es posible que no sea buena persona.

—Ya sé lo que decidimos, Embry, pero escúchame un momento.

—De acuerdo. —Me inclino y apoyo los codos en las rodillas. Unos mechones de pelo revolotean delante de mis ojos. La noche tiene un aspecto turbio y extraño a través del filtro amarillento que provoca la niebla. Las hojas secas susurran entre sí cuando caen sobre la grava de la carretera. Las ramas desnudas de los árboles repiquetean contra las ventanas del bungaló que hay al otro lado de la calle.

Luke está hablando de que podríamos celebrar una boda pequeña solo con nuestros amigos y familiares. Betsy se remueve y me pregunto si se le estarán congelando las patas a causa del frío que asciende desde el suelo. Me pongo de pie y jalo de la correa para que se levante y pueda estirar sus extremidades peludas. Las dos volvemos a la carretera mientras Luke continúa hablando.

—Sé que tú y tu madre tenéis dificultades económicas, y si fueras mi esposa, cumplirías los requisitos para que te ofrecieran una ayuda para la vivienda y, además, una asignación económica mensual. Os vendría muy bien.

Mi esposa. La idea de convertirme en la esposa de alguien me parece totalmente alejada de la realidad, como hacerme astronauta o ganar un millón de dólares en un concurso televisivo. Miro la cima de la colina, hacia el hotel Sea Cliff, donde Holden me está esperando. Si Luke supiera.

Parpadeo con fuerza. Hay muchas razones por las que me gustaría que lo supiera. Así me dejaría. No tendría que pensar en cómo romper de forma permanente con un chico que es todo lo que desearía cualquier chica.

Bueno, eso es exagerar un poco; aparte de la adicción que tiene a los deportes, también es un orgulloso cazador con una colección de rifles y propenso a volverse agresivo al conducir, dos aspectos que siempre me han molestado un poco.

Aparte de eso, sin embargo, es prácticamente perfecto: inteligente, respetuoso, abnegado, valiente. Yo solía bromear con que sería el asesino en serie perfecto porque no podía haber nadie tan honrado y bueno como él. Nos conocemos desde que éramos pequeños porque nuestras familias son propietarias del Fintastic y el Oregon Coast Café, dos de los cuatro restaurantes del pueblo. Empezamos a salir cuando yo estaba en décimo y él en el último curso. Tuvo que pedirme salir tres veces antes de que al fin le respondiera que sí porque creía que estaba totalmente fuera de mi alcance.

Mi teléfono vibra con una notificación de mensaje. Probablemente sea de Holden, que estará preguntándose dónde estoy. Me aclaro la garganta.

—Luke, que me ofrezcas algo tan importante solo para ayudarnos a mi madre y a mí es... surrealista. No sé qué decir.

—Di que sí.

Exhalo un suspiro.

—No puedo.

—¿Por qué no? —Su voz se torna aguda. Decepción. Dolor. Dos sentimientos con los que estoy muy familiarizada.

—No... no lo sé. No quiero casarme contigo para recibir dinero del gobierno. Me parece... asqueroso. —Es como la prostitución, pero sé que él lo hace con buena intención, así que no puedo decirle eso.

Betsy sigue tirando de mí hacia la colina. Los dedos han pasado de estar fríos a adormecidos. Me meto la mano con la que sostengo la correa en el bolsillo e intento sujetar el teléfono con el cuello con la idea de darle algo de calor a la otra mano también.

—Ya lo sé, pero es dinero de arriba. Unos mil dólares al mes. Y podemos volver a casarnos de verdad más adelante, cuando yo vuelva y tú te hayas graduado. Organizar una ceremonia más grande. Podemos invitar a todo el pueblo e irnos de luna de miel donde tú quieras.

Mil dólares al mes reducirían nuestras dificultades... mucho. Mi madre siempre me asegura que nos va bien, pero ya nos era complicado antes de que le diagnosticaran cáncer de mama este verano. Ya se ha recuperado de la quimioterapia y la cirugía, pero incluso con el seguro médico, sé que tiene que afrontar facturas médicas de miles de dólares. Estoy convencida de que su definición de «bien» es lo que la mayoría de la gente definiría como «graves apuros económicos».

Las dificultades económicas son tan agotadoras como las emocionales, otra batalla que no es desconocida para mi madre. Tenía diecinueve años cuando se enteró de que estaba embarazada de mí. Mi padre estaba (está) casado con otra mujer. Es una especie de inversor de productos tecnológicos que conoció a mi madre en el restaurante de nuestra familia, en el que ella trabajaba de cocinera y camarera. Se hicieron amigos y una cosa llevó a la otra. Y entonces la otra cosa llevó a mí y a un escándalo inmenso. Él y su familia se mudaron a dos horas y media de distancia, a Yachats, un pueblo costero más sofisticado, antes de que yo naciera. Pero los pueblos pequeños no olvidan nunca. La abuela contó que, durante los dos años siguientes, la clientela en el restaurante se redujo a nada. Cuando a mi madre empezó a notársele el embarazo, mi abuela no la dejó encargarse de más turnos. Incluso todavía hoy hay gente del pueblo que la mira mal cuando la ve por la calle, como si fuera la única culpable de lo que sucedió, a pesar de que mi padre tenía treinta y un años en ese momento.

—¿Por qué sacas este tema ahora? —pregunto—. ¿A qué viene?

—No lo sé. Te echo de menos. Echo de menos mi casa —responde con voz más suave—. Supongo que Acción de Gracias me hizo pensar en las cosas por las que me siento agradecido. Además, uno de los chicos de mi equipo acaba de casarse con una buena amiga que tiene para poder repartirse el dinero. No tienen pensado seguir juntos y quieren pedir el divorcio, la anulación o lo que sea cuando él vuelva.

Me muerdo el labio inferior.

—Eso suena a fraude.

—Puede, pero con nosotros no es así porque nos queremos.

Vuelvo a mirar la colina, el hotel donde me está esperando Holden.

—Siempre he soñado con casarme contigo, Embry —continúa—. ¿Por qué no hacerlo ahora que puede servir para ayudaros a tu madre y a ti?

No sé cómo responder a esto. Los primeros meses de nuestra relación, yo también tenía esa fantasía. De algún modo, la avalancha embriagante de afecto físico era suficiente para salvar esa distancia, la distancia entre la persona que soy y la persona que la gente cree que soy. Sabía que Luke pensaba que los dos queríamos las mismas cosas y a mí no me importaba que estuviera equivocado. Niños, familia, futuro, lo que fuera. Ya lo descubriríamos más adelante, en ese momento solo quería que dejara de hablar y me besara.

La intimidad es como una droga. Altera la química del cerebro o algo así. Eso explica por qué yo estaba tan emocionada con Luke hasta que se marchó y dejé de experimentar las constantes emociones físicas que me distraían de la realidad.

La verdad es que el mundo de Luke es completamente distinto al mío. Él tiene una hermana, Frannie, que es un año más joven que yo, y tres hermanos mayores que están en la veintena y en la treintena; dos de ellos trabajan de camareros en el Fintastic, aquí en el pueblo, y uno está intentando abrir un segundo restaurante en el norte, en Astoria. Son personas centradas, resueltas; forman una familia muy unida. Cada vez que uno de ellos tiene un problema, toda la familia echa una mano. Son personas distintas que confían en personas distintas. Yo nunca he formado parte de un grupo así. Desde que la abuela murió, solo hemos sido mi madre y yo. Nos turnamos para cuidar la una de la otra, dependiendo de quién esté pasando dificultades. Sin embargo, este pequeño acuerdo es más de lo que puedo soportar en ocasiones.

Sé que Luke quiere formar parte del negocio familiar algún día y también soy consciente de que quiere tener muchos hijos, nunca lo ha ocultado. Y yo no estoy segura de si querré casarme en algún momento, mucho menos ahora. Me parece demasiada presión. Cuando él se marchó del pueblo, sus correos electrónicos pasaron de «Te echo de menos» a «Creo que deberíamos vivir en tal lugar cuando te gradúes» en un periodo de un par de meses. Mientras él hablaba de que nos fuéramos a vivir juntos, lo único que yo podía pensar era en ese inevitable día en que fracasaría y no estaría a su altura. Acabaría descubriendo la diferencia entre quien soy y quien finjo ser y me dejaría…, pero no por tres meses o seis a causa de un despliegue militar, sino para siempre.

—Embry, ¿sigues ahí? —pregunta.

Todo este rato he seguido caminando y mi perra y yo estamos a punto de llegar al Sea Cliff.

—Mi madre y yo saldremos adelante —replico con tono frío.

—Ya lo sé. No quería insinuar que necesitéis ayuda, solo que merecéis más de lo que tenéis. ¿Por qué no dejáis que el gobierno os dé algo?

Es tentador, pero si me caso algún día, quiero que sea por amor y no por una ayuda para la vivienda y una asignación económica mensual o lo que sea que está sugiriendo Luke. Por muy bien que nos viniera el dinero a mi madre y a mí, sé cuál es mi respuesta. No obstante, no quiero darle esta respuesta por teléfono, sobre todo cuando está viviendo en una zona de combate.

—Seguimos bien, ¿no? —pregunta—. ¿No has... cambiado de opinión con respecto a nosotros?

Me estremezco.

—Estamos bien. —Soy incapaz de mentirle a la segunda parte de su pregunta, pero tampoco quiero contarle la verdad.

—Entonces, piénsalo. Hasta que nos veamos.

—De acuerdo, me lo pensaré. —Preferiría no pensarlo, pero es poco probable que me olvide del tema.

—Estupendo. Si no sabes nada de mí antes de Navidad, no te preocupes. Se supone que pronto saldremos en una misión y no voy a tener acceso a Internet hasta que volvamos. Pero te mandaré un correo electrónico en cuanto pueda, ¿de acuerdo?

—¿Dónde es la misión?

—Aún no lo sé. Pero si lo supiera, no podría contártelo.

—Ya, todo esto de la información clasificada, sí. —El teléfono vuelve a vibrar.

—Exacto. —A su respuesta le sigue un silencio incómodo, pero entonces se despide—. Bueno, que pases una buena noche. Te quiero.

—Igualmente. —Negando con la cabeza, compruebo los mensajes y encuentro dos de Holden.

19

Holden: ¿Vienes?

Holden: ¿Todo bien?

Con solo ver sus palabras noto una oleada de alivio por todo el cuerpo. Con Holden no hay expectativas, ni mentiras, ni presión por ser alguien que no soy en realidad. Con él me siento segura como nunca podré sentirme con ningún otro chico. Indudablemente, es horrible que pueda colgar el teléfono a Luke y consolarme pensando en Holden cinco segundos más tarde, pero es la realidad. A veces la verdad está compuesta de cosas horribles.

Guardo el teléfono de nuevo en el bolso sin responder a los mensajes. El Sea Cliff se alza delante de mí. Es un edificio victoriano de tres plantas con un recibidor, comedor, cocina y ocho habitaciones disponibles para alojarse. Lo sé porque Holden trabajaba en el jardín antes de que muriera el señor Murray. Nadie sabe que Holden se hizo una copia de la llave antes de devolvérselo todo al abogado de la familia Murray. Su madre es policía del departamento del *sheriff* del condado de Tillamook, por lo que él siempre ha estado a la caza de lugares donde pueda ir a ocultarse del ojo vigilante de su madre.

Betsy jala de mí por la hierba congelada hacia la parte trasera del hotel. Hay un pequeño claro con un cobertizo de jardinería en un lateral. Más allá, hay una caída de unos ciento cincuenta metros. Me quedo unos segundos mirando el mar oscuro, resistiéndome a su canto de sirena.

He pensado en saltar de esta colina una o dos veces. Me resulta extrañamente reconfortante la idea de que el océano me trague. Reconfortante por de más.

Me dirijo a la puerta trasera, sé que estará sin llave, como siempre cuando Holden me está esperando. Me detengo un segundo, con la mano en el deslucido pomo. Pienso en Luke llamándome esposa. Tal vez no debería estar aquí. Quizá no debería hacer esto. Podría girar y volver por donde he venido, ir a casa y hacer las tareas. Podría intentar ser una persona mejor. Pero la fuerza de lo que deseo es demasiado intensa. No es solo consuelo. Libertad. La oportunidad de permitir que alguien me vea. Por algún motivo, a Holden no le oculto esta parte de mi interior y me resulta embriagador. Además, ¿qué sentido tiene ser una persona mejor si sigues perdiendo? Si piensas en el pasado, en la historia, ¿cuándo se ha recompensado a la mejor persona? Los mejores terminan exiliados. Los mejores mueren ejecutados. Los mejores se lanzan al mar porque han pasado toda su vida negando quiénes son en realidad y qué quieren.

Para bien o para mal, esta soy yo, y lo que de verdad quiero es estar con Holden.

Abro la puerta trasera del hotel y entro en la oscuridad haciendo una mueca por el olor a humedad. Betsy y yo hemos estado aquí tantas veces que podemos movernos entre los muebles solo con la tenue luz de la luna y las estrellas. Sabemos dónde están las escaleras. Sabemos dónde está el pasillo que conduce al recibidor. Sabemos dónde está el sofá. Y, sobre todo, sabemos dónde está Holden: en el suelo, en el rincón, con la espalda apoyada en la pared que hay al lado de la chimenea y un cuaderno de dibujo en el regazo.

—Hola —saluda. Tiene la voz ronca y gutural de un fumador habitual, a pesar de que lo único que ha hecho ha sido probar la marihuana en un par de ocasiones.

—Hola. Lo siento, llego tarde.

—No pasa nada. —Veo la llama de un mechero y luego aparece un brillo amarillento delante de Holden. Ha colocado una vela en una de las mesas de madera. Lleva puestos unos vaqueros oscuros, una camiseta térmica verde y una camisa de franela abierta encima. El abrigo negro está en el respaldo del sofá.

Se aparta el pelo castaño y greñudo de los ojos al encender la segunda vela. La pone en la mesita que hay delante del sofá. Betsy lo sigue de un lugar a otro.

—Gracias —digo.

A Holden le gusta la oscuridad, asegura que se siente más protegido en ella. Yo soy todo lo contrario. La oscuridad me aterra; no saber lo que puede estar al acecho. A él le gusta no saber. Regresa donde estaba sentado y se arrodilla para guardar el cuaderno en la mochila.

—Sigo sin comprender cómo puedes dibujar sin luz.

—Veo suficiente. —Se encoge de hombros—. Además, me da libertad. Dibujar no requiere que tenga que ser perfecto. Sirve para plasmar tus sentimientos en el papel.

Ojalá yo pudiera hacerlo, volcar todo el miedo y la inseguridad que siento en el papel. Me imagino una hoja en blanco pintada totalmente de negro: cielo negro, mar negro, arena negra, una chica en el fondo vestida entera de negro.

—¿Estabas dibujando otro árbol? —pregunto.

Se ríe entre dientes.

—Puede.

Aquí, en Three Rocks, los árboles tienden a crecer en grupos espesos y frondosos. Los pinos ponderosa cubren las áreas entre las casas de Puffin Hill y los alerces occidentales cubren ambos lados de la carretera que lleva a Cape Azure. Holden tiene debilidad por los árboles que crecen en puntos inusuales: un brote que crece en una grieta de la acera del pueblo, un pino solitario que se alza al borde de un acantilado.

A veces me pregunto si es así como se ve a sí mismo: solo, fuera de lugar.

Me acerco a él, le rodeo la cintura con los brazos y presiono la mejilla contra su pecho. Noto el olor silvestre de su desodorante, que sobresale por encima de algo más suave, probablemente del jabón con que ha lavado su ropa. Tiene una mancha de pintura en la

23

camiseta. Estoy muy segura de que todo lo que tiene Holden acaba con manchas de pintura.

—¿Y esto? —Me pasa un brazo por la espalda y me acaricia con la mano libre las puntas del pelo.

—Solo necesitaba un abrazo.

—Bien. —Me abraza con fuerza y me levanta un par de centímetros del suelo durante unos segundos—. ¿Va todo bien?

Se refiere a si mi madre está bien. Hasta donde yo sé, las tomografías tras la operación han salido todas limpias, pero he leído suficiente sobre cáncer para saber que, si este llega a los nódulos linfáticos, podría reaparecer en otra zona de su cuerpo meses más tarde. Me da tanto miedo que recaiga que ha dejado de avisarme cuando va al médico para que no me muera de la preocupación.

—Sí, solo ha sido un día extraño.

—Bueno, ya estás conmigo, así que te prometo que se volverá todavía más extraño. —Me roza la mejilla con los labios. Mete las manos por dentro del bajo de la chaqueta y me acaricia la espalda unos segundos.

Me aferro a él y reprimo las ganas de llorar.

—Te noto las costillas —comenta—. ¿Cuándo comiste por última vez?

Me aparto para mirarlo a los ojos.

—He almorzado en el instituto. Pizza mexicana.

—Ya, tendrías que denunciarlos por publicidad engañosa. Esa bazofia no era ni mexicana ni pizza. —Me aparta un mechón de pelo caprichoso detrás de la oreja—. ¿Por qué no has comido en el trabajo?

Me encojo de hombros.

—El otro día escuché a mi madre regañando a los cocineros por el precio de la comida, así que yo no voy a prepararme nada si ellos tampoco pueden hacerlo.

Betsy empuja a Holden en la rodilla con la cabeza y suelta un aullido. Apoya las patas sobre su pierna.

—Ah, hola. —Holden mira la cara esperanzada de la perra—. ¿Te conozco?

Le sobresale la lengua rosada por la esquina de la boca y jadea de emoción. Holden pasa unos minutos prodigándole muestras de afecto: rascándole detrás de las orejas y acariciándole todo el cuerpo. Betsy se pone patas arriba para que pueda masajearle la barriga.

—La consientes —señalo.

—Se lo merece. —Deja de acariciarla un segundo y Betsy mueve las patitas delanteras en el aire como diciendo «Más, por favor».

Él se ríe y se entrega a una segunda ronda de mimos. Satisfecha, Betsy se da vuelta y estira las largas patas por delante.

Holden me devuelve la atención.

—Así que un día extraño, ¿eh? ¿Quieres hablar del tema?

—No, mejor no. —Pero entonces, unos segundos más tarde—: Mi padre me ha enviado una tarjeta de Navidad.

—¿Sí? —Espera a que diga algo más.

Me desplomo en el sofá y abro la cremallera de la chaqueta.

—Es la primera vez. Venía con quinientos dólares. En efectivo. ¿Quién hace algo así? ¿Quién envía por correo tanto dinero? —No le menciono que cuando mi madre me la dio me sugirió que le escribiera una carta, alegando que tal vez había llegado el momento de que nos conociéramos.

Lo siento, mamá, ese momento fue hace diecisiete años.

Holden silba.

—¿Qué más da? ¿Qué vas a comprarte?

—No lo sé. Puede que nada. No quiero… su caridad.

—La gente puede cambiar, ¿sabes? —Se sienta a mi lado.

—Sí, para peor.

—A lo mejor lo está intentando.

—Por favor. —Resoplo—. ¿Con dinero?

—Me parece que no le darías ni la hora si apareciera en persona, ¿me equivoco? —Me da un codazo—. Probablemente piense que el dinero es una apuesta más segura. Deberías gastarlo en algo que quieras. Tal vez una cámara de verdad.

Me empecé a interesar por la fotografía cuando mi madre me dio su viejo teléfono móvil hace unos años. Es la única cámara que tengo y no es muy buena, de cinco megapíxeles, que no es nada, pero consigo tomar algunas fotos interesantes con ella. Aun así, quiero una cámara de verdad para lograr el máximo provecho de la clase de fotografía que he elegido para el próximo semestre.

—No quiero comprar una cámara con su dinero. Si lo hiciera, cada vez que la usara pensaría en él. Ojalá pudiera devolvérselo, pero sé que mi madre puede darle buen uso.

Me molesta aceptar limosna de alguien que me ha hecho tanto daño, pero todavía me molestaría más castigar a mi madre devolviendo el dinero que tanto necesitamos. A veces ser pobre significa tener que elegir entre tus principios y tu supervivencia.

—Tenemos la calefacción estropeada —continúo—. A lo mejor nos da para arreglar la caldera.

Holden asiente.

—La calefacción también es buena idea.

—En realidad esta es la segunda cosa extraña que ha pasado hoy —señalo—. Me ha llamado Luke cuando venía por la colina.

—¿Qué tal está el Capitán América? —Holden estira los brazos por encima de la cabeza y reprime un bostezo.

—Bien —respondo, haciendo caso omiso del sarcasmo—. Me ha pedido que me case con él.

—Guau, ¿en serio?

—Ya, gracias. También a mí me sorprende, pero parece que el gobierno ofrece unas buenas pagas a las esposas de los militares y Luke ha pensado que a mi madre y a mí nos vendría bien el dinero.

—Ah, ya entiendo. —Levanta los pies y los apoya en la mesita de madera—. ¿Tengo que darte la enhorabuena entonces?

—Holden —replico bruscamente—, no he dicho que sí.

—¿Le has dicho que no? —pregunta, tosiendo.

—No me ha dejado. Me ha pedido que lo piense. —Bajo la vista a las manos—. Además, no he querido decir nada que pueda afectarle mientras está fuera.

—De acuerdo. —Asiente lentamente—. Tan amable como con Julia.

Me estremezco. Holden es el exnovio de mi mejor amiga, Julia. Ella quiere dedicarse al marketing político y ha pasado todo el verano en Washington DC haciendo prácticas para un comité de expertos. Holden y yo gravitamos el uno hacia el otro en su ausencia, sobre todo después de que mi madre enfermara. Al principio solo éramos amigos, pero una noche los dos comprendimos que sentíamos lo mismo. No es excusa para lo que hicimos, pero sí es una razón.

Holden llamó a Julia al día siguiente de que estuviéramos juntos por primera vez. Le pidió perdón por engañarla y decidieron romper. En ese momento, mi amiga pareció tomárselo bien y mantiene su amistad con Holden, pero no sabe que la chica con la que estuvo aquella noche soy yo. Y menos aún que Holden y yo seguimos viéndonos.

—Sabes que voy a contárselo —digo—. Es solo que no quiero hacerlo justo antes de Navidad.

—Igual que tampoco querías hacerlo justo antes de Acción de Gracias, ni justo antes de que tuviera que repetir los exámenes

27

de admisión a la universidad, ni mientras estaba fuera del pueblo.

—Se aclara la garganta—. Los dos sabemos que nunca estuvo enamorada de mí, Embry. Ojalá se lo hubieras contado cuando ocurrió, tal como lo hice yo.

—Ya, yo también lo pienso, pero no lo hice. Así que a menos que tengas una máquina del tiempo...

No era mi intención mantener en secreto nuestra relación, pero en algún momento del camino se convirtió en una de las piezas que guardo para mí. Ni siquiera le había contado a Julia que estaba reconsiderando la relación con Luke, sobre todo porque sabía que no lo iba a comprender. Probablemente también ella piense que Luke es demasiado bueno para mí.

Pero voy a contárselo todo después de las vacaciones, lo juro. No espero que me perdone por robarle a su novio, pero, con suerte, Holden tendrá razón al afirmar que no estaba enamorada de él. Nunca pareció muy afectada por la ruptura, pero Julia cree firmemente en «proyectar una personalidad fuerte», citando uno de los libros de autoayuda de éxito de su padre. Aunque estuviera deshecha, habría sentido la necesidad de ocultar su dolor a todo el mundo, incluso a mí.

Holden choca su rodilla contra la mía.

—¿Vas a decirle que sí entonces?

—¿Qué? —Tardo un instante en darme cuenta de que está hablando de la proposición de Luke. Apoyo la cabeza en las manos—. No, pero no tengo ni idea de cómo voy a decir que no.

Holden se dobla los dedos de la mano derecha hacia atrás hasta que le crujen los nudillos.

—Si le cuentas que estás liada con el friki que solo come ensaladas seguramente baste.

Hago una mueca. Luke se graduó antes de que Holden se mudara aquí y unos meses más tarde se marchó para realizar la instrucción básica, así que no se conocen muy bien. Hemos salido los cuatro juntos un par de veces cuando Luke estuvo en casa de permiso, la última vez en el baile de tercero. Fuimos juntos al Fintastic, Luke se burló de Holden por ser vegano y Holden respondió con comentarios bruscos sobre que el ejército de Estados Unidos piensa que dirige el mundo entero. A esto le siguió una conversación acalorada de política en la que también Julia participó. Yo me bebí trago a trago media copa de agua y corté las vieiras en trozos cada vez más pequeños, intentando no prestar atención a cómo nos miraba todo el restaurante. La madre de Luke tuvo que acercarse para pedirnos que bajáramos la voz.

Miro a Holden con los ojos entrecerrados.

—Primero: solo estaba bromeando y tú intentaste desencadenar la Tercera Guerra Mundial en la cena. Y segundo: se supone que tienes que hacerme sentir mejor, no recordarme que soy una persona horrible.

Sonríe con suficiencia.

—Siempre te pones de su lado.

—No, pero… —Me quedo sin palabras cuando Holden me aparta un mechón de pelo de la cara y deja los dedos sobre mí mandíbula. De pronto, me acuerdo de por qué he venido aquí y no era para pensar en Luke. Bajo la tenue luz, los ojos azules de Holden son oscuros como nubes de tormenta. Imagino la lluvia, las olas chocando contra las rocas, la espuma del mar. *Quiero ahogarme en tus aguas*, pienso.

Pero Holden tiene otra idea.

—Primero: solo estoy bromeando. Y segundo: no eres una persona horrible, Embry. Solo eres una persona, como todas las demás. Y lo sabes.

Lo sé, más o menos, pero la culpa es uno de mis superpoderes. La tengo programada desde el momento en que me hice lo bastante mayor como para saber lo que era.

Holden se inclina y extrae una botella medio vacía de vodka Absolut de su mochila.

—Y ahora para que te sientas mejor... —Le quita el tapón y me la tiende.

—Qué bien. —Paso el pulgar por las letras con relieve de la botella—. Me parece que eres una mala influencia. Solo bebo cuando estoy contigo.

—Eso es porque yo soy el único que te proporciona bebida gratis.

—¿De dónde la has sacado?

—Ya lo sabes, eso del amigo de un amigo.

—Ya, ¿se la has robado a tu madre? —Le doy un codazo en las costillas y se ríe.

—Yo no robo. Yo redistribuyo recursos a los más necesitados.

Suelto una carcajada.

—Eres un Robin Hood del alcohol, ¿eh?

Toma una petaca pequeña y gris.

—Sé que no te gusta la porquería que bebo yo.

—Eso es porque la porquería que bebes sabe a butano. —Doy un buen trago a la botella de vodka. El alcohol amargo me arde en la garganta y siento un hormigueo en la nariz.

—Y la porquería que bebes tú sabe a limpiasuelos. ¿Qué te parece?

—Que tal vez deberíamos buscar otras aficiones más saludables —sugiero.

Holden tiene un montón de intereses. Dibuja, pinta, le gusta dar vueltas con la moto que arregló con su abuelo y lee por placer libros gruesos y aburridos que nos mandan los profesores para la clase de Lengua. Soy yo quien necesita buscar cosas mejores que hacer. Antes estaba en el equipo de natación, pero lo dejé en tercero para poder trabajar más turnos en el restaurante. Ahora, cuando no estoy trabajando, suelo llevar a Betsy a la playa o salir con Julia. Ah, y también me preocupo por mi madre, en eso soy una auténtica profesional.

Holden recorre con el dedo un hilo que sobresale de mis vaqueros.

—Se me ocurren más cosas divertidas que podríamos hacer ahora mismo. —Arquea una ceja en un gesto juguetón.

Tan solo la presión de su mano en mi muslo es suficiente para que me invada una ráfaga de calor. Con él siempre es así, empezamos simplemente hablando, pero en cuanto hace o dice algo remotamente sexual, no puedo pensar en otra cosa.

Pero entonces oigo en la cabeza la voz de Luke, del dulce y leal Luke, pidiéndome que me case con él para que el ejército nos dé dinero a mi madre y a mí. Una parte de mí piensa que lo mejor sería aceptar la proposición, tan solo por ella. Todo habría sido más fácil para mi madre si no me hubiera tenido. Una cosa es crecer sabiendo que fuiste un accidente, pero otra totalmente distinta es crecer siendo la prueba viva del mayor error de tu madre.

Me vuelvo y presiono los labios en la mejilla de Holden.

—¿Te parece bien que hoy solo hablemos?

—Me parecería bien incluso que solo habláramos cada noche, ya lo sabes. —Me da una palmada en la pierna.

Apoyo la cabeza en su hombro. Al otro lado de la habitación, Betsy se ha quedado dormida. Mueve el cuerpo mientras sueña. Me pregunto qué soñarán los perros, si creerá que está cazando gatos o comiéndose un buen filete ahora mismo. Tiene la boca torcida en lo que me gusta pensar que es su sonrisa perruna.

—¿Seré feliz algún día? —pregunto.

—Sí —responde él sin dudar.

Betsy vuelve a moverse y suelta un ronquido suave. Menea un poco la cola.

—¿Algún día seré tan feliz como Betsy?

Se vuelve hacia la perra y se queda mirándola unos segundos.

—Espero que no.

Le doy un golpe en el brazo.

—Idiota, ¿por qué dices eso?

—No quieres ser tan feliz. La caída sería larga y dura.

—¿Lo dices por experiencia?

—Nop. Mis padres eran muy felices cuando yo era pequeño.

—Ah. —Holden no habla mucho de su infancia. Sus padres se separaron hace un par de años y su madre se mudó aquí para vivir cerca de sus abuelos justo a tiempo para que él comenzara el tercer curso en el instituto. Sé que pasa algunos fines de semana con su padre en Portland, pero tampoco habla mucho de eso.

Betsy abre los ojos. Se había tumbado delante del mostrador de recepción, se levanta y se desplaza por el suelo enmoquetado hasta el sofá. Me dedica una mirada esperanzada y yo niego con la cabeza.

—No puedes subir aquí —le digo. Siempre tan obediente, apoya las patas en mi pierna y hace un intento de subirse a mi regazo—. No —repito.

Mueve la cola y con ella golpea la botella abierta de vodka, que cae de la mesa al suelo antes de que me dé tiempo a tomarla.

—Mierda. —Recojo la botella, la dejo en la mesa y le pongo el tapón, pero ya se ha derramado la mitad del contenido en la harapienta moqueta del recibidor.

—No pasa nada, ya se secará —señala Holden—. Al menos el vodka es transparente.

—Ya, pero tu madre se va a preguntar por qué falta la mitad de la botella.

—La aguaré un poco. Solo bebe de vez en cuando, probablemente no se dé cuenta.

—Perra mala —regaño a Betsy, que está intentando subirse al regazo de Holden.

Él le acaricia el pelo suave.

—No eres una perra mala —le dice—. Eres una perra buena. Betsy apoya el cuello en su muslo y lo mira con sus enormes ojos color café. Holden la levanta del suelo para sentarla en su regazo y la cola le cuelga del borde del sofá.

—Hacéis una bonita pareja —declaro.

—Igual que tú y Luke.

Frunzo el ceño.

—Muy gracioso. No estamos juntos, ya lo sabes.

Se ríe entre dientes.

—Y te ha propuesto matrimonio.

—No ha sido una propuesta formal ni nada de eso. Solo me ha preguntado qué me parece.

—Justo lo que hace una persona con una chica con la que no está saliendo. —Holden le levanta la oreja a Betsy y finge que le está susurrando al oído.

—¿Estás celoso? —pregunto.

—¿Te gustaría que lo estuviera? —De nuevo esa voz ronca y grave.

Me pongo tensa y tengo que sacar con calzador la única palabra que soy capaz de responder.

—Puede.

Sinceramente, no sé cómo me sentiría. Holden no es mi novio y me parece bien. Estamos los dos aquí porque queremos. Nadie obliga a nadie. Nadie debe nada a nadie. Mi vida me pertenece a mí y la de Holden le pertenece a él. Así y todo, cuando pienso en el futuro, él siempre está ahí.

Curva ligeramente las comisuras de los labios hacia arriba.

—Ven. —Levanta a Betsy del sofá y la ayuda a regresar al suelo. La perrita se mueve pesadamente por la habitación y se tumba delante del mostrador de recepción. Holden jala de mí hacia su regazo y ajusta mi cuerpo de forma que la cabeza repose sobre su pecho—. Te toca mantenerme calentito.

Me río al pensar en mi cuerpo desgarbado dando calor a alguien, pero apoyo la cabeza en su pecho y la tibieza, la respiración pausada y el sonido regular de su corazón me confortan. Nos quedamos un rato así y eso es todo lo que necesito.

Me toma una mano y entrelaza sus dedos con los míos. Los dos tenemos la piel clara, pero la suya es un poquito más oscura que la mía, probablemente debido al trabajo de verano en el jardín. Se lleva mi mano a los labios y me besa suavemente la muñeca. Noto otra oleada de calor que hace que me estremezca visiblemente.

—¿Y eso? —pregunta, moviendo los ojos azules, divertido.

—Lo que provocas en mí.

—¿Hago que te convulsiones? Eso no suena demasiado bien.

—Es una convulsión buena. —Soy incapaz de reprimir una sonrisa.

No sé si es por el alcohol, por Holden o porque acabo de hablar con él de Luke y de mi padre, pero por fin he alcanzado la sensación más parecida a la paz. Me vuelvo y me muevo hasta quedar sentada a horcajadas en su regazo. *Me estoy enamorando de ti*, pienso mientras nos besamos. Pero no lo digo porque esas son las clásicas palabras que lo cambian todo y me gusta cómo están las cosas ahora mismo.

Supongo que aún hay algunas piezas que no le he mostrado ni siquiera a Holden.

Le rodeo el cuello con los brazos. Nuestras narices entrechocan suavemente cuando vuelvo a besarlo. Me acaricia el labio inferior con la lengua y luego la usa para abrirme la boca. Meto las manos por dentro de su camiseta y me maravilla la calidez de su cuerpo delgado cuando hace tanto frío aquí. Deslizo los dedos por las ondas de sus costillas y subo lentamente para clavarle con suavidad las uñas en el pecho. Ahora es él quien se convulsiona.

—Quiero hacerlo —musito.

—¿Estás segura? —pregunta.

En lugar de responder, me aparto de su regazo y me arrodillo en el pequeño espacio que hay entre la mesita y el sofá. Le desabrocho el botón de los vaqueros y se los bajo. La luz de la luna incide en sus piernas pálidas. Se estremece en la fina tela de sus calzoncillos. Me inclino hacia delante y le acaricio los muslos al mismo tiempo que presiono los labios en su vientre plano.

—Embry —susurra.

—*Shh*. —Meto la mano por dentro de los calzoncillos.

Suelta un gruñido y cierra los ojos al tiempo que se relaja en los cojines. Hunde los hombros. Siento cómo su cuerpo abandona la tensión mientras desciendo con la boca. Me sujeta la cabeza con una mano y me acaricia el pelo con la otra. Me gusta el efecto que tengo sobre él. Me gusta poder ayudarlo a evadirse igual que él hace conmigo.

—Ven —me pide unos minutos más tarde. Vuelve a subirme al sofá. Me desabotono los vaqueros y me los quito junto a la ropa interior.

Holden saca un preservativo del bolsillo del abrigo. Veo cómo se lo coloca y a continuación me subo encima de él. Exhalo una bocanada de aire que no sabía que estaba conteniendo. Le tomo el rostro con ambas manos y cubro el espacio que hay entre nuestras bocas.

Me rodea la parte baja de la espalda con un brazo en busca de apoyo y pierde la otra mano en mi pelo.

—Me haces sentir tan bien —le digo.

Se ríe entre dientes.

—Lo sé.

Le doy una palmada en el brazo.

—Eres un tonto.

—Lo sé —repite, acercando mi sonrisa hacia la suya.

Nuestros labios se encuentran y se relajan. Me concentro en él, en cómo conectan nuestros cuerpos, en cómo cada roce enciende partes que están oscuras en mi interior.

Las primeras veces que Holden y yo estuvimos juntos fueron torpes y sudorosas, los dos teníamos prisa. Ahora, cada vez nos sentimos más cómodos el uno con el otro y estamos aprendiendo a ir más despacio.

Me aparto lo suficiente para ver la serie de expresiones que le atraviesan el rostro: concentración, placer, limitación, más concentración. Tiene los ojos cerrados, la boca abierta lo suficiente para exhalar pequeñas bocanadas de aire. Deslizo la punta del dedo por sus pómulos afilados y abre los ojos.

—¿Qué?

Sacudo la cabeza con una sonrisa en los labios.

—Me gusta mirarte.

—Ah, ¿sí? —Me mira a los ojos. Me cuesta no apartar la mirada de sus ojos tan azules.

Me acaricia la espalda. Una parte de mí desea acelerar esto y otra parte quiere que siga eternamente. Al final gana la velocidad. Cuando todo el calor y la tensión que tengo dentro empiezan a fusionarse, se me resbala la rodilla del sofá y golpeo la mesita con el pie. Apenas veo una luz titilar por la visión periférica.

—Mierda —maldice Holden.

Betsy ladra, pero yo no estoy en una situación como para distraerme. Sea lo que sea lo que la está molestando, puede esperar unos segundos más.

—Espera —me pide Holden—. Para, Embry.

—¿Qué? ¿Por qué? —Parpadeo rápidamente. ¿Es humo lo que estoy oliendo? Me aparto de su cuerpo y me doy la vuelta. Parece que, al darle la patada a la mesa, he tirado la vela al suelo. La moqueta del Sea Cliff está ardiendo.

Tardo unos tres segundos en vestirme. Jalo de Betsy hacia la puerta trasera. Holden se pone a abrir gavetas y armarios detrás del mostrador, probablemente buscando un extintor. Llevo a la perra a la calle.

—Quédate aquí —le pido. Es lo bastante inteligente para mantenerse alejada del borde de la colina.

Vuelvo donde está Holden, en el recibidor, e intento apagar las llamas con su abrigo negro de lana. El fuego se ha extendido por el suelo, posiblemente gracias al vodka derramado, y la situación está empeorando. El humo empieza a llenar la habitación y me hace toser.

—No encuentro el extintor —se queja Holden—. ¿Puedes mirar tú?

Echo un vistazo en el comedor y la cocina, y también en el pequeño despacho que hay detrás, pero no veo nada. Las llamas se han trasladado de la moqueta hasta la base de la mesita. Holden se cubre la nariz y la boca con la camiseta.

Tomo un cojín del sofá y lo estampo contra el fuego, haciendo que revolotee ceniza por el aire. El extremo del cojín comienza a arder.

—Mierda. —Lo suelto.

Holden me sujeta del brazo.

—Tenemos que salir de aquí y llamar al 911.

—No podemos. —Doy un paso atrás para alejarme del calor—. Si este lugar se quema, van a culparnos a nosotros. Nos arrestarán y nos pondrán una multa elevadísima o... —Las brasas brillantes se elevan en el aire y aterrizan peligrosamente junto a mis pies. Doy otro paso atrás. Las llamas comienzan a devorar la mesita.

—Nadie tiene por qué saber que estábamos aquí —señala—. Podemos llamar como si simplemente estuviéramos dando un paseo y hubiéramos visto esto ardiendo.

De pronto me acuerdo de que he dejado a Betsy fuera sin la correa. Asiento y me dirijo a la puerta trasera.

Holden se enfrenta a las llamas lo suficiente para recoger la botella de vodka y meterla en la mochila. Los dos escapamos a la noche y el aire fresco es una bendición tras el calor del incendio.

Betsy está moviéndose de un lado para otro, aullando y ladrando.

Le pongo la correa.

—*Shh*, pequeña. No pasa nada.

Marco el 911 y nos movemos apresuradamente hacia la parte delantera del hotel.

—Hay un incendio —informo— en el hotel Sea Cliff. —Digo mi nombre y dónde me encuentro.

La persona con la que estoy hablando me recomienda que me aparte del edificio pero que no abandone el lugar.

—Los bomberos y la policía van de camino —añade.

—De acuerdo. —Cuelgo y me vuelvo hacia Holden—. Ya vienen, deberías irte. No tenemos por qué estar los dos aquí.

—Ni hablar, no voy a dejar que lidies tú sola con esto.

—Holden, solo necesitan que me quede para que declare. Diré a la policía que estaba paseando a Betsy y que vi el humo. Como bien has dicho, no tienen por qué saber que estábamos los dos dentro. Bajo la mirada al suelo. Siento remordimiento al recordar mis palabras a Luke: *Eso suena a fraude*. Pero lo que estamos haciendo Holden y yo es distinto. No intentamos obtener dinero del gobierno a través de un matrimonio falso. Solo queremos proteger a nuestras familias para que no tengan que pagar un dinero que no tenemos porque he tumbado una vela. Con suerte, los bomberos llegarán rápido y los daños no serán muy graves. De todos modos, las compañías de seguros siempre aparecen en las noticias por estafar a la gente y son generalmente las malas, ¿no? Sacan millones de beneficios. ¿Qué supone esto para ellas? Es un delito sin víctimas.

Aun así, me siento mal, sobre todo porque sé lo decepcionada que se sentiría mi madre si lo descubriese.

Vuelvo a centrarme en Holden.

—Si tu madre se entera de que estás aquí, puede que sume dos y dos y comprenda que hiciste una copia de la llave. Sería malo para los dos.

—Tienes razón —responde a regañadientes—. De acuerdo, me iré… si estás segura. —Me da un apretón rápido en la mano y busca en mis ojos preguntas que no he formulado.

—Estaré bien —le aseguro.

Holden se vuelve y se aleja corriendo del Sea Cliff; la ceniza del abrigo negro quemado revolotea en el aire mientras desciende por la colina. Desaparece entre dos mansiones sin habitar de la ladera y desciende por unos escalones que conducen a la playa de Three Rocks. Desde allí, tendrá que dirigirse a la calle principal que llega hasta el centro del pueblo y cruzar la carretera para regresar a nuestro barrio.

Betsy ladra una vez y jala con fuerza de la correa, hacia el edificio en llamas.

—No, pequeña. —Jalo de ella hacia atrás—. Tenemos que quedarnos aquí.

Las llamas iluminan la noche. Del tejado sale humo, gris contra el negro del cielo. Lenguas de fuego danzan tras el cristal de los enormes ventanales del recibidor. Por un momento, me quedo fascinada viendo cómo se retuercen y alzan las llamas naranjas. No está bien que la destrucción pueda resultar tan bella. Saco el teléfono, pongo la cámara y hago un par de fotografías.

Betsy ladra otra vez, y otra más.

—¿Qué pasa? —pregunto. Y entonces miro la segunda fotografía que he hecho con el teléfono y me doy cuenta de por qué está ladrando. Aparto la mirada del teléfono y la fijo en el hotel. Hay una sombra en una de las ventanas de la tercera planta. Hay alguien dentro.

—**M**ierda —exclamo—. Mierda, mierda, mierda. Probablemente sea un sintecho o un senderista que esté recorriendo el Oregon Coast Trail. Cada año, cientos de personas pasan por Three Rocks y muchas de ellas acampan en la playa para ahorrarse el alojamiento. El atractivo de un hotel abandonado bajo un frío invernal es prácticamente imposible de resistir.

La sombra desaparece y por un segundo me pregunto si no me la habré imaginado. Amplío la imagen en la pantalla del teléfono; nop, está claro que hay una forma humana en la ventana.

Miro colina abajo. Sigue sin haber señal de los bomberos. Vuelvo a mirar el Sea Cliff. El fuego se ha extendido, pero no está totalmente fuera de control.

Sin previo aviso, el humo escapa por la ventana, oscureciendo por completo mi vista. Quien esté dentro probablemente la haya abierto para intentar escapar.

—¡Eh! —Muevo los brazos por encima de la cabeza—. No saltes, te vas a romper el cuello. Baja por las escaleras y sal por detrás. La puerta está abierta.

No hay respuesta. No sé ni siquiera si la persona que está dentro me escucha. Exhalo una bocanada de aire y vuelvo a maldecir entre dientes. No pienso dejar que muera alguien porque yo haya provocado un fuego, literalmente, mientras practicaba sexo. Amarro la correa de Betsy al poste del buzón, me doy la vuelta y corro hasta la puerta trasera del hotel.

Me subo la bufanda hasta la nariz y la boca y vuelvo al interior del edificio. Dentro, el humo es denso y debo adivinar el camino hacia las escaleras.

—¡Espera! —grito—. ¡Ya voy!

Agachada, subo hasta la tercera planta y entro en el primer dormitorio, pero me pican los ojos por el humo y no veo nada. Me parece oír sirenas por la ventana abierta, pero los bomberos tendrán que avanzar lentamente por las curvas sinuosas y heladas de Puffin Drive.

Debería salir, pero no puedo. Últimamente he hecho varias estupideces, pero ninguna de ellas ha tenido como resultado la muerte de nadie y me gustaría que siguiera siendo así. *Señor, por favor, que la persona que está aquí dentro y yo salgamos vivos de esto y te prometo que seré una persona mejor,* pienso. No he vuelto a la iglesia desde Semana Santa y no estoy segura de que Dios escuche las oraciones de personas que solo son cristianas durante las fiestas como yo, pero llegados a este punto probaría cualquier cosa.

—¿Hay alguien aquí? ¡Di algo! —grito. Todo lo que sé sobre incendios lo he aprendido viendo el programa de televisión preferido de mi madre, *911 Fire Rescue.* Los personajes parecen más modelos que bomberos, pero en cada episodio hay al menos tres rescates dramáticos.

—Aquí. —La voz suena débil y proviene del rincón más alejado de la habitación.

Me arrastro moviendo un brazo hasta que toco lo que creo que es una pierna. Parpadeo y atisbo la forma de un chico más o menos de mi edad, o tal vez un poco mayor. Es delgado, con el pelo castaño

43

y la piel clara. Tiene las botas y los puños de los pantalones de camuflaje llenos de lodo. Lleva el cuello de la sudadera negra subido para taparse la nariz y la boca.

—¿Cómo te llamas? —pregunto.

—Sam. —Se aprieta el vientre con una mano.

—Vamos, Sam. El fuego sigue abajo, podemos salir de aquí, pero tenemos que hacerlo rápido, antes de que el humo nos alcance. ¿Puedes arrastrarte?

—Sí. —Tose de forma violenta antes de hablar de nuevo con voz ahogada—. Creo que sí.

Nos abrimos paso poco a poco hasta la puerta, pero bajar las escaleras arrastrándonos es más complicado que subirlas.

—Siéntate y baja los escalones de uno en uno —le indico—. Lentamente. Ya casi hemos llegado.

Sam gruñe, pero no dice nada. A medio camino, se detiene y murmura algo. Golpea nervioso el suelo que hay a su alrededor.

—No encuentro a Beau —señala.

—¿Quién es Beau? —pregunto, maldiciendo entre dientes. ¿Y si hay alguien más aquí dentro? ¿Y si este maldito lugar está lleno de okupas?

Entonces, serías una asesina.

Sam no responde y vuelvo a intentarlo.

—¿Vive alguien más aquí? ¿Beau es amigo tuyo?

—Estaba aquí hace un minuto —responde—. No puede haber ido muy lejos.

El corazón me late el doble de rápido al pensar que puede haber muerto alguien dentro del edificio, pero tengo que sacar de aquí a Sam antes de que el fuego se extienda y nos deje atrapados.

—Sigue avanzando —le indico.

—Beau lleva conmigo desde que murió Elvis —murmura.

No sé nada de Elvis, pero sí sé que lleva más tiempo muerto de lo que puede llevar vivo este chico. A lo mejor Sam está borracho o tal vez delire por haber inhalado humo.

—Sigue moviéndote, lo estás haciendo muy bien. —Cuando hemos llegado a la primera planta, Sam está tumbado de lado y se le cierran los párpados, como si estuviera a punto de desmayarse.

—Quédate conmigo —le pido—. No soy lo bastante fuerte para arrastrarte.

No responde, pero deja que lo empuje hacia la puerta trasera. El frente del recibidor está envuelto en llamas y el humo espeso y negro asciende de las lenguas de fuego rojo.

—Maldito vodka —murmuro.

Veo luces por las ventanas. Arrastro a Sam los pocos metros que nos quedan hasta la puerta y salimos a la noche fría justo cuando tres bomberos, un hombre y dos mujeres, rodean el edificio totalmente equipados.

Corren hasta nosotros. El hombre echa un vistazo a Sam.

—¡Necesito una camilla ahora mismo! —grita y se vuelve hacia mí—. ¿Estás bien?

—Creo que sí —respondo, tosiendo.

Sam está tendido en el suelo con los ojos cerrados y la cara manchada de hollín negro. El bombero se pone en cuclillas. Acerca dos dedos al cuello de Sam y las dos mujeres entran al edificio por la puerta trasera.

—¿Has sido tú quien ha llamado para informar?

Asiento.

—Sí, estaba paseando a mi perra cuando he visto el humo.

—¿Cómo te llamas? —El bombero se echa el casco hacia atrás.

No puedo evitar fijarme en que tiene el pelo oscuro y los ojos de un color azul imposible, casi como Holden.

—Embry. —Señalo al chico que hay tumbado en el suelo—. Y él es Sam. Dijo algo sobre un tal Beau cuando lo encontré ahí dentro. —Me detengo un segundo—. Y también ha mencionado a Elvis. Puede que no estuviera en sus cabales, pero también es posible que no se encontrara solo.

—Entendido. —El bombero desengancha una radio que tiene en el cinturón—. Puede que haya más personas dentro. Comprobad cuidadosamente cada planta. —Alcanza el tanque de oxígeno que tiene en la espalda, lo deja en el suelo y se arrodilla de nuevo al lado de Sam—. Me llamo Kyle. Entonces, ¿conoces a este chico, Embry?

—No, le he preguntado cómo se llama cuando intentaba ayudarlo a escapar.

—Sabes que podrías haber muerto por entrar en un edificio en llamas, ¿no? —Habla con voz suave pero severa.

—Sí. Después de llamar al 911 vi a Sam dentro. Me dio la sensación de que iba a saltar por la ventana. Me daba miedo que estuviera borracho o algo así… No quería que se rompiera el cuello.

—¿Cómo has podido entrar? —pregunta.

Mierda, buena pregunta.

—Por detrás —respondo—. Sabía que este lugar estaba cerrado y pensé que, si él estaba dentro, a lo mejor alguna de las puertas estaba sin cerrar con llave. Tuve suerte.

—Mucha suerte.

Aparecen dos paramédicos empujando una camilla por la hierba. La bajan al suelo, junto a Sam, lo suben encima y empiezan a comprobar sus signos vitales. Sam abre los ojos cuando se pone de lado para vomitar una bocanada de mugre negra en el suelo. Se lleva la mano al pecho y uno de los médicos se inclina para decirle algo al oído.

—Vamos a dejarles espacio para trabajar.

Kyle me lleva hasta la parte delantera del Sea Cliff, donde el jefe de bomberos ha establecido un centro de control con el departamento del *sheriff* del condado de Tillamook. Un segundo equipo de bomberos entra por la puerta delantera del edificio con mangueras. Ofrezco a la policía una declaración rápida y les cuento que iba paseando con Betsy cuando vi el fuego y al chico atrapado dentro del edificio. Después declino el ofrecimiento que me hacen de recibir cuidados médicos. Me arde un poco la garganta por la inhalación de humo, pero estoy segura de que cualquiera que se acerque a mí será capaz de oler el alcohol en mi aliento. No quiero darles ninguna razón para que duden de mi historia, ya que la mayoría de las personas, probablemente, no suelan beber alcohol antes de salir a pasear a sus perros.

—Puede que necesitemos hablar de nuevo contigo durante la investigación —comenta el jefe de bomberos—. Pediré que te llamen si surge algo.

—De acuerdo. —Asiento. Lo único que quiero es salir de aquí.

Los médicos empujan la camilla en la que han acostado a Sam desde la parte trasera del hotel hasta la calle donde está aparcada la ambulancia. El chico lleva una máscara de plástico de oxígeno sobre la boca y la nariz.

—¿Estará bien? —pregunto a los policías y al jefe de bomberos.

—Con suerte, sí —responde el jefe de bomberos—. Es demasiado pronto para saberlo con seguridad.

—¿Han encontrado a alguien más? Dijo algo sobre un chico llamado Beau.

—No, pero seguimos buscando. Sabes que podrías haber muerto ahí dentro, ¿no?

—Sé que ha sido una estupidez entrar —admito—. Ha sido... el instinto, supongo.

—Un instinto muy valiente. La mayoría de las personas habrían salido corriendo.

Asiento, a pesar de que yo no me siento valiente. Siento que mi temeridad y estupidez han destrozado uno de los edificios más importantes de Three Rocks y han estado a punto de matar a una persona. Puede que Holden haya traído el vodka, pero no puedo culparlo por ello. Soy yo: mis secretos, mi mentira.

Me vuelvo una vez más para mirar el hotel en llamas. Los bomberos están dentro sofocando el fuego con las mangueras, pero sigue saliendo humo del edificio. Si yo fuera una persona normal, estaría en casa ahora mismo, soñando con Luke y nuestra boda. Pero esto es lo que hago: oculto cosas, hago daño a las personas.

Quemo todo lo que toco.

12 de diciembre

El día siguiente es una mezcla surrealista de gente murmurando sobre mí en el instituto y de reporteros llamándome a casa. Me han entrevistado para el periódico escolar y el *Tillamook Headlight Herald*, y también han hablado de mí en la página web de la Cámara de Comercio de Three Rocks. Ni siquiera sabía que Three Rocks tuviera una página web antes de recibir un correo electrónico del ayudante del alcalde con un enlace a la entrada.

Mi madre se puso como loca cuando le conté lo que había pasado y me gritó varios minutos lo estúpida que había sido al entrar a un edificio que estaba ardiendo. Después me dijo que era muy valiente y una heroína.

Ojalá pudiera contarle la verdad: que soy idiota y autodestructiva y responsable de lo que ha sucedido en el hotel Sea Cliff. Los periódicos han informado de que los daños del edificio han sido valorados en unos doscientos mil dólares como mínimo. Sospechan que la familia Murray demolerá la propiedad y venderá los terrenos. Probablemente, esto termine con otra mansión privada en la cima de Puffin Hill.

Hoy no he hablado mucho con Holden. Esta mañana se ha acercado a mi taquilla solo para preguntarme qué le había contado a la policía, pero, aparte de eso, creo que a los dos nos obsesiona recibir una llamada. La madre de Holden cobra una pensión alimenticia y una ayuda del condado de Tillamook, así que ellos están en una situación algo mejor que la nuestra. Aun así, tampoco podrían permitirse pagar los daños del Sea Cliff.

14 de diciembre

El viernes, las cosas empiezan a volver a la normalidad. Al parecer hubo una pelea después de nuestro último encuentro de natación en la que el idiota número uno de nuestro instituto, Lowell Price, llamó «piel roja» a la nadadora Misty Whitehawk y ella le asestó un puñetazo. Lowell se derrumbó sobre las gradas, pero lo único que resultó herido fue su orgullo. Misty es la nueva heroína del instituto Tillamook y mi participación en el incendio del Sea Cliff ya es agua pasada.

Me encuentro con Julia a la hora del almuerzo. Las dos avanzamos por la fila de la cafetería, donde yo elijo un sándwich de pollo y patatas fritas, y ella, una ensalada y un cuenco con fruta. Casi siempre está a dieta, pero últimamente está siendo más severa para poder entrar en un vestido que quiere ponerse para Nochevieja. Mira mi bandeja con el ceño fruncido mientras esperamos a que el cajero pase nuestras tarjetas. Soy consciente de que no comprende por qué no como más sano desde que tengo los almuerzos gratis, pero la cena no es siempre una garantía en mi casa, así que no voy a cambiar un rico sándwich y unas patatas crujientes por un cuenco de lechuga iceberg con algo de pavo y queso, por mucho que el queso sea de la lechería local y sea el mejor queso del mundo.

—Dios, no te vas a creer todo el trabajo que tengo que hacer para la solicitud de Harvard —comenta mientras nos dirigimos a nuestra mesa de siempre—. Hay un montón de preguntas, como si tuviera que saberlo todo antes de empezar la universidad. —Saca de la mochila un botellín de agua con rodajas de limón y de lima flotando. Le quita el tapón, le añade un sobre con algún tipo de polvo para perder peso y la agita—. La doctora Zimmer me había prometido que me iba a escribir una carta de recomendación, pero se le ha olvidado y ahora alega que no tiene tiempo.

Examino la sala mientras escucho a Julia. Al otro lado de la cafetería, Holden deja su bandeja al lado de un chico que se llama Zak y que trabaja con él en la gasolinera. Zak mueve la pantalla del teléfono en dirección a Holden para enseñarle algo y los dos se echan a reír.

—Y ahora me dice que tengo que buscar a otra persona para que escriba la segunda recomendación. ¿No te parece injusto? —Julia apuñala con violencia la ensalada con el tenedor de plástico.

—Sí, totalmente —respondo, aunque desconozco los detalles exactos por los que está tan enfadada.

Yo no he solicitado plaza en ninguna universidad ni he hecho los exámenes de ingreso porque tengo intención de ir al centro de estudios superiores Tillamook Bay y allí los estudiantes no tienen que enviar una solicitud en una fecha concreta. Holden aún no tiene claro qué va a hacer. Sus abuelos son los dueños de la gasolinera que hay a las afueras del pueblo, donde él trabaja, y su abuelo realiza reparaciones y mantenimiento de coches para la gente del pueblo y los que pasan por aquí. A Holden le gusta arreglar vehículos y ha considerado la opción de buscar trabajo en un taller de mecánica de Tillamook y hacerse aprendiz, pero su madre detesta esa idea porque dice que es demasiado inteligente como para no ir a la universidad. Él opina que solo porque sea bueno en el instituto no quiere decir que tenga que pasar cuatro (o más) años aburriéndose hasta la saciedad para poder optar a un trabajo más sofisticado que él no quiere.

Probablemente podría ganar dinero con sus dibujos y pinturas, las he visto en la clase de Arte y son increíbles, pero siempre dice que eso es únicamente una afición para él.

Un puño golpea la mesa con tanta fuerza que mi cartón de leche casi se cae. Una chica llamada Katrina Jensen sonríe con suficiencia.

—Embryo. Nuestra querida reina de los rescates en los incendios. ¿Hoy no te siguen los *paparazzi*?

Paseo la mirada desde sus vaqueros rasgados hasta la camiseta que lleva puesta. Es negra, adornada con las palabras SIN DIOSES SIN MAESTROS. Katrina vive en Tillamook, pero pasa mucho tiempo en Three Rocks porque trabaja en el Fintastic. Comenzó como camarera cuando tenía quince años. Según los rumores, perdió la virginidad con Luke en una fiesta del restaurante en la playa ese verano. Eso fue antes de que a mí me permitieran ir a las fiestas y muchos meses antes de que Luke y yo empezáramos a salir. Nunca le he preguntado si la historia era cierta porque no quiero saberlo, pero tal vez eso explique por qué Katrina siempre se ha comportado como si me odiara.

—Tienes el pintalabios corrido —le dice Julia con tono dulce.

—Cállate, zorra rica —replica Katrina, apartándose el pelo azul y turquesa de la cara. Hace una pompa con la goma de mascar—. Bonito bolso, por cierto.

Llevo tanto tiempo compartiendo con Julia que nunca me fijo en las cosas bonitas que tiene, a menos que otra persona se refiera a ellas. El bolso tiene forma de corazón y está hecho de piel morada con varias cremalleras negras cosidas por delante. Es bonito, pero a menos que te guste la moda y los accesorios, probablemente no sepas que es el último diseño del ganador del año pasado de *Project Runway* o que lo venden por trescientos dólares.

—Mejor ser una zorra rica que una pobre —rebate Julia.

Me encojo. Sé que no está hablando de mí, pero me cuesta no tomarme comentarios de ese estilo de forma personal.

—Tú sabrás. —Katrina nos mira con desdén a ambas.

—Bonitas botas —comento. Lleva un par de botas de montaña Rendon de pelo. Toda la parte del pelo es a prueba de agua y sé que cuestan unos doscientos dólares.

—Las compré en la tienda de segunda mano. —Katrina se queda mirándome un segundo, como si estuviera retándome a contestarle. A continuación, añade—: Es mejor que comas rápido, Embry. He oído que el entrenador Holland está corriendo un kilómetro y medio con su clase. Puede que necesite una reanimación cardiopulmonar o algo así.

El entrenador Holland pesa como ciento treinta kilos y tiene setenta años.

—Te dejaré a ti la parte del boca a boca —le digo.

—Iré yo primera, así te puedes quedar como segundo plato. —Vuelve a hacer una pompa con el chicle—. Como en los viejos tiempos.

Me guardo una respuesta sarcástica. Nunca ha sacado el tema de Luke conmigo de forma directa y me niego a morder el anzuelo para que me cuente lo que pasó entre ellos. Sin prisas, le doy un mordisco al sándwich y la espanto con la mano que me queda libre. Se vuelve sobre sus talones y recorre la cafetería en dirección a una mesa de chicos que viven todos en una de las zonas más pobres de Tillamook.

—¿Qué problema tiene? —pregunta Julia.

—La vida, el mismo que el de todos los demás. —Katrina y yo tuvimos una discusión por Holden este verano, pero esa es otra pieza de mí misma que no he compartido con Julia.

—Puede ser. —Julia saca un tubo de brillo de labios del bolso y se aplica una capa nueva. Comprueba el resultado usando la cámara del teléfono—. A mí me parece que solo está celosa porque ahora tú eres la heroína.

—Ya, no. —Resoplo—. Solo… carezco de instinto de supervivencia.

—Sigo sin poder creerme que arriesgaras la vida para salvar a un chico sintecho. —Pronuncia «sintecho» como si le pareciera bien si a quien hubiera salvado fuera un banquero.

—Yo sí me lo creo. —La hermana menor de Luke, Frannie, aparece detrás de mí. Se aparta las trenzas rubias por encima de los hombros—. Yo no lo habría hecho. Luke se va a sentir muy orgulloso cuando se entere.

Le dedico una sonrisa débil. Dudo que Luke estuviera orgulloso si conociera toda la historia.

La chica se queda mirando el asiento vacío que hay a mi lado.

—¿Os importa si me siento con vosotras? Mona y Patrice están hoy de excursión en el campo y no quiero sentarme sola.

—Te puedes sentar con nosotras cada vez que quieras. —Le lanzo una mirada a Julia que espero que entienda como «sé amable».

Frannie O'Riley es estudiante de tercero y una de las personas más dulces que conozco. A Julia le parece irritante, pero creo que tiene más que ver con el hecho de que Frannie es una de las pocas chicas del instituto que la supera a ella. Las dos están en la asociación de estudiantes, pero Frannie tiene un puesto más importante. Ambas están en el equipo de natación, pero los tiempos de Frannie son más rápidos. La pequeña O'Riley también ha sacado mejores calificaciones en los exámenes de admisión, pero no estoy segura de que Julia sepa esto porque Frannie no es de las que alardean. La única razón por la que yo lo sé es porque su madre se lo contó a mi madre en una reunión de servicio de alimentos en el pueblo.

Julia mira a Frannie mientras deja la bolsa de la comida en la mesa y extrae una lata de agua con gas, una fiambrera con ensalada de pasta, una manzana Granny Smith y un *brownie* con tres capas de crema de cacahuate que ofrecen como postre en el Fintastic. Muchos chicos de Tillamook tienen almuerzos gratis y la mayoría de los de Three Rock tienen dinero suficiente para comprar el almuerzo en el instituto cada día; que alguien lo traiga de casa es inusual por aquí.

—Ese *brownie* tiene un aspecto increíble —comento.

—¿Quieren un poco? —Empuja el recipiente con el *brownie* al centro de la mesa, donde todas alcanzamos.

—No, por Dios —exclama Julia—. Soy alérgica a los cacahuates, ¿recuerdas? —Le da un sorbo a la bebida dietética.

—Sí, me acuerdo —contesto yo—. Todavía estoy traumatizada después de verte pincharte en el campeonato de segundo.

—¡Es verdad! —coincide Frannie—. ¿Qué fue lo que comiste?

Julia se estremece.

—Rice Krispies, ¿qué clase de sádico le echa crema de cacahuate a eso?

Frannie se dispone a arrastrar de nuevo el recipiente con el *brownie* a su lado de la mesa.

Lo sujeto del borde.

—Yo sí quiero un poquito. —Le lanzo una mirada de disculpa a Julia al tiempo que tomo una esquinita del postre.

Mi amiga arruga la nariz cuando me lo meto en la boca.

—Eso probablemente tenga doscientas calorías, Fran. Vas a tener que nadar como cien vueltas para quemarlas.

—Reto aceptado —contesta ella, flexionando el brazo para mostrar los bíceps.

Julia dilata las fosas nasales y mete la mano en el bolso. Extrae el teléfono. Cuando mira la pantalla, curva los labios en una sonrisa.

—¿Buenas noticias? —pregunto.

Niega con la cabeza.

—Ness acaba de enviarme algo divertido por Twitter.

Julia conoció a Ness, también conocida como Hennessey Rich, este verano mientras estaba en Washington DC. Parece que Ness también está muy concentrada en los estudios y espera entrar en Harvard o Georgetown. Estoy un poco celosa por lo rápido que ella y Julia se hicieron amigas; es ruin y una estupidez, pero los sentimientos no se pueden controlar. A Holden le gusta decir que los amigos del instituto no son amigos de verdad, que simplemente son las personas con las que nos quedamos atrapados hasta que tenemos libertad para tomar nuestras propias decisiones. Yo no quiero creérmelo, pero casi siempre suele tener razón.

La familia de Julia se mudó a Three Rocks desde Bend el verano anterior al séptimo curso. Su padre es escritor y orador motivador, puede trabajar desde cualquier lugar, y su madre se cansó de la nieve. Julia y yo acabamos haciéndonos amigas, en parte, porque yo era la única chica además de ella de Three Rocks que estaba en su mismo curso. Antes de Julia, la mayoría de mis amigas eran chicas de clase que vivían en Tillamook, pero no podía verlas durante los veranos porque mi madre y mi abuela siempre estaban demasiado ocupadas trabajando como para llevarme en coche de un lado para otro. Julia y yo nos conocimos en la playa de Three Rocks, donde las dos íbamos siempre cuando no llovía; ella para leer y yo para hacer fotografías. Seguimos siendo amigas cuando comenzaron las clases porque acabamos juntas en tres asignaturas.

Con Frannie pasa más o menos lo mismo. La considero una buena amiga y en una ocasión me contó que yo era lo más cercano que había tenido nunca a una hermana, pero se parece más a Julia que a mí. Quiere hacer el programa del Cuerpo de Entrenamiento de Oficiales de Reserva en la universidad y después convertirse en enfermera de las fuerzas aéreas. A continuación, está interesada en obtener el grado de Salud Pública y trabajar en una ONG como Médicos Sin Fronteras. Suelo pensar que Frannie quiere salvar el mundo mientras que Julia desea conquistarlo. Por mi parte, lo único que me gustaría es acurrucarme en un pequeño espacio dentro de ese mundo en el que pueda sobrevivir y, tal vez, si tengo suerte, ser feliz algún día.

Después de clase me dirijo al restaurante de mi madre, que se llama oficialmente Oregon Coast Café. La puerta chirría con fuerza cuando la abro. Está un poco torcida porque algunas bisagras están estropeadas. Mi madre siempre dice que va a llamar a alguien para que la repare. Puede que después de las vacaciones. Sinceramente, en el restaurante hay muchas cosas que arreglar, pero es un lugar acogedor y cálido y servimos comida deliciosa y bebidas a precios razonables. Mi madre ha hecho todo lo que ha podido para mantenerlo en funcionamiento con los pocos recursos que tiene.

Kendra, la cajera y camarera de la mañana, se pasea por detrás del mostrador con la chaqueta, el gorro y el bolso colgado del hombro. Se acerca a la puerta al mismo tiempo que yo camino hacia ella.

—Tengo que salir corriendo —me dice—. Mi madre está esperando que la recoja del trabajo.

—No te preocupes, nos vemos luego.

Entro en el despacho trasero, donde mi madre está encorvada sobre la computadora mirando la pantalla con los ojos entornados, como de costumbre.

—Hola. —Le estiro de modo juguetón un mechón de la peluca rubia—. Sigo pensando que deberías comprarte una rosa.

Levanta la mirada.

—¿Sí? ¿Crees que tengo el suficiente estilo como para llevar el cabello de color?

—Lo pensaba hasta que has usado la palabra «estilo» con tono irónico —respondo—. Pero puedo darte clases si quieres.

Se echa a reír.

—Por muy divertido que suene, creo que seguiré siendo una señora mayor despistada. Es más sencillo.

—Un punto por conocer tus limitaciones. —Le guiño un ojo—. Kendra se ha ido ya, es mejor que me asegure de que Matt no la líe. —Con una sonrisa y un gesto de la mano, salgo del despacho, me coloco el delantal del Oregon Coast Café y me dirijo al mostrador. Matt Sesti es el chico que trabaja en la cocina preparando los pedidos de sopa y sándwiches. Tiene veintiún años, pero perdió un curso, así que se graduó en el instituto Tillamook el mismo año que Luke. Ha estado rondándome desde que Luke se marchó para el entrenamiento. Hoy me dedica una mirada atenta cuando me coloco detrás de la caja registradora. Finjo que no me doy cuenta.

Mi madre aparece unos veinte minutos más tarde. Echa un vistazo al comedor con expresión neutra a pesar de que ahora mismo solo tenemos dos clientes.

—Llámame si necesitas algo —me indica—. Si no, nos vemos cuando llegues a casa.

—Muy bien, señora mayor —bromeo—. Las dos sabemos que estarás en la cama a las ocho de la noche como una buena ciudadana de la tercera edad.

Mi madre resopla con fingida furia, aunque es verdad. Casi todas las noches se acuesta temprano para poder estar en pie a las cinco de la mañana y regresar aquí. Por eso me resultaba tan sencillo quedar con Holden en el Sea Cliff. Siempre y cuando saliera después de las ocho y volviese antes de las cinco, mi madre no se enteraba de que no me encontraba en casa estudiando o durmiendo, como debería.

—Necesito un buen sueño reparador —me dice—. Para que el pelo me crezca espeso y brillante.

—Espero que te crezca rosa para que tengas que aprender a tener más estilo —bromeo. Su oncóloga le advirtió de que a veces, después de la quimioterapia, el pelo crece con un color o textura diferente, pero estoy segura de que se refería a que podía cambiar de rubio a castaño claro o algo similar.

Mi madre se marcha y durante la siguiente hora sirvo a los habituales de después de clase: Thea y Jeanine, que limpian las casas de alquiler de Cape Azure; el amigo de Holden, Zak, que toma café de camino al trabajo; tres chicas de primero que vienen casi todas las tardes para repartirse los deberes de Matemáticas y Ciencias y después compartir las respuestas; y el profesor de Geometría que conduce setenta y dos kilómetros desde Lincoln City dos días a la semana para encargarse de la tutoría de un grupo pequeño.

Las campanitas de Navidad que mi madre tiene colgadas de la puerta suenan cuando entra una nueva clienta: es Lourdes, la mejor amiga de mi madre, que tiene la tienda Compra Mucho al otro lado de la calle. («Más bien Compra Poco», le gusta bromear a Julia. El interior es del mismo tamaño que la habitación de mi madre, pero es lo más parecido a una tienda de comestibles que tiene Three Rocks).

—Hola, Lourdes. ¿Lo de siempre? —Sonriendo, me dispongo a anotar su bebida preferida: un café con leche, vainilla y canela.

—Hoy preferiría un sándwich. —Se aparta la trenza larga y negra por encima del hombro—. ¿Qué me recomiendas?

—Eh… —Cada vez que como aquí, suelo prepararme uno con pavo y provolone. Alcanzo una de las cartas para llevar del atril que hay junto a la caja registradora y examino las opciones—. El Courtney Love y el Raymond Carver son muy populares. El Ahmad Rashad también está bueno. Y el River Phoenix. —Todos nuestros sándwiches tienen nombres de gente famosa de Oregón.

Lourdes se queda mirando el papel.

—¿Por qué se llama Courtney Love este sándwich?

—Pídelo y lo sabrás —respondo con una sonrisa.

—No mataría a Kurt Cobain, ¿no?

—*Ja*, no. Nuestra comida no ha matado nunca a nadie, muchas gracias. —Me aclaro la garganta—. Vamos, Lourdes. ¿Trozos de carne estofada tierna en una única rebanada de tostada texana cubierta de queso y salsa? Es una opción muy sexy.

—Ah, ya lo entiendo. Bueno, suena delicioso, le daré una oportunidad. Y un café con leche mediano con vainilla y canela.

Apunto el pedido y paso la tarjeta de crédito por la máquina. Matt comienza a prepararle el sándwich y yo me encargo de la bebida. Muelo los granos para el café y, mientras se está haciendo, añado los sabores de canela y vainilla al vaso de cartón.

—Parece que a tu madre le va bien —comenta Lourdes.

—Por ahora sí. —Doy golpecitos suaves en la encimera de madera cuando empiezo a calentar la leche.

—¿Cómo está Luke? ¿Has hablado últimamente con él?

—Sí, hace un par de noches. También está bien. Con suerte, volverá de visita en enero.

Me tiembla un poco la mano cuando vierto el café y la leche caliente en el vaso. Puede que me haya convertido en una heroína local temporal por haber salvado a Sam del incendio, pero Luke es uno de los chicos de oro de Three Rocks. Toda la familia O'Riley es famosa por dirigir el mejor restaurante del pueblo, pero Luke también es el chico que llevó a nuestro instituto al campeonato estatal de hockey tres años seguidos. Y hace dos veranos estaba trabajando como socorrista cuando el velero donde iba la hija del alcalde volcó. Se quedó enredada entre las cuerdas y se habría ahogado si Luke no le hubiera quitado un kayak a un niño y hubiera remado para rescatarla. Es medio famoso desde entonces.

No sé qué diría la gente si se enterara de que ya no estoy con él, que me estoy acostando con Holden Hassler. En realidad, eso es mentira; sí sé qué dirían los demás. No sería tan malo como lo que algunos siguen susurrando sobre mi madre, pero tampoco sería bueno. Me arden las mejillas al pensar en las habladurías. Ese es otro inconveniente de los pueblos pequeños, no es solo que todo el mundo lo sepa todo, sino que además siempre tienen una opinión sobre cada cosa. Y todos se creen con derecho a compartirla.

Cuando cerramos el restaurante, recojo todas las mesas, después cuento el dinero que hay en la caja registradora y lo meto en la caja fuerte.

—He preparado más *brownies* y galletas, y también tengo bandejas de *croissants* listas para meterlas en el horno mañana —me informa Matt cuando vamos a buscar los abrigos y fichamos. Es muy previsor con los productos de panadería.

—Estupendo, mi madre estará encantada. Muchas gracias.

—¿Qué vas a hacer esta noche? —Se pone el abrigo, negro y de lana, como el de Holden, excepto que el de Matt huele a marihuana en lugar de a hotel chamuscado. Sigue hablando sin darme oportunidad de responder—. Un amigo va a celebrar una fiesta en su casa, podrías venir. Seguro que te aburres un montón en este pueblo tan pequeño con tan poca gente de tu edad.

—Suena divertido, pero no puedo. Se supone que mi novio me va a llamar desde Afganistán, así que mejor me voy a casa. —Es una mentira descarada, pero Matt no lo sabe.

Extrae un gorro de punto del bolsillo y se lo pone en el pelo rubio y de punta.

—Puede que otro día, entonces. No estás saliendo solo con O'Riley, ¿no?

Aprieto los dientes.

—Mira, no me importa trabajar contigo, pero igual deberías dejar de intentar seducirme, ¿de acuerdo?

—Vaya, solo pretendía ser amable. —Cruza la puerta y sale al frío de la noche, yo detrás de él. Cuando me detengo para echar la llave, se vuelve hacia mí—. Algunas chicas se sentirían halagadas.

Meto la llave en mi bolsillo trasero.

—Y algunas chicas le dirían a su madre que te despidiera por acoso sexual.

Matt levanta las manos en un fingido gesto de defensa personal.

—Guau, tranquila, Woods. No hay motivo para volverse atómica. —Se da vuelta y comienza a caminar calle abajo.

—Espera, no quería decir eso. Solo estoy estresada. No le diré nada a mi madre si me prometes que ya no lo harás. Y me sentí halagada, las primeras veces.

—Mensaje recibido. —Extrae una caja de cigarrillos del bolsillo del abrigo—. Adivino que no quieres que te lleve a casa en coche.

—No, gracias, estoy bien.

Cruza la calle hacia el pequeño aparcamiento asfaltado que hay detrás del centro comunitario de Three Rocks, donde suele dejar su coche. Yo tomo la dirección opuesta. Me ajusto el abrigo y bajo la barbilla al pecho para evitar que el viento me dé directamente en la cara. Todos los negocios de Main Street tienen las luces apagadas. Paso junto a la heladería (cerrada por temporada), la tienda con el descriptivo nombre Tacos & Burguers (nuestra principal competencia para los almuerzos) y la oficina de correos (con solo un trabajador los lunes, miércoles y viernes, que se encarga de todas tus necesidades postales, tres días a la semana). Al otro lado de la calle, está el centro comunitario (que también se usa como iglesia multidenominacional los domingos), la tienda de surf y buceo (abierta los fines de semana), el Compra Mucho y el motel Three Rocks; los dos últimos son de los pocos negocios del pueblo que abren todos los días. El restaurante de la familia de Luke, el Fintastic, abre todas las noches para la cena y los fines de semana también para los almuerzos, pero está situado a las afueras, en la autovía que conduce a Tillamook en una dirección y a Cape Azure en la otra.

Cuando llego al final de Main Street, me vuelvo hacia Cape Azure. Al lado izquierdo de la autovía, una carretera de grava lleva al parque memorial de Three Rocks, un pequeño cementerio que ocupa la parte este y baja de Puffin Hill. Tan solo hay unas sesenta personas allí enterradas. Mis abuelos son dos de ellas. Mi barrio está al otro lado de la autovía, en una zona que se encuentra a unos setecientos metros de la playa.

La casa de mi madre, que nos pertenece únicamente porque era de mis abuelos antes que nuestra y ellos pagaron la mayor parte de la hipoteca, se encuentra junto a otras veinte casas pequeñas y Three Rocks Manor, el único complejo de apartamentos del pueblo. Al contrario que las casas de Puffin Hill, que están parcialmente resguardadas por los árboles, nuestro barrio bien podría encontrarse en los llanos de Kansas. El viento que sopla desde el mar me atraviesa a través de la tela del abrigo mientras camino apresuradamente por la hierba húmeda. Cuando abro la primera puerta para proteger la casa de las tormentas, me sorprende ver un sobre blanco junto al pomo. Quien lo haya dejado ha tenido que hacerlo en las dos últimas horas y sin que mi madre lo haya visto. Me sorprendo aún más cuando le doy la vuelta al sobre y veo mi nombre impreso con letras rojas mayúsculas. Probablemente sea una tarjeta de Navidad.

Me lo guardo en el bolsillo trasero de los pantalones e introduzco la llave en la cerradura; chasqueo la lengua, disgustada, cuando me doy cuenta de que mi madre ha vuelto a olvidarse de echar llave a la puerta. Es bastante descuidada con la seguridad porque Three Rocks es un pueblo muy pequeño y nunca pasa nada malo, pero odio imaginármela durmiendo en su habitación, completamente vulnerable a cualquier lunático que pueda entrar en casa.

Cierro la puerta al entrar. Betsy está tumbada en el suelo del salón. Se pone de pie y mueve la cola cuando me ve.

—*Shh* —siseo. Dejo el abrigo en el respaldo del sofá y me dirijo de puntillas a la cocina, donde pongo agua fresca a Betsy y le relleno el cuenco de alimento—. ¿Quieres salir? —susurro.

Incluso hablando bajo, Betsy se emociona con la palabra «salir». Abro la puerta trasera de la cocina y dejo que salga al pequeño jardín trasero, que no es más que un cuadrado de hierba seca y un viejo cobertizo ruinoso donde mi madre sigue guardando sus utensilios de jardinería, aunque este parezca que está a dos ráfagas de viento de salir volando hacia la playa. Mientras espero a que Betsy termine sus asuntos, saco el sobre del bolsillo y lo abro.

En lugar de una tarjeta, hay un recorte de papel dentro. Es una nota impresa. Me siento a la mesa de la cocina y la leo.

«Fue el instinto el que me animó a salvar a ese chico. No fue una decisión complicada, tal vez sea buena bajo presión». Eso fue lo que le contaste a la policía. Lo que le contaste al periódico. Vamos a probar esa teoría.

1. Escribe una confesión completa de lo que de verdad sucedió en el hotel Sea Cliff aquella noche. Publícala en tu página de Facebook a las ocho de la noche mañana. Puede arruinarte la vida, pero…

2. Si no publicas la confesión, yo arruinaré la vida de alguien que te importa.

Elige bien.

O igo de pronto el sonido de unas uñas raspando y me sobresalto tanto que casi se me cae el papel al suelo. Pero solo es Betsy. Cuando está lista para entrar, está lista para entrar. Se alza sobre las patas traseras y vuelve a arañar la puerta.

—De acuerdo, sí —murmuro.

Dejo que entre y vuelvo a centrarme en la carta. Me tiemblan las manos cuando la leo por segunda vez. Mierda, ¿quién ha podido dejarme esto? ¿Y por qué? No pienso publicar una confesión en Internet. Entre mis amigos de Facebook están mi madre, Luke, unos treinta compañeros de clase, la mayoría de las personas que trabajan en el restaurante y parte de la familia de Luke. Los imagino a todos leyendo mi resumen escandaloso de las actividades de esa noche.

Sí, señora O'Riley. Primero rechacé una proposición de matrimonio de su hijo, después derramé un poco de vodka, luego me acosté con otro chico y a continuación quemé un hotel. Una noche muy normal.

¿Cuánto tardaría el pueblo entero en enterarse de mi confesión? ¿Cinco minutos? ¿Cuánto tardaría alguien en llamar a la policía? ¿Una hora? Me mata pensar en la cara de mi madre si la madre de Holden apareciera en casa con una orden de arresto.

Reflexiono acerca de lo que pone en la carta. Es muy vago, no menciona a Holden ni el fuego. Si alguien me estaba observando de verdad aquella noche, lo habría visto, ¿no? Y si no estaba allí, la única forma que tendría de saber lo que sucedió es porque Holden se lo contó a alguien.

Sé que él no haría tal cosa.

Vuelvo a reproducir en mi cabeza lo que recuerdo de aquella noche: salí del trabajo, fui a casa a darme una ducha rápida y asegurarme de que mi madre estaba dormida. Después subí por la colina, me detuve para contestar a la llamada de Luke y entré al Sea Cliff por detrás, como de costumbre. La única persona a la que vi después de salir del trabajo aparte de Holden fue la señora Roche.

Alcanzo el teléfono y escribo un mensaje a Holden.

Yo: ¿Estás por aquí?

No me responde de inmediato y paso los siguientes minutos dando vueltas por el salón, releyendo la carta, perdiendo un poco la razón al pensar en las consecuencias de obedecer (o desobedecer) las instrucciones del remitente. Invasión de una propiedad privada, posesión de alcohol siendo menor, destrucción de una propiedad. Y esos son solo los cargos del delito antes de que a Holden y a mí nos responsabilicen de unos daños que cuestan cientos de miles de dólares.

—Va a ser que no —murmuro.

Pero entonces: «arruinaré la vida de alguien que te importa». ¿Qué significa eso?

Noto sudor en el labio superior, a pesar de que hace un frío que muerde dentro de la casa. De pronto me siento un poco mareada. Me sujeto al borde del sofá para mantener el equilibrio y me doy cuenta de que estoy hiperventilando.

—Tranquila, Embry. —Intento pensar en mi madre. ¿Qué solía decir ella sobre cómo había sobrevivido a las mamografías, ultrasonidos, biopsias, quimio y cirugía sin perder por completo la cabeza? *Me concentro en las cosas que puedo controlar y no intento obsesionarme con las que no puedo.* Suena muy motivador, lo sé, no hay duda de que a ella le sirvió.

Pero ¿qué haces cuando no puedes controlar nada?

Siempre hay algo, dice la voz de mi madre.

Como siempre, tiene razón. Me guardo la nota en el bolsillo trasero de los pantalones, me pongo el abrigo y salgo a la calle, cerrando la puerta con llave al salir. La casa que hay a la izquierda de la nuestra es del señor Mancini, un hombre de unos sesenta años que sigue trabajando a tiempo completo en la fábrica de quesos de Tillamook. Sé que sale a trabajar incluso más temprano que mi madre, así que no voy a molestarlo.

Me dirijo a la casa que hay al otro lado de la mía, la de los Lerner. Tienen como siete millones de vatios en luces de Navidad en el patio delantero, pero no hay ningún coche en la calle y nadie responde a la puerta. Pruebo en la casa de al lado. Cori Ernest, una madre soltera que trabaja en el motel Three Rocks, acude a la puerta con su hija de dos años, Corinne, apoyada en la cadera.

—¿Qué pasa, Embry?

—Tengo que hacerle una pregunta extraña, pero alguien ha dejado una nota entre las dos puertas de casa y no está firmada. ¿Ha visto a alguien cerca de la casa de mi madre?

Cori sacude la cabeza y señala a Corinne.

—Esta pequeña lleva todo el día vomitando, así que no he salido mucho. —Se queda un instante callada—. ¿Qué ponía en la nota?

—Nada importante —musito—. Solo quiero saber quién la ha mandado para poder, eh... responderle.

Corinne se remueve en los brazos de su madre.

—Tengo sed —se queja, tirándole del pelo a Cori.

—Lo siento, no sé nada —señala la mujer. Recoloca a su hija y le aparta la mano del pelo.

—De acuerdo, gracias de todos modos.

Se despide con la mano antes de cerrar la puerta. Oigo cuando echa el cerrojo.

Me debato entre si sirve de algo o no preguntar a alguien más cuando dos chicos con bicicletas doblan la esquina hacia mi calle. Son los hermanos Jameson, viven a un par de casas de la mía, en Three Rocks Manor.

Les hago señas con la mano cuando pasan por mi lado.

—Eh, ¿lleváis un rato dando vueltas por aquí?

—¿Qué pasa? —pregunta el mayor. Debería saber su nombre, pero no me acuerdo.

Señalo mi casa.

—Solo me preguntaba si habéis visto a alguien alrededor de esa casa en esta última media hora.

El hermano mayor sacude la cabeza.

—Nop, lo siento.

—¿Y el chico con la sudadera, Cam? —pregunta el más joven.

Ya me acuerdo. Cameron y Cayden, así se llaman.

—Ese chico iba como más alejado, ¿no? —responde Cameron.

—¿Qué chico? —pregunto. Llegados a este punto, cualquier pista me resultaría de utilidad.

—No lo sé, solo lo vimos de espaldas. Vaqueros y sudadera. Caminaba rápido y giró hacia la playa.

—¿Lo visteis en el patio o en el porche?

Cayden niega con la cabeza.

—Creo que iba por la acera que hay delante de tu casa, pero a lo mejor estoy equivocado. Puede que tan solo estuviera mirando las luces navideñas de tu vecino.

—¿Cuántos años tenía?

—No lo sé. Estaría en el instituto, probablemente —indica Cameron—. Delgado y no muy alto.

—¿De qué color era la sudadera?

—Gris, creo, ¿o puede que negra? —observa Cayden.

—De acuerdo, muchas gracias.

—¿Ha hecho algo malo? —pregunta Cayden.

—No estoy segura, eso quiero saber.

El teléfono vibra dentro de mi bolsillo. Lo tomo y los chicos se marchan. Empieza a llover suavemente mientras camino hacia mi casa. Me concentro en el mensaje de Holden.

Holden: Estoy en el trabajo, ¿qué pasa?

Yo: ¿Has recibido alguna carta últimamente?

Holden: ¿?

Yo: ¿Sobre aquella noche?

Holden: No sé de lo que estás hablando. ¿Quieres que me pase luego?

Yo: No quiero despertar a mi madre. ¿Podemos encontrarnos en la playa?

Holden: Claro. Vuelvo a casa en unos treinta minutos, ¿nos vemos en el Pot Hole?

Hago una mueca. El Pot Hole es una cueva natural que está en el límite de la playa de Three Rocks. El otro extremo se encuentra en Cape Azure y cuando la marea está baja se crea un pasaje desde nuestra playa hasta la de Azure, pero cuando la marea está alta se inunda. Entre una y otra, los estudiantes de instituto y los universitarios van a ese lugar a fumar.

Yo: De acuerdo, escríbeme quince minutos antes de llegar.
Holden: Perfecto.

Vuelvo a entrar en casa, cierro despacio la puerta y leo una vez más la nota. La persona ha usado mis palabras exactas del *Tillamook Headlight Herald*, el único periódico decente que hay por aquí. Pero eso significa que podría vivir en cualquier lugar del condado de Tillamook, que incluye un montón de pueblos pequeños, y eso sin mencionar que podría haber accedido a la información desde la página web del periódico, así que no hay ninguna garantía de que quien me haya enviado la nota sea un suscriptor.

Entro en mi dormitorio y cierro la puerta. Noto una presión en el pecho al pensar de nuevo en lo que sucedería si le contara la verdad a todo el mundo. Inspiro profundamente y retengo el aire en los pulmones hasta que me empiezan a arder. A continuación, lo suelto lentamente, poco a poco con los labios apretados. Cierro los ojos, cuento hasta diez, hasta veinte, hasta treinta. Sigo contando hasta que el pecho deja de dolerme, llego más o menos hasta ciento cuarenta y cinco.

Leo la nota frase a frase, intentando averiguar cuál puede ser la motivación del remitente. ¿Quiere que confiese mi relación con Holden o lo del incendio? ¿Por qué me iba a pedir nadie que hiciera algo así si no fuera porque le afectara de algún modo? Las únicas personas a las que les podría hacer daño lo que hay entre Holden y yo son Luke y Julia, pero Luke está al otro lado del mundo y si Julia supiera que me estoy acostando con Holden, estoy casi segura de que me lo diría a la cara. En lo que respecta al incendio, las únicas personas interesadas serían los familiares del propietario del Sea Cliff y la mayoría vive en otro estado. Vi a uno de sus hijos por aquí al final del verano, pero últimamente no he visto a nadie. Si su familia tuviera pruebas de que fui yo quien inició el fuego, podrían habérselas dado a la policía sin necesidad de amenazar a nadie.

«¿Por qué amenaza con arruinar la vida de alguien que me importa?», murmuro. La lista es bastante escasa. Me hago un montaje mental de lo que podría conllevar eso, desde sabotear la oportunidad de Julia de ir a Harvard hasta quemar el restaurante de mi madre. *Estás paranoica*, me digo a mí misma.

¿Lo estoy de verdad?

Alzo la carta hacia la luz y busco alguna pista sobre quién podría habérmela dejado, pero no hay nada, ninguna marca especial, solo es un trozo de papel que ha podido imprimir cualquiera con una impresora o con una fotocopiadora. El sobre parece de los que se usan para las tarjetas de Navidad, pero no tiene ninguna marca estampada. Las letras rojas escritas al dorso son redondeadas y regulares, todas del mismo tamaño, como si alguien hubiera intentado ocultar a propósito su estilo.

Suspiro, vuelvo a meter la nota en el sobre y lo dejo en el escritorio. He hecho todo lo que he podido por ahora. Busco las tareas en la mochila e intento concentrarme en la última lista de vocabulario para Español III, pero las palabras se difuminan delante de mis ojos. Aparto Español a un lado y alcanzo la novela que estamos leyendo en clase de Lengua, *Una paz solo nuestra*, pero también me cuesta concentrarme en la lectura. El libro trata de un chico que traiciona a su mejor amigo por celos; me recuerda mucho a la realidad cuando pienso en Holden y Julia. Yo no diría que estoy celosa de Julia, pero sí que puedo reconocer las diferencias entre las dos. Ella tiene dinero y contactos; es muy ambiciosa; algún día será rica y poderosa. Yo, bueno, soy la mejor preparando un café con leche. Así que sí, no puedo negar que me gusta que Holden me haya elegido a mí antes que a ella.

Ya he dicho que es posible que no sea muy buena persona.

Dejo la novela en el suelo, junto a la cama. ¿Podría ser Julia quien me ha enviado la nota? No, ella no sería capaz de callarse si supiera lo que está pasando entre Holden y yo y, además, este no es su estilo. Cuando tiene un problema con alguien se lo dice en la cara. Estuvieron a punto de expulsarla el año pasado porque no estaba de acuerdo con la nota que le habían puesto en un trabajo de investigación y siguió a nuestro profesor de Informática Avanzada por todo el aparcamiento después de clase.

Mi teléfono vibra.

Holden: Llego en quince minutos.

Tomo la nota del escritorio y la meto, junto al móvil, en el bolsillo de los vaqueros. A lo mejor Holden tiene una perspectiva diferente. Puede que él vea algo que a mí se me escapa. Me pongo una vez más el abrigo, salgo de casa, cierro la puerta con cuidado y echo llave, como siempre.

Diez minutos más tarde, cruzo Main Street, delante del centro comunitario, y acorto por el pequeño aparcamiento hasta la playa. Una rampa asfaltada conduce hasta la arena. Me quedan otros cuatrocientos metros hasta el extremo de la playa y aligero el paso, acercándome a la orilla, donde la arena es lo bastante firme para caminar con facilidad.

El oleaje ruge en mis oídos. El mar danza en mi visión periférica, ejecutando un ballet oscuro y mortífero. A unos cuarenta y cinco metros de la orilla, las olas rompen contra las tres rocas que dan nombre al pueblo: Arch Rock, Ridge Rock y Fin Rock. Hay una cuarta roca un poco más cerca de la playa que se llama Seal Rock porque, a veces, cuando brilla el sol, se ven focas retozando allí. Esa roca es más baja y plana y se mezcla con Fin Rock cuando miras desde la distancia, así que supongo que quien fuera que le puso nombre al pueblo no la tuvo en cuenta.

Más allá de las rocas, el mar oscuro se extiende hasta el infinito, coloreado solamente por la luz roja de una boya que parpadea a cientos de metros de la orilla.

Me acerco al acantilado que hay en el extremo de la playa, una pared alta que forma parte de Cape Azure, un trozo de tierra con forma de mano con muchos dedos que sobresalen para introducirse en el océano. Un faro todavía en funcionamiento se alza sobre el acantilado. Casi toda esa zona forma parte del parque estatal de Cape Azure, pero llevo sin ir allí desde que el padre de Julia nos llevó a hacer senderismo cuando estábamos en secundaria.

Vuelvo a mirar la playa. Avanzo por una zona de guijarros sueltos mientras me abro paso hacia la boca del acantilado. En algunas playas hay conchas de mar. En la de Three Rocks hay rocas. La entrada a la cueva comienza a unos tres metros por encima del nivel del mar, pero los jóvenes han apilado las rocas más grandes para formar una especie de escalera natural. Escalo los peñascos y me detengo en la apertura del oscuro agujero. Alumbro el interior con la linterna del teléfono. Está seco y desierto, y también es aterrador.

Decido esperar en la entrada del Pot Hole a Holden. Me meto en Internet con el móvil y echo un vistazo a una página web de críticas de cine que leo con frecuencia. Busco las películas que han salido últimamente en DVD. Todas las semanas, mi madre y yo hacemos una fiesta la noche de los domingos con helado y pelis. Bueno, primero vemos el último episodio de *911 Fire Rescue*, que yo he apodado *Modelos de bomberos sexys*. Pero después siempre me deja que elija la película que vamos a ver.

Después de consultar la página de cine, paso a una página web nacional de novedades científicas y tecnológicas con cuidado de evitar los enlaces internacionales, que suelen estar repletos de desastres naturales, bombas y cosas por el estilo. A pesar de que estoy segura de no volver con Luke, sigue aterrándome imaginármelo en las situaciones alarmantes de las que hablan los periódicos.

Unos minutos más tarde, una figura solitaria vestida entera de negro se acerca al Pot Hole corriendo a paso regular. Holden se mantiene lejos de la orilla y lleva unas botas que se hunden en la arena a cada zancada que da. Pasa de la arena a las rocas sin desacelerar, eligiendo con maestría el camino a través de los guijarros. Cuando llega a la entrada de la cueva y se quita el gorro negro, ni siquiera parece faltarle el aire.

—¿Qué pasa? —Se inclina para rozar sus labios con los míos—. Por tu mensaje parecías un poco... nerviosa.

Miro a mi alrededor.

—Aquí no, podría vernos alguien. —Me acerco a la apertura y bajo hasta el interior de la cueva. Arrugo la nariz por el olor a humedad. Holden me sigue. Vuelvo a encender la linterna del móvil y compruebo una vez más que estamos solos. Después me vuelvo hacia él y extraigo la nota arrugada del bolsillo.

—Creo que alguien nos vio aquella noche. Me han dejado esto... en mi casa. Dice que tengo que publicar una confesión de por qué estaba en el Sea Cliff en mi página de Facebook.

—¿Qué? Deja que la vea.

Le paso la nota. Holden usa la linterna del teléfono para leerla. Arruga la frente cuando termina.

—Arruinar la vida de alguien que te importa, ¿qué significa eso?

—No lo sé. Vaya, ¿por qué no arruinar mi vida si soy yo con quien está enfadado?

—Puede que este cabrón nos viera, pero no tiene ninguna prueba. No puede hacerte daño, pero podría tener algo que afectara a otra persona. ¿Alguna idea sobre quién puede habértela dejado?

—Los hermanos Jameson me han dicho que vieron a un chico con sudadera cerca de mi casa, pero no saben quién era y no lo vieron en el porche.

—Ehh… eso no sirve de nada. Probablemente todo el pueblo tenga una sudadera. —Holden se pellizca el puente de la nariz—. Seguramente sea algún provocador al que no le gusta la atención que has recibido por parte de la prensa. Yo la arrojaría a la basura y fingiría que nunca la he recibido.

—¿Tú crees? —Me meto las manos en los bolsillos—. Pero ¿y si de verdad hace daño a alguien?

—¿Vas a arriesgarte a que te arresten o a que te demanden por una posibilidad remota? Además, «arruinar la vida de alguien» suena un poco dramático, ¿no te parece? Ninguno de tus amigos es un criminal acérrimo ni está en el programa de protección de testigos. ¿Qué va a hacer? ¿Delatar a alguien por consumir drogas o tener un desorden alimenticio? Son detalles que está *bien* que se sepan.

—Entonces, ¿crees que no debería hacer *nada*? Quien escribió esto puede estar loco.

—¿Qué *puedes* hacer tú? Puedo enseñársela a mi madre si quieres, pero ya sabes lo que va a pensar.

—Que nosotros provocamos el incendio. —Vuelvo a ver la expresión en la cara de mi madre, una mezcla de resignación y desesperación. No pienso hacerle eso.

—Síp —responde Holden—. Además, la policía tampoco puede hacer mucho con esta nota. Teniendo en consideración que quien te la haya dejado haya sido lo bastante listo para no dejar huellas, es solo un recorte de papel normal y un sobre genérico. Y con esta impresión parece que haya intentado ser lo menos clasificable posible. Mira lo redondeada y regular que es la letra, no es exactamente una buena pista.

—Avísame si recibes tú otra, ¿de acuerdo? —Me tiembla la voz.

—Por supuesto. Precisamente que yo no haya recibido ninguna me hace pensar que simplemente es un idiota celoso por la atención que has recibido. —Guarda la nota en el sobre y me lo devuelve. Después, desliza el pulgar por mi mejilla—. Sé que estás acostumbrada a mantenerte fuera del radar, pero las heroínas tienen gente que las odia, así funciona esto.

—Yo no soy una heroína —musito—. Arriesgué la vida porque no quería convertirme en una asesina. Y ahora un idiota me amenaza con atacar a gente inocente en mi nombre.

Holden me mira un segundo con expresión seria.

—Nadie es completamente inocente —declara.

—Sí, pero ya sabes a qué me refiero.

—Sigo pensando que es un provocador. —Me saca con suavidad las manos de los bolsillos y las toma entre las suyas. Sus dedos eclipsan los míos por completo—. Mira, Embry, ya sé que estás un poco asustada y yo también, pero creo que lo mejor es que esperemos a ver qué hace este idiota. Puede arruinarme la vida si quiere, tampoco es que haya mucho que arruinar —continúa antes de que pueda responder—. Si no le contamos a nadie lo que pasó esa noche, lo más probable es que nadie tenga pruebas de que estuviéramos en el hotel. He buscado por Internet y, al parecer, las investigaciones sobre incendios casi siempre terminan siendo no concluyentes.

Nunca quedan pruebas suficientes después del incendio para saber con seguridad qué fue lo que lo provocó. En un par de semanas, todo este drama estará olvidado.

—¿Tú crees? —Quiero creerlo, pero tengo un mal presentimiento con esta nota, la intuición de que el problema con el incendio del Sea Cliff solo acaba de comenzar.

15 de diciembre

No tengo que trabajar el sábado, pero me ofrezco como voluntaria para ayudar porque la otra opción que me queda es dar vueltas por la casa y perder los nervios hasta que lleguen las ocho de la noche y ver si han arruinado la vida de alguien que me importa.

Una parte de mí quiere llamar a Julia y Frannie para pedirles que tengan cuidado, pero no puedes dar un consejo como ese sin ser más específica. Estoy bastante segura de que la pregunta siguiente a «Ten cuidado porque un loco me está chantajeando y amenaza con hacer daño a mis amigos» es «¿Qué has hecho?». Intento darme ánimos pensando en lo mucho que tiene que esforzarse alguien para arruinar la vida de cualquiera de las dos. Ambas son inteligentes, sensatas, trabajadoras y gustan a la gente. Aun así, sigo sintiéndome fatal. Al menos puedo cuidar de mi madre, pues las dos vamos a estar todo el día trabajando.

A primera hora de la mañana hay bastante trabajo, pues algunas de las personas que caminan por la playa vienen a tomar café y un sándwich de patata que se llama Beverly Cleary. Me desplazo de un lado a otro, ayudando en la caja registradora y en la cocina.

Después de las diez, la situación se calma y me dispongo a limpiar la zona del comedor de los clientes, a quitar el polvo que se ha acumulado en las lámparas y los alféizares de las ventanas. Me encargo de las hileras de diminutas luces blancas que hemos colgado como decoración navideña. Después limpio el cristal de las fotografías enmarcadas que decoran el restaurante, la mayoría de actores secundarios y atletas profesionales que han pasado por aquí para tomar sándwiches o cafés a lo largo del tiempo. Me concentro a continuación en el mural grande que hay en la pared del fondo. Es una pintura de la playa de Three Rocks; un sol amarillo brilla entre las rocas, la arena y el agua azul. Mi bisabuela encargó la pintura cuando abrió el local porque quería que la gente pudiera disfrutar de la belleza de la costa incluso cuando hacía frío y llovía. Pero después de cincuenta años, está un poco deslucida.

Con un trapo húmedo, limpio toda la pintura desde arriba hasta abajo y barro unas pocas partes descascarilladas que han caído al suelo. Cuando paso la mano por las ondas de color, pienso que tal vez Holden esté dispuesto a retocar el mural. No es exactamente su estilo, pero seguro que es capaz de imitar las pinceladas del artista original.

—Embry. —La voz de mi madre me asusta.

—¿Sí? —Giro y aprieto con fuerza el trapo—. ¿Qué pasa?

—¿Seguro que quieres hacer todo esto hoy? —Mira hacia la ventana. Un par de chicas de mi edad pasan con abrigos gruesos. No las reconozco, seguramente sean turistas. Los fines de semana suelen visitarnos universitarios de Portland y familias de otras partes de la costa—. Hoy no hace mucho frío, a lo mejor prefieres salir con Julia o Frannie.

—No. Julia está ocupada con las solicitudes de la universidad y Frannie probablemente esté trabajando de voluntaria en el banco de alimentos o ayudando en el restaurante.

—Podría contratar a un limpiador profesional para que se encargue de esos detalles. No tienes que hacerlo tú.

Voy a responder, pero algo me distrae. Hay un hombre con una chaqueta color café y una gorra de pie en la puerta del mercado que hay al otro lado de la calle. Algo en él me resulta familiar, pero no estoy segura de qué es. Tiene puestas unas gafas de sol, por lo que no sé si está mirándonos a nosotras o más allá del edificio, al océano.

Mi madre se vuelve y ve qué es lo que ha captado mi atención. El hombre saca una caja de cigarrillos y se lleva uno a los labios; vuelve la cara hacia el edificio para resguardarse del viento. Con el cigarrillo encendido, saca un teléfono del bolsillo y empieza a caminar por la calle en dirección al aparcamiento con acceso a la playa.

—No me molesta limpiar. —Me vuelvo hacia el mural—. Puede que Holden Hassler quiera venir a arreglar esto un poco. Estaba en clase de Arte conmigo y es un pintor increíble.

Mi madre se vuelve hacia la pintura.

—Se está estropeando un poco, ¿verdad? Tu abuela tenía una idea para esta pared antes de morir.

—¿Ah, sí?

Mi madre mueve el brazo de un lado a otro.

—Quería arrancar todo esto y poner una ventana enorme con vistas al mar.

—Sería estupendo, pero probablemente muy caro.

—Cierto. —Su ánimo decae un poco y me siento mal por haber arruinado su fantasía—. Pensaré en lo de retocar la pintura. Si ves a Holden, pregúntale cuánto nos cobraría.

—De acuerdo —respondo, aunque sé que lo haría gratis.

Mi madre mira el restaurante. Sigo su mirada desde las luces navideñas que cuelgan de la ventana a las mesas y las sillas, hasta las paredes que ahora parecen mucho más limpias.

—Lo has dejado todo fantástico.

—Gracias. —Sonrío—. ¿Puedo ayudarte con algo más?

Esboza una sonrisa.

—¿Quieres limpiar el servicio de los empleados?

Me estremezco.

—Noooo, pero supongo que podría hacerlo.

Se echa a reír.

—Era broma. De eso se encargan los trabajadores que vienen más tarde. Puedes ayudarme con los encargos de las fiestas si quieres. No tenemos tantos como el año pasado, pero hay gente que quiere recoger las galletas a principios de la semana que viene.

Las galletas de mi madre son las preferidas de los niños de Three Rocks. Las vende con distintas formas dependiendo de la época del año: flores en primavera, hojas en otoño y estrellas y copos de nieve en invierno. Muchas de las personas que viven aquí encargan docenas para llevar al trabajo y a las fiestas familiares.

—Me apunto.

Me encamino a la cocina. Mi madre y yo a veces preparamos galletas también en casa, así que me sé la receta de memoria. Reúno rápidamente los ingredientes en una de las mesas y empiezo a mezclar la masa en la batidora industrial. Cuando está lista, me pongo manos a la obra con el resto: estiro la masa, corto las galletas, las meto en el horno, estiro más masa, saco la bandeja del horno, despego las galletas con una espátula y las dejo en un plato para que se enfríen. Vuelvo a empezar desde el principio. Los movimientos repetitivos me relajan y el trabajo impide que piense en la nota y en lo poco que queda para las ocho.

Dos horas más tarde, he estirado, cortado y horneado seis docenas de galletas. Después, ordeno el almacén y preparo una tanda de sopa con fideos y pollo para la sopa del día del lunes, haciendo pausas ocasionales para ayudar a Adele, la cajera y camarera de hoy, cuando se le acumula el trabajo.

Sobre las cinco, como siempre, mi madre recoge sus cosas para marcharse, pero se queja cuando me ofrezco a quedarme hasta la hora de cerrar.

—Eso es mucho tiempo, Embry.

—Tú trabajas turnos de doce horas muchas veces —protesto.

—Porque soy la dueña. No quiero que acabes como yo, aunque decidas que quieres quedarte con el restaurante algún día. —Me empuja hacia el pasillo trasero, donde están nuestros abrigos colgados—. Te agradezco tu ayuda, aunque no sé qué te ha motivado.

—¿No puedo ayudar a mi madre sin más? —Noto una sensación de culpa al pensar en cuál sería la mejor forma de pasar las próximas tres horas.

—Mmm, siempre hay una primera vez para todo, supongo. —Se pone el abrigo.

—¡Eh! —protesto—. Eso no es…

Se echa a reír.

—Es broma. ¿Qué es lo que te tiene tan nerviosa hoy?

Me pongo el abrigo y me vuelvo hacia ella.

—Nada, cosas del instituto.

—¿Algo que tenga que saber? —Se recoloca la peluca un poco cuando se pone un gorro calentito de color beis y se lo baja hasta las orejas.

—Lo tengo bajo control. —Al menos, eso espero.

Nos despedimos de Adele cuando pasamos por el mostrador. Las campanitas de la puerta repiquetean y salimos al frío del exterior. La niebla se retuerce a nuestro alrededor, pintando toda la calle de un gris plomizo. Me paro en la puerta de la oficina de correos para tomar el teléfono y hago un par de fotografías.

Mi madre y yo seguimos caminando por Main Street. Pasamos junto a las tiendas y nos alejamos del mar, recorriendo el arcén de la autovía cuando rodeamos la base de Puffin Hill. Alguien ha colocado lucecitas blancas en la verja del cementerio. Las lápidas proyectan sombras oscuras en la hierba. Apenas vislumbro las hojas sedosas de las flores de pascua que alguien ha dejado junto a las tumbas de sus seres queridos. Se me eriza la piel de la nuca. Cuando era pequeña, no me' molestaba vivir cerca del cementerio, pero ahora que algunos de mis familiares están enterrados ahí, no puedo pasar sin sentir algo extraño en mi interior.

Cuando nos acercamos a la carretera que llega hasta nuestro barrio, la mezcla de la niebla y las luces navideñas de nuestros vecinos crea un interesante efecto rojo y verde. Hago un par de fotografías más.

—Enséñame las fotos —me pide mi madre.

Accedo a la galería de imágenes y le enseño la mejor que he hecho hoy, la foto que he sacado junto a la oficina de correos. Es una imagen en la que salen centrados los adoquines rojos y negros de la calle y las casas que hay en lo alto de Puffin Hill, pero la zona de justo en medio despunta con un gris fantasmal.

—Qué bonita —señala—. Sobre todo teniendo en cuenta la porquería de teléfono que tienes. ¿Has considerado estudiar fotografía en la universidad?

—¿Por qué? ¿Para trabajar siempre en el restaurante? Aunque tampoco tiene nada de malo —añado rápidamente.

Mi madre sonríe.

—No espero que trabajes en el restaurante para siempre, a menos que tú quieras. No sé cómo gana dinero la gente haciendo fotografías, pero vale la pena investigarlo si es algo que disfrutas de verdad.

Una ráfaga de viento hace repiquetear las ventanas de una de las casas de la colina que tenemos encima. Mi madre se sujeta el gorro con la mano libre para que no salga volando. Sigue mirando la foto en mi móvil.

—Tengo una asignatura de fotografía el próximo semestre, con suerte hablaremos del tema.

—Está claro que tienes buen ojo. —Sin preguntar, pasa la imagen para ver las anteriores, un par de la calle, algunas de la playa y una de Holden. Solo sale él en su moto, no está cerca del Sea Cliff. Sacude la cabeza—. No puedo creer que su madre le permita montar en esa cosa. Seguro que cada vez que va a alguna parte le preocupa que no regrese.

—Bueno, es policía, sería un poco hipócrita que le prohibiera hacer algo peligroso.

—Muy buena. ¿Quiero saber si alguna vez te has montado en la parte de atrás de esa cosa?

Parpadeo inocentemente cuando giramos hacia la carretera de asfalto agrietado que atraviesa nuestro barrio. Cuando mi madre estaba en el hospital y yo no podía acompañarla porque estaba recibiendo quimioterapia, Holden venía a recogerme y me daba paseos por la costa de Oregón para que me distrajera.

—¿No te gusta lo que han hecho los Lerner en su jardín? —le pregunto, cambiando de tema y señalo un globo de nieve hinchable gigante, con dos osos polares bailando dentro de él. Cae nieve falsa en sus cabezas—. Cada año añaden más y más decoración navideña. En cualquier momento cobrarán a la gente solo por pasar por nuestra calle.

—Eso no es una respuesta. —Mi madre carraspea—. Prométeme que no correrás riesgos innecesarios, ¿de acuerdo? —Me rodea la espalda con un brazo—. Tú eres lo único que tengo, cariño. No quiero perderte.

Me detengo delante de nuestra casa y me vuelvo hacia ella.

—Yo tampoco quiero perderte a ti.

Me abraza con fuerza a la altura de nuestro buzón.

—-No voy a irme a ninguna parte, Embry. Mis médicos dicen que me va muy bien.

—No sé qué haría sin ti —murmuro contra la cremallera de su abrigo.

—Oh, probablemente desmoronarte por completo —bromea—. Pero, si tienes suerte, Betsy cuidará de ti.

Como si hubiera escuchado su nombre, Betsy saca la cabeza dorada por la ventana del salón, lo que significa que está subida en el sofá.

—Bájate. —Mi madre se pone a dar palmadas.

Betsy da brincos en el sofá y ladra dos veces. Lo hace tan fuerte que se oye con la ventana cerrada. Golpea los cristales con la cola.

—Por esto no podemos tener nada bonito —comenta mi madre con una sonrisa.

—Es un trasto —coincido. Una sonrisa aparece en mi cara cuando la boba de mi perra desaparece de mi vista. Probablemente esté arañando la puerta.

Mi madre saca las llaves del bolso y estoy segura de que Betsy saldrá como una exhalación en cuanto abra la puerta. La tengo que sujetar del collar antes de que llegue al jardín y a la calle. Jalo de ella hacia la casa y cierro la puerta.

—¿Tienes hambre? —me pregunta mi madre—. Estaba pensando en ir a Tillamook a comprar una pizza.

—Claro. Siempre me apetece comer pizza. —Voy a la cocina y compruebo rápidamente qué hay en el refrigerador. Está casi vacío excepto por una botella de dos litros de leche y un poco de queso y de fiambre que ha traído mi madre del restaurante porque están a punto de caducar—. Pero puedo preparar unos sándwiches si no quieres conducir hasta allí.

—¿Sabes qué? Tengo una idea mejor. Hemos cumplido bien hoy y creo que deberíamos celebrarlo. Vámonos al Fintastic. Sé que te encantan sus vieiras salteadas y con Luke fuera del país seguro que llevas mucho sin probarlas.

—Me encantan —admito—, pero el Fintastic es muy caro. Podríamos comprar unas vieiras en el supermercado y preparar...

—¡Embry! —Frunce el ceño—. No puedes preocuparte por el dinero más que yo. ¿Cuánto hace que no salimos a comer fuera? Nos podemos permitir una comida buena de vez en cuando.

—Tienes razón —murmuro. *Siempre y cuando nadie descubra que quemé el Sea Cliff.*

—¿Qué te parece? —continúa—. Cenamos en el Fintastic y luego podemos ir a comprar un árbol de Navidad si quieres. Me he enterado de que los han puesto a mitad de precio.

—¿En serio? —A mi madre y a mí nos encanta la Navidad y todos los años nos divertimos decorando el restaurante y la casa con luces y baratijas, pero no hemos comprado un árbol desde que murió mi abuela.

—Claro. Papá ha enviado un poco de dinero extra este mes para comprar algunas cosas para las fiestas y ahora que les han bajado el precio...

Frunzo el ceño. Odio que lo llame así. «Papá» conlleva implicación. Prefiero el término «padre» o «donante genético». Cuando era pequeña, era distinto, por entonces quería que formara parte de mi vida. Los demás niños del colegio tenían un padre al que veían al menos de vez en cuando, si no cada día. Yo me sentía engañada, como si me estuviera perdiendo algo. Pero cuando cumplí catorce años, mi abuela me contó la historia fea de su aventura con mi madre, que su mujer le contó a todo Three Rocks que mi madre era una acosadora que lo emborrachó y lo sedujo, que él le pidió y suplicó e incluso intentó sobornarla para que abortara, que mi madre aceptó recibir menos manutención a cambio de que él le prometiera que nunca intentaría hacerse con la custodia.

Busqué a mi padre por Internet un par de veces después de escuchar esa historia. Creo que esperaba encontrar alguna prueba de que era falsa, o al menos exagerada, pero lo único que hallé fue a un hombre ejecutivo de pelo rubio con una entrenadora de pilates por esposa y dos hijos en la universidad en la Costa Este. Después de ver todo eso, decidí que no quería tener nada que ver con un hombre que ni siquiera deseaba que yo existiera. Diría que lo odio, pero sé que el dinero que envía cada mes a mi madre es lo que nos mantiene a flote, así que imagino que simplemente no me gusta.

—No quiero usar su dinero —replico—. Es obvio que tenemos que usarlo para cosas que necesitamos, pero tengo algo ahorrado para comprar el árbol.

—¿Qué diferencia hay...?

—La hay —la interrumpo—. Espera un momento. —Entro en mi habitación y vuelvo con un fajo de billetes. Se los tiendo a mi madre—. Estaba pensando que podríamos usar esto para arreglar la caldera. Sé que has estado revisándola.

Mi madre mira el termostato que hay en la pared. Lo tenemos puesto al máximo, pero apenas hará unos quince grados aquí dentro.

—Pensaba que querrías usarlo para comprarte algo especial —señala—. O para comprarles regalos a tus amigos.

Niego con la cabeza.

—Nunca compro nada para nadie, solo para ti y para Luke. Me sentiré mejor si empleamos el dinero en algo que necesitamos las dos.

—¿Y qué pasa con Julia?

—Julia y yo siempre nos hemos hecho cosas la una a la otra o hemos intercambiado regalos pequeños. Este año la voy a sorprender con el sándwich oficial Julia Worthington, ¿recuerdas?

Después de mucho suplicar y engatusarla, mi madre aceptó dejarme crear un sándwich nuevo para el menú del restaurante y ponerle el nombre de Julia. Tal vez parezca un regalo tonto, pero a mi amiga le encantará ver su nombre en nuestra pizarra y voy a asegurarme de que también le encante el sándwich.

—Siempre y cuando no tenga purpurina —comenta mi madre.

Esbozo una sonrisa. Julia es conocida por su maquillaje brillante, sobre todo en verano, cuando enseña mucha piel.

—Nada de purpurina. Solo humus, vegetales y una salsa griega baja en calorías.

—Suena bien. ¿Qué te parece esto? Usamos la mitad de este dinero en la caldera y la otra mitad te la quedas o la ingresas en el banco por si la necesitas para algo. Si no, la puedes reservar para los libros de la universidad del año que viene.

—Me parece justo. Voy a cambiarme y estaré lista para salir. —Le doy a mi madre cinco billetes de cincuenta dólares y guardo el resto en mi bolso. No pienso usarlo si compramos un árbol. Mi padre nos ha quitado mucha felicidad a mi madre y a mí, no va a estropearnos la Navidad.

—Estupendo. Voy a llamar para reservar por si hay mucha gente y luego me doy una ducha rápida. ¿Salimos a las seis y media?

—De acuerdo. —Entonces quedará una hora y media hasta la hora límite. Mi cerebro reproduce el montaje de posibles formas de arruinar vidas. Me digo a mí misma que soy una boba, que nadie puede acabar con las oportunidades de Julia de ir a la universidad solo porque sí. Y nadie se arriesgaría a destrozar un restaurante o a hacer daño a otra persona que me importa solo para darme una lección. Probablemente sea una broma estúpida, como dijo Holden.

Ojalá pudiera estar con él cuando el reloj marque la cuenta atrás, pero creo que esta noche trabaja en la gasolinera. A lo mejor lo veo cuando mi madre y yo vayamos al terreno donde venden los árboles de Navidad, que está al otro lado de la calle de la gasolinera.

Mi teléfono vibra con un mensaje de texto. Sonrío cuando veo de quién es; parece que me hubiera escuchado pensar en él.

Holden: Solo quería comprobar si te estás volviendo loca de preocupación por esa nota.

Yo: Decidí pasarme el día ayudando a mi madre en el restaurante, pero ahora que estoy en casa puede que esté un poco preocupada.

Holden: ¿Puedo hacer algo?

Yo: Tengo la sensación de que yo debería hacer algo. Como advertir a alguien que me importa de que tenga cuidado.

Holden: Estás con tu madre y yo estoy cuidando de mí. Luke está en Afganistán, ¿por quién más te puedes preocupar? ¿Solo por Julia?

Yo: Julia, Frannie, algunos del trabajo.

Holden: Bueno, puedes advertir a quien quieras, pero no hay nada más que nosotros podamos hacer.

Sé que tiene razón, pero sigue pareciéndome mal hacer caso omiso de las amenazas contra las personas que son importantes para mí. Siento una presión en el pecho, como si lo tuviera lleno de piedras. Odio esto, esta sensación de impotencia y de no poder hacer nada.

Yo: ¿Y si pasa algo malo?

Holden: No va a pasar nada.

Yo: Pero ¿y si pasa?

Holden: Entonces, nos enfrentaremos a ello los dos juntos, ¿de acuerdo?

Me muerdo el labio inferior. Las palabras de Holden no bastan para animarme, pero ahora mismo es lo mejor que tengo.

Una hora más tarde, más o menos, mi madre y yo nos detenemos en el aparcamiento de grava del Fintastic. El edificio es sencillo por fuera, hormigón blanco con un tejado negro, lo cual confirma lo que a la gente del pueblo le gusta decir sobre él: que es un «tesoro oculto». No es el tipo de lugar en el que detendrías tu camino de forma impulsiva mientras conduces. Aun así, cada año más escritores de viajes descubren su existencia y el restaurante se llena más y más. Esta noche no es una excepción y el aparcamiento está casi lleno.

Una explosión de aire cálido nos recibe cuando abrimos la puerta. El interior del restaurante es todo lo contrario al exterior. Está repleto de mesas cómodas y tiene una decoración costera; es un lugar perfecto para citas románticas y veladas en familia. Hay un árbol alto de Navidad detrás del mostrador de recepción del restaurante con las ramas gruesas decoradas con adornos verdes, rojos y dorados y cientos de lucecitas blancas.

Nos recibe la recepcionista, que no es otra que Frannie. Lleva unos pantalones negros y un jersey de Navidad con renos y muñecos de nieve.

—Hola —nos saluda—. He visto vuestra reserva en el libro y lo he preparado todo para vosotras. —Nos lleva hasta una mesa que hay en la esquina más alejada del restaurante y nos deja dos menús forrados en piel—. Vuestra camarera, Katrina, vendrá enseguida a atenderos.

—Espera, ¿qué? ¿Katrina Jensen? —pregunto.

—Sí. —Frannie mira por encima del hombro hacia la puerta, como si esperara que llegasen nuevos clientes para poder escaparse.

—¿Hay algún problema? —Se interesa mi madre—. ¿Quién es Katrina? ¿Es nueva en el pueblo?

—Vive en Tillamook. —Visualizo la bonita cena con mi madre arruinada por la actitud hosca de Katrina y sus comentarios maliciosos. Me vuelvo hacia Frannie, que se aleja poco a poco de nuestra mesa—. ¿No puede atendernos otra persona?

La joven me lanza una mirada suplicante.

—Lo siento, ya sé que preferirías a otra persona, pero ya he tenido que cambiarla en la rotación porque los últimos clientes querían sentarse al lado de la chimenea y si lo vuelvo a hacer se lo va a contar a mi madre.

Sé por Luke que la madre de Frannie es muy dura con ella, que mi amiga tiene la sensación de que nada de lo que haga nunca será lo bastante bueno para sus padres. No quiero que la regañen por mí.

—Uf, bueno. —Pongo los ojos en blanco—. ¿Por qué me odias? —murmuro cuando Katrina se acerca por detrás de ella.

—Bien, aquí está la camarera. Yo vuelvo a la puerta. —Se da la vuelta y corre hasta su puesto; las trenzas revolotean a su paso.

Katrina está casi irreconocible con el uniforme de camarera del Fintastic: pantalones negros, camiseta azul con el logo de un pez en el pecho y una gorra con la palabra Fintastic bordada delante. Tiene el pelo azul recogido en una coleta alta. Su sonrisa robótica empieza a retorcerse en una mueca cuando me reconoce, pero se recompone enseguida al darse cuenta de que estoy con mi madre.

—Hola. Embry, nuestra heroína local, que alegría verte. ¿Puedo traeros algo de beber? —nos pregunta con tono dulce.

—Agua, por favor —pide mi madre.

—Agua para mí también.

—Dos de agua, de acuerdo. —La sonrisa falsa desaparece y me imagino que ya ha decidido que mi madre y yo no vamos a ser generosas con la propina. Lo que no es verdad.

—Supongo que no sois amigas —comenta mi madre cuando Katrina vuelve a la cocina—. ¿Qué problema tienes con ella?

—¿Cuánto tiempo tenemos antes de que cierre este lugar? —bromeo—. No es nada, simplemente... prefiero a otras personas antes que a ella, como ha dicho Frannie.

—Bueno, hablando de que eres una heroína, me preguntaba si tenías pensado ir al hospital a ver al chico que salvaste. ¿Cómo se llamaba? ¿Sam?

—Ah, sí, Sam. Eh, no lo sé. No lo había pensado. —Y no había pensado en ello porque no quiero ir a verlo. Probablemente se muestre agradecido y yo voy a acabar sintiéndome todavía peor por las cosas que he hecho—. No sé siquiera si sigue en el hospital.

—Según el periódico, sí, pero se espera que se recupere del todo. ¿Lo conocías de algo? El artículo que leí decía que dejó el instituto Tillamook en tercero después de que muriera su abuelo.

—No sabía que había ido al instituto Tillamook, pero creo que tendrá un par de años más que yo. Puede que no lo haya visto.

—Sería un bonito gesto de tu parte que fueras a visitarlo.

—Ya, de acuerdo, lo pensaré.

Al otro lado del restaurante, Frannie sienta a una pareja mayor que reconozco: los padres de Julia. Me pregunto qué estará haciendo mi amiga esta noche. Repitió los exámenes de admisión el mes pasado y me dijo que pensaba que le habían salido bien, pero ahora está obsesionada con los ensayos que tiene que escribir. Ella y su amiga Ness se han apuntado a un curso por Internet sobre «Cómo escribir un ensayo perfecto para solicitar plaza en la universidad» y pasa mucho tiempo con él.

La madre de Luke sale de la cocina con una bandeja de comida. Se detiene al lado de la barra, donde su hermano Jonah añade una botella de vino tinto a la bandeja. Jonah se acerca para decirle algo y ella le da una palmada en el brazo.

Mi madre sigue mi mirada.

—No te he escuchado mencionar mucho a Luke últimamente. ¿No vendrá a casa por Navidad?

—No puede, me dijo que tal vez después de Año Nuevo.

—¿Siguen las cosas bien entre vosotros dos?

Me quedo en silencio un instante.

—Los dos aceptamos darnos un descanso mientras estaba fuera. No quería contártelo porque fue justo cuando te pusiste enferma y sé lo mucho que él te gusta.

—Sí que me gusta. —Sonríe—. Pero lo importante es que te guste *a ti*.

—Es un chico estupendo —comento con tono convincente—, pero el ejército lo ha puesto en modo rápido. Quiere que me mude a Texas este verano e incluso ha mencionado la idea de casarnos la próxima vez que venga al pueblo.

Mi madre silba.

—Madre mía, sois muy jóvenes para hablar de esos temas.

—Lo sé.

Adelanto los hombros al acordarme de la última vez que Luke y yo estuvimos juntos a solas, después del baile de tercer curso. Reservamos una habitación de hotel para la noche y yo esperaba que tan solo bebiéramos y nos enrolláramos, que disfrutáramos de nuestro tiempo limitado juntos. Estaba tan sexy con su uniforme de gala que me pasé todo el baile fantaseando con lo divertido que sería quitárselo.

Sin embargo, Luke se pasó media noche en el balcón de la habitación del hotel, mirando el mar. No dejaba de hablar de un amigo cuya esposa lo había abandonado después de una misión larga.

«No estoy seguro de lo que ocurrirá si paso en el extranjero seis meses... o más tiempo», me dijo. «Nunca hemos estado separados más de tres meses e incluso eso ha sido muy duro para mí».

Esa fue la noche que sugerí por primera vez que nos diéramos un descanso y que le restáramos presión a lo nuestro. Él necesitaba concentrarse en mantenerse a salvo y no preocuparse por su novia sola en casa y que no podía entender por lo que él estaba pasando. Necesitaba ser libre para hacer lo que fuera necesario para sobrevivir a la situación. Quería ser una fuente de apoyo, no de estrés.

Se enfadó por la idea, así que dejé el tema y lo obligué a volver a la habitación, a la cama, donde por fin me dejó que lo distrajera. Por la mañana actuó como si todo fuera bien.

Pero cuando terminó el curso, se mostró convencido con mi forma de pensar.

«Solo un descanso, no es una ruptura», me aclaró por teléfono.

«Así en lugar de estar tristes porque estamos separados, nos alegraremos cuando podamos hablar el uno con el otro. Y cuando regrese a la base podemos empezar a hacer planes para cuando te gradúes».

En ese momento, pensaba que volveríamos a estar juntos. Era Luke, el chico que pasó seis horas ayudándome a buscar a Betsy cuando se escapó por el patio trasero. El chico que me llevó a navegar y a montar en canoa y planeó un pícnic romántico para el día que me dijo por primera vez que me quería. Luke, el chico que se conformó con solo tocarme durante seis meses y luego esperó otros cuatro hasta que yo me sintiera preparada para acostarme con él. Seguramente, el leve encaprichamiento que tenía con Holden por esa época no podía compararse con todo eso.

¿Cómo pude estar tan equivocada?

Mi madre carraspea.

—Bueno, no permitas que te presione con nada. Siempre tendrás una casa donde quedarte conmigo y un trabajo si lo quieres.

—Gracias. —Aparto las imágenes que aparecen en mi mente: yo en el funeral de mi madre cuando vuelva el cáncer, la nieve cayendo en Puffin Hill mientras dejo flores de pascua rojas en su tumba—. He pensado en romper definitivamente con él la próxima vez que venga al pueblo. Ojalá quisiéramos las mismas cosas, pero... no es así.

Esto es mucho más de lo que le he contado a nadie, excepto a Holden. *Holden*. Su nombre en mis labios. Mi madre sabe que somos amigos. Podría contarle la verdad. Es la oportunidad perfecta y ella no me va a juzgar.

Pero no lo hago. Las palabras no me salen. Me aparto el pelo de la cara y cambio de tema.

—¿Por qué nunca sales con nadie, mamá? No has tenido una cita desde Jackson, ¿verdad?

Jackson Keller era un enfermero que trabajaba en urgencias en Tillamook. Mi madre lo conoció en el restaurante. Solía venir mucho durante el verano y pedir batidos de frutas para llevárselos a la playa. Decidió volver a la universidad para obtener un grado avanzado y se mudó a Portland para asistir a clases. Él y mi madre se veían los fines de semana, pero la relación se fue apagando poco a poco. Mi madre no me ha contado nunca qué pasó, yo tenía unos once años por esa época, pero la vi con los ojos rojos tantas veces que supuse que había sido él quien había terminado con ella.

Mi madre juguetea con un mechón de la peluca.

—¿Sinceramente? Soy mucho más feliz cuando no estoy en una relación. —Se encoge de hombros—. Hubo un par de hombres más cuando eras pequeña. Por entonces quería que tuvieras un padre en tu vida, pero como bien estás comprendiendo, las relaciones pueden ser muy estresantes. Tienes que llegar a acuerdos. Todo lo que haces de pronto puede afectar seriamente a otra persona. Decidí que no valía la pena, que prefería centrar mi atención en ti y en el restaurante. Y después, cuando me puse enferma, también tuve que encontrar tiempo para centrarme en mí. —Esboza una sonrisa—. No me sobraba mucho para dedicárselo a un romance.

—Odio que te sientas sola por mi culpa.

—No seas tonta. —Me da una palmada en la mano—. Tú eres la razón por la que nunca me sentiré sola.

Cuando Katrina nos trae la comida (espero que no la haya escupido), las vieiras están tan increíbles como las recordaba. Hay cinco, salteadas hasta alcanzar un color café dorado y dispuestas en círculo sobre una cama de pasta. Están regadas con una salsa de gambas hecha con mantequilla y especias, y el borde del plato está decorado con perejil fresco y rodajas de limón. Tomo el teléfono y hago una foto del plato.

Son las 07:18 p. m., queda menos de una hora.

—¿Vas a publicar eso en Snapchat, Instagram o algún otro sitio? —me pregunta mi madre.

—Nop. —Sonrío—. Es que es demasiado bonito para comérmelo.

—Entonces es que no tienes tanta hambre como yo. —Mi madre corta un buen trozo de su salmón con especias y salsa florentina y se lo mete en la boca—. Mmm, se derrite como la mantequilla. —Se da golpecitos en la boca con la servilleta.

Ataco la primera vieira. Está perfectamente cocinada, crujiente por fuera y suave por dentro sin resultar gomosa. Enrollo en el tenedor un poco de pasta; los hilos largos y finos me recuerdan a las mangueras de los bomberos que se apresuraban al hotel Sea Cliff. ¿Había de verdad alguien más esa noche allí, observándonos a Holden y a mí?

El tenedor cae de mis dedos temblorosos en mitad de la mesa.

—Lo siento. —Lo alcanzo y lo limpio con la servilleta. Escondo las manos temblorosas en el regazo.

Mi madre vuelve a limpiarse la boca.

—¿Seguro que estás bien? Llevas todo el día nerviosa.

—Perdona, es solo que tengo muchas cosas en la cabeza.

—Bueno, si quieres hablar… —Se queda callada para que entienda lo que quiere decir. Asiento.

—Ya lo sé. Gracias. No es nada. —O eso espero. Compruebo de nuevo el teléfono y lo meto en el bolso: 07:21 p. m. ¿Habrá alguien más vigilando el reloj igual que yo, esperando a ver mi publicación en Facebook? ¿O tiene razón Holden y está en algún lugar, riéndose al pensar en lo mucho que me preocupa esto?

Mi madre y yo estamos hambrientas y comemos prácticamente en silencio, salvo por las ocasionales murmuraciones para decir lo delicioso que está todo. Intento no engullir la comida. Miro a mi alrededor, masticando lentamente, saboreando cada bocado. El suelo de madera resplandece como si acabaran de pulirlo y la decoración costera que cuelga de las paredes (peces de peluche, anclas, fotografías históricas, redes y cuerdas, etc.) tiene luces blancas alrededor por la Navidad. Los cristales de las ventanas están decorados con nieve falsa, menos los que tienen vistas al mar.

Miro el reloj de pared con forma de herradura que hay sobre la barra. Quedan veintisiete minutos.

Corto la cuarta vieira y mojo el trozo en la salsa de gambas. Cuando mi madre se levanta y se excusa para ir al baño, tomo el teléfono y llamo a Holden. Sé que si está en el trabajo es probable que no responda, pero solo quiero oír su voz.

Salta el mensaje del contestador. «Soy Holden Hassler, por favor, deja un mensaje». Nada de banalidades, directo al grano. Cuelgo y le envío un mensaje de texto.

Yo: Estoy en el Fintastic con mi madre, me estoy volviendo un poco loca esperando a las ocho. ¿Todo bien?

Como no responde, me meto en Internet y leo las noticias locales. Un artículo informa de que la guardia costera ha rescatado a dos chicos universitarios de una cueva al sur de Yachats, el pueblo donde vive mi padre.

Intento imaginar lo que diría él si descubriera lo que he hecho. ¿Es del tipo de persona que me apoyaría y diría que no debería culparme por un accidente? ¿O me juzgaría y me regañaría por escaparme con chicos y beber alcohol siendo menor de edad? Me pregunto si pagaría parte de los daños del Sea Cliff si me descubren. Probablemente podría firmar un cheque por el valor de todo. Busco «renunciar a los derechos de paternidad», pero no encuentro nada sobre la responsabilidad de un padre cuando ponen multas a sus hijos.

«Mierda», murmuro entre dientes. ¿Qué le pasaría a mi madre si tuviéramos que vender el Oregon Coast Café? Es probable que pudiera encontrar trabajo en una cafetería o un restaurante de Tillamook. Puede que pudiera trabajar de encargada o realizar las reservas. Pero ¿y si el Oregon Coast Café no vale lo que debemos por el incendio del Sea Cliff? El espacio es de alquiler, no en propiedad, y mi madre siempre se está quejando de que apenas le saca beneficio.

Si alguien descubre la verdad, mi madre y yo podríamos perder la casa.

Trago saliva con dificultad. Las vieiras empiezan a dar vueltas en mi estómago como unos zapatos dentro de una secadora. ¿Cómo ha sucedido todo esto? ¿Cómo ha podido pasar?

Mi madre vuelve a sentarse.

—Han decorado hasta los baños.

—¿En serio? —Le doy a la X del buscador para cerrar la ventana y que no vea lo que estaba investigando. La hora prácticamente late en mi teléfono.

Quedan veintidós minutos.

—¿Vas a terminarte eso? —Mi madre señala la vieira que me queda y un poco de pasta.

Tengo el estómago revuelto. Fuerzo una sonrisa.

—Estoy llena. ¿Quieres?

—Claro. —Corta la vieira por la mitad y se la lleva a la boca con un poco de pasta—. Mmm. —Hace un gesto para pedir la cuenta. Le da la tarjeta de crédito a Katrina y espera a que vuelva con el ticket para firmarlo.

Frannie vuelve a la mesa mientras esperamos.

—¿Ha estado todo bien? —pregunta sonriente.

Estoy segura de que con «todo» se refiere a Katrina.

—Supongo —respondo de mala gana—. La comida siempre está estupenda.

—Eso es lo que me gusta escuchar. Esperad un segundo antes de marcharos, tengo algo para vosotras de parte de mis padres.

Asiento. Probablemente sea una tarjeta de Navidad o un pequeño regalo. Muchos propietarios de los establecimientos del pueblo intercambian pequeños presentes. Mientras Frannie se dirige a la cocina, compruebo una vez más el teléfono. Quedan diecisiete minutos.

Un momento después, mi amiga regresa con una bolsa blanca de plástico con dos recipientes de espuma de poliestireno.

—¿Qué es? —Echo un vistazo al recipiente que hay encima y veo un par de filetes de salmón sin cocinar.

—Pescado y algunas de nuestras salchichas de ciervo. Mi madre me ha pedido que reparta esta comida entre los amigos que vengan al restaurante. Las salchichas son de tres sabores distintos: teriyaki, cheddar y chipotle. Yo he preparado el chipotle. Mis padres no me dejarán ir a cazar hasta que tenga dieciocho años, pero mi padre me ha dejado que lo ayude a preparar el ciervo que cazó a principios de mes.

—Qué asco —exclamo—. Las salchichas no, eso es estupendo, solo la parte del ciervo muerto y todo lo que implica *prepararlas*.

—Es cuando…

—Detente —le pido—, antes de que me arruines para siempre las salchichas.

Mi madre se remueve incómoda en la silla.

—Gracias, Fran, pero tu madre no tiene por qué alimentarnos.

Mi amiga mueve la mano.

—Uff, ya sabes cómo es esto. No hay forma de pedir la comida exacta para el restaurante, sobre todo cuando se trata de alimentos perecederos. Y mi padre y mis hermanos han matado tres ciervos esta temporada, lo que nos proporciona carne y salchichas para un año.

—Bueno, si insistes. —Mi madre le dedica una sonrisa mientras le hace un nudo a la bolsa—. ¿Está tu madre disponible para que pueda darle las gracias?

—Esta noche se ha marchado temprano, creo que está empezando a sentir el estrés de las fiestas.

—¿Todavía se encarga de la obra de teatro? —pregunto.

Cada año, en Nochebuena se celebra una fiesta en Three Rocks en el centro comunitario que hay junto al Compra Mucho. La fiesta comienza con comentarios del alcalde, que antes era el jefe de bomberos de Tillamook. Después se representa una obra tradicional del nacimiento de Jesucristo, que está llena de niños del pueblo y suele ser muy divertida, y después voluntarios locales ofrecen galletas y ponche. La señora O'Riley lleva dirigiendo la obra desde que tengo memoria. Un año, Luke, Frannie y yo representamos a los tres reyes magos. Luke llamaba a su regalo Vincenzo en lugar de incienso y su madre se puso de muy mal humor. Al público le pareció divertidísimo.

—Sí y, como siempre, tiene unas expectativas altísimas. Está intentando reclutar al niño Jesús de Tillamook porque no hay ahora mismo bebés en Three Rocks. Yo le digo que use una muñeca.

Mi madre se echa a reír.

—Creo que Jesús estaría impresionado por su compromiso con la autenticidad.

—Madres. —Pongo los ojos en blanco y Frannie se ríe.

—Madres —repite la mía con tono irónico—. No se puede vivir con ellas. No se puede comer comida deliciosa sin ellas. —Se vuelve hacia Frannie—. Pues dile que gracias. Embry y yo disfrutaremos del salmón los próximos días y nos comeremos estas deliciosas salchichas de ciervo mientras esperamos a que llegue el nuevo año.

—En serio, esa salchicha es responsable de esto. —Frannie se palmea el jersey navideño, que estoy bastante segura de que es un noventa y cinco por ciento de hilo y un cinco por ciento de persona. Está casi tan delgada como yo.

—Ya. —Pongo de nuevo los ojos en blanco.

Mi amiga desaparece despidiéndose con la mano cuando Katrina regresa con el ticket de mi madre.

—Gracias, que tengáis una buena noche. —Ya está a medio camino de la cocina antes de que mi madre pueda responderle.

—Igualmente.

Mi madre me da un codazo en las costillas cuando nos dirigimos a la salida.

—Se me ha olvidado contártelo. El alcalde se pasó por el restaurante ayer mientras estabas en el instituto y me preguntó si pensábamos asistir a la fiesta de Nochebuena. Parece que te van a entregar un premio Rocky este año por lo que hiciste la noche del incendio del Sea Cliff.

—Uf. —Hago una mueca. Al alcalde le gusta entregar premios cursis a los residentes que han hecho algo por ejemplificar la misión de nuestro pueblo, que es «honestidad, valentía, camaradería»—. ¿Le has dicho que tengo otros planes?

Suelta una risita.

—No, le he dicho que estaremos las dos allí como todos los años.

—Estupendo. —Parece que la única vez que alguien quiere homenajearme es por una de las peores cosas que he hecho nunca, pero ahora mismo tengo otros asuntos más importantes de los que preocuparme.

Mi teléfono vibra justo cuando estamos preparándonos para salir a la calle. Quedan ocho minutos.

Le doy al icono de los mensajes y veo que es de Holden. Se me suaviza el nudo de tensión que tengo en la espalda solo con ver su nombre.

—Gracias por la cena —le digo a mi madre.

—Gracias a ti por la ayuda en el restaurante. No recuerdo la última vez... —Se queda callada cuando algo que hay al otro lado del aparcamiento capta su atención.

Sigo su mirada. Hay un hombre al lado de nuestro coche. Se parece al tipo que estaba mirándonos antes en el restaurante, el de la gorra y la chaqueta color café.

Salgo corriendo hacia el coche con mi madre justo detrás. El hombre se escabulle entre las filas de vehículos y entra en un BMW negro. Retrocede rápidamente y se dirige a la salida; los neumáticos patinan en la grava al pasar del aparcamiento a la carretera asfaltada.

—¿Conoces a ese tipo? —le pregunto a mi madre.

—No lo sé, no lo he visto bien. —Extrae las llaves del bolso—. ¿Qué hacía al lado de nuestro coche?

—Si alguien te acosa o algo, me lo contarías, ¿verdad? Me ha parecido ver a un hombre mirándonos esta tarde desde el Compra Mucho. —Mi voz suena ansiosa, intento bajarla un tono.

—Probablemente sea una coincidencia —responde ella—. Es un pueblo pequeño. Si se trata de un turista que solo está de paso, este es uno de los únicos lugares donde cenar bien.

Le echo un vistazo al teléfono. No puede estar relacionado con la amenaza que recibí. Aún quedan siete minutos para la hora. A menos que ese tipo haya venido a merodear solo para asustarme.

Cuando mi madre sale del aparcamiento, me acuerdo del mensaje de Holden y lo abro en la pantalla.

Holden: Perdona, estoy en el trabajo. ¿Pasa algo?

Yo: No, pero la hora límite termina en unos minutos.

Holden: ¿Quieres que vaya a recogerte cuando salga? Podemos dar una vuelta en la moto. Para que te despejes un poco.

Yo: Uff, ¡demasiado fríííííío!

Pasear por la costa en la parte trasera de la moto de Holden en verano fue estupendo, pero no sé cómo me sentiría haciendo una escapada con estas temperaturas tan bajas.

Holden: Gallina 😉

Yo: Mi madre y yo vamos cerca de donde estás para comprar un árbol de Navidad.

Holden: Qué bien, me alegro de que no estés sola.

Yo: Yo también.

Mi madre me mira.

—Los jóvenes os manejáis con los teléfonos muy bien —comenta—. Siempre me quedo fascinada por lo rápido que escribís.

Suelto una risita.

—Cuando lleguemos a tu edad todos nos veremos afectados por el síndrome del túnel carpiano.

Ilumino la pantalla bloqueada. Son las 07:55 p. m., quedan cinco minutos. Miro la carretera, solo estamos a un par de calles del terreno de venta de árboles de Navidad. Me esfuerzo por mirar el móvil y la carretera al mismo tiempo, hasta que mi madre accede al terreno y apaga el motor. No sé qué es lo que espero, no es que la persona que me ha amenazado me haya estado acosando las últimas veinticuatro horas y ahora vaya a saltar delante del coche justo cuando se acabe el tiempo.

Sin embargo, ahora que estamos fuera de la carretera me siento mejor.

El terreno está bastante desierto, aunque aún queda más o menos una docena de árboles entre los que elegir. Mi madre examina concienzudamente los más pequeños, los que caben en nuestro salón, y va de árbol en árbol tocando las ramas, comprobando si las agujas ya están cayéndose.

Miro el teléfono cada vez que puedo y el corazón me martillea en el pecho cuando aparecen las 08:00 p. m. en la pantalla. Mi madre llama al vendedor para preguntarle el precio de uno que no lo tiene marcado y yo doy una vuelta en círculo, examinando toda la zona en busca de alguien que me pueda estar mirando.

Al otro lado de la calle, las luces del taller que hay junto a la gasolinera se apagan. Holden está en el aparcamiento, echando gasolina a dos coches diferentes. Me ve y se da un golpecito en la muñeca como diciendo «Mira qué hora es».

Asiento, aunque no estoy segura de que vea el movimiento, por lo que lo saludo con la mano. Me devuelve el saludo y se concentra de nuevo en el surtidor. Saca la manguera del tanque de gasolina del vehículo y la cuelga en su sitio. Le pone el tapón al coche y le tiende un recibo al cliente.

Mi madre regresa con un hombre más o menos de su edad que lleva un abrigo de cuadros rojos y negros y unos pantalones color café. Tiene puestos unos guantes de jardinero azules y naranjas.

—Este cuesta veinte dólares, Emb, ¿qué te parece?

—Deberíamos llevárnoslo. —Fuerzo una sonrisa por el bien de mi madre y del vendedor. Miro de nuevo a mi alrededor cuando los sigo a la parte delantera del terreno, donde el hombre coloca una red alrededor del árbol.

Mi madre y yo metemos la mano en nuestro bolso al mismo tiempo, pero ella me mira sacudiendo la cabeza.

—Tengo dinero. No es de tu padre, ¿de acuerdo?

Asiento. Me siento mal por ser tan quisquillosa.

—Perdona si me he puesto insoportable con ese tema.

—No has sido insoportable, solo estabas sensible. Puedes sentirte sensible, pero espero que consideres la opción de hablar con él algún día.

—Puede que algún día —digo. *Pero no pronto.*

Mi madre le entrega al vendedor el billete de veinte dólares y él se ofrece a prepararle un recibo a mano, pero ella sacude la cabeza.

—No es necesario. Gracias.

El hombre nos lleva el árbol al coche y nos ayuda a asegurarlo al techo con un par de trozos de cordel fuerte. Cuando mi madre toma las llaves del bolsillo y se encamina al asiento del conductor, el vendedor le deja una tarjeta en la mano.

—Llámeme si necesita plantas o flores para su jardín. El vivero de Tillamook es mío y puedo ofrecerle un buen precio.

Mi madre se ruboriza y acepta la tarjeta, y yo me doy cuenta de pronto de que el hombre está flirteando con ella. Ver a mi madre y al vendedor sonriéndose hace que desee desaparecer. También me hace preguntarme si todo lo que me ha dicho en la cena es verdad.

A lo mejor el amor es otra cosa más que ha sacrificado por mí.

Al llegar a casa, mi madre y yo colocamos el árbol en el soporte. Bajo las persianas y corro las cortinas de la ventana; soy incapaz de deshacerme de la imagen del hombre con la chaqueta color café merodeando en el aparcamiento del Fintastic. Espero que mi madre no haya ligado con un tipo raro que haya conocido en una página web de citas o algo así. Creo que me lo diría si estuviera saliendo con alguien, aunque ella probablemente piense lo mismo de mí.

Holden me llama justo cuando mi madre está sujetando el árbol para ponerlo recto y yo estoy ajustando los pernos en el soporte. Betsy menea la cola y se pasea de un lado a otro, emocionada por la presencia de algo nuevo en la casa.

—Vete y túmbate —le digo. Con una mano en el tronco del árbol, uso la otra para silenciar el teléfono.

Betsy ladra una vez y luego se sienta sobre las patas traseras y me sonríe.

—Perra boba —comento, pero curvo los labios hacia arriba. Nunca me puedo resistir a su sonrisa perruna.

Por fin conseguimos asegurar el árbol. Mi madre retrocede para ver si está recto.

—Es muy bonito. ¿Quieres que lo decoremos hoy o mañana?

—Tal vez mañana. —A esta hora mi madre suele estar durmiendo y me fijo en que tiene manchas oscuras bajo los ojos y empieza a hundir los hombros. Señalo mi habitación—. Tengo tareas que hacer.

Suelta una risita.

—Primero quieres trabajar todo el día un sábado, ¿y luego quieres hacer las tareas? Si eres una alienígena, estás haciendo un trabajo horrible haciéndote pasar por una adolescente normal.

—¿Me estás llamando anormal?

—En el mejor de los casos. —Me guiña un ojo—. Mañana me parece bien. Podemos decorarlo en nuestra fiesta de los domingos.

—Tenemos una cita. —Le doy un abrazo rápido—. Me lo he pasado muy bien hoy. Buenas noches.

—Buenas noches. —Bosteza—. Nos vemos mañana.

Betsy me sigue cuando me voy a mi habitación. Me quito las botas y me tumbo en la cama totalmente vestida. Mi madre no es la única que está agotada. No sé si estoy tan cansada por el trabajo o es solo el estrés y la preocupación por lo que puede pasar después de la hora límite para publicar la confesión, pero tengo ganas de dormir.

Betsy se sube a la cama y se tumba a los pies.

—Un día duro también para ti, ¿eh? —Le acaricio el pelo suave. Tomo el teléfono del bolsillo, me tumbo de nuevo en la cama y llamo a Holden.

—Hola —saludo—. Perdona, estábamos montando el árbol.

—No pasa nada. Pensaba acercarme a ver el árbol, pero os habéis ido antes de que terminara con los clientes. —Se queda un segundo callado—. ¿No ha pasado nada malo?

—Había un hombre extraño al lado de nuestro coche en el Fintastic, pero probablemente solo fuera una coincidencia. Aun así, sigo con un ojo abierto, esperando a que pase algo.

—Como te dije, seguro que es algún provocador. Están por todas partes.

Como el domingo no pasa nada, empiezo a creer que tiene razón. Tampoco sucede nada el lunes ni el martes, y termino creyéndolo por completo. Pero entonces llega el miércoles y todo cambia en el instituto.

19 de diciembre

Lo primero que llama mi atención es que Julia no está en su taquilla antes de la primera hora. Normalmente viene en coche al instituto en lugar de subir al autobús como la mayoría de los estudiantes de Three Rocks, porque por la mañana va a nadar para hacer ejercicio. Así y todo, siempre está en la taquilla cuando yo termino de desayunar en la cafetería. Le mando un mensaje de texto para preguntarle si está enferma o si va a quedarse hoy en casa, pero no responde. Cuando el teléfono vibra unos minutos más tarde, pienso que es ella, pero resulta que es Holden.

> Holden: ¿Has mirado el correo electrónico esta mañana?
> Yo: Sí, casi todo spam, ¿por qué? ¿Me has enviado algo?
> Holden: No, pero alguien se ha hecho una cuenta de Gmail con mi nombre y ha enviado algo a toda la clase.

Mierda. No suelo entrar en la cuenta de correo electrónico del instituto, a menos que un profesor me lo pida, porque suele estar llena de correos aburridos como anuncios y menús de la cafetería.

Entro en la bandeja de entrada con el teléfono. En efecto, tengo un mensaje de HoldenHassler226@gmail.com, un mensaje con un vídeo adjunto. El título del vídeo dice: *La Navidad ha llegado pronto para mí...*

Me embarga una sensación de pánico cuando hago clic en el vídeo. Reconozco el fondo de inmediato: el recibidor del hotel Sea Cliff. La imagen se enfoca y veo a Holden sentado en el sofá y a mí arrodillada delante de él. Es bastante obvio lo que está pasando y también que los dos estamos disfrutando.

La cámara hace zoom y lo único que se me ve es la espalda y el pelo rubio. Mucha gente probablemente ni me reconozca, pero Holden es indiscutiblemente Holden. Me ruborizo mientras veo el vídeo hasta el final, desesperada por saber, pero aterrorizada por lo que puedo encontrarme. Se corta antes de que me suba a su regazo, antes de que tire la vela y provoque el incendio.

«Arruinaré la vida de alguien que te importa». A lo mejor este vídeo es para hacer daño a Holden. Seguro que a él le resulta incómodo, pero no creo que a la gente le importe que se esté enrollando con una chica. A Julia puede importarle, pero, aunque a ella pueda avergonzarle, Holden y ella ya no están juntos, así que tampoco es para tanto. Me muerdo el labio y la imagino ruborizada mientras ve esto.

Me salgo de la cuenta de correo y contesto a Holden.

Yo: ¿Lo ha visto Julia?
Holden: No lo sé, no responde a mis mensajes.
Yo: Ni a los míos. ¿Qué hacemos?
Holden: No sé si podemos hacer algo.

Me tienta volver a meter el bolso en la mochila y salir por la puerta del instituto Tillamook. No sé si seré capaz de quedarme en clase preguntándome qué es lo que piensa Julia, preguntándome si mis compañeros saben que la del vídeo soy yo. Holden y yo hemos sido muy cuidadosos con nuestras apariciones en público, pero todo el mundo sabe que empezamos a vernos más cuando Julia se marchó a Washington DC en verano.

Antes de que pueda decidir si quedarme o huir, Frannie dobla la esquina. Lleva unos vaqueros negros y una sudadera que dice EJÉRCITO; probablemente se la haya enviado Luke.

—Embry —me llama; recorre el pasillo en mi dirección—. Qué bien que te encuentro.

Tiene los ojos un poco rojos, como si hubiera estado llorando. Espero que no se haya enterado de lo del vídeo. Su nombre no estaba en la lista de destinatarios del correo electrónico, probablemente porque está en tercero. Verme con otro chico no arruinaría la vida de Luke, pero sé que le molestaría y no es así como quiero romper nuestra relación.

—Hola, Fran —la saludo con cautela. Rebusco en el bolso hasta que encuentro una goma para el cabello. Me retuerzo la coleta en un moño alto.

—Te acompaño a la primera clase. —Se pasa los libros del brazo derecho al izquierdo.

La clase de Frannie está justo al lado de la mía. Tiene Lengua Avanzada, una asignatura centrada en gramática y vocabulario avanzados para ayudar a los estudiantes a sobresalir en los exámenes de ingreso a la universidad. Yo tengo Multimedia e Internet, una optativa con el objetivo de enseñar a los alumnos a hacer páginas web y cuentas en Linkedin. Es, básicamente, una asignatura sencilla, pues los alumnos suelen saber más de Internet que la profesora.

—Claro. —Cierro la taquilla y recorro el pasillo junto a Frannie. Mientras caminamos, miro furtivamente a mi alrededor para intentar comprobar si la gente me mira más que de costumbre. Algunas personas se ríen y susurran, pero nadie parece fijarse en Frannie y en mí.

—¿Has sabido algo de Luke últimamente? —pregunta.

—Hablé con él por teléfono hace unos días, pero no he vuelto a hacerlo desde entonces. Me dijo que era probable que lo mandaran a una misión.

—¿Te comentó algo especial cuando hablasteis? ¿Sobre algo que él quería?

Le lanzo una mirada de soslayo mientras nos encaminamos hacia las escaleras que hay al fondo del pasillo. Me pregunto si sabe que Luke me ha pedido que nos casemos. La mayoría de los chicos no hablan con sus hermanas menores sobre este tipo de asuntos, pero Luke no es como la mayoría. Él y Frannie tienen una relación muy estrecha, pues el resto de sus hermanos tienen varios años más que ellos. Además, Luke es el único de la familia O'Riley que apoya a Frannie en su idea de dedicarse al campo de la salud. Sus padres quieren que vaya a la facultad de Ciencias Empresariales para que algún día se haga cargo de alguno de sus restaurantes.

—Nada fuera de lo normal, ¿por qué?

—Le he comprado algo para Navidad que sé que quiere, pero quería darle una sorpresa comprándole algo más.

—No me ha mencionado nada en particular. ¿Te ha enviado él esa sudadera?

Una sonrisa revolotea en su expresión.

—Sí. Él llevaba esta misma sudadera cuando estaba haciendo su examen de aptitud física.

Hago una mueca.

—Puaj, espero que la lavara antes de regalártela.

Frannie no se ríe. Se pone a juguetear con el extremo de uno de los cordones de la sudadera y la sonrisa se evapora en cuanto nos acercamos a las clases.

Me detengo en la puerta de su aula.

—¿Estás bien? Pareces triste.

Se tira de la punta de la coleta.

—Estoy bien, es solo que he discutido con mi madre. A veces es muy poco razonable.

—Me dijiste que estaba muy estresada, ¿no? Puede que sea por eso.

—Sí, quizá. —Cambia el peso de un pie al otro—. ¿Sabes? Luke me dijo en una ocasión que, si la situación se ponía muy mal, podía mudarme contigo y con él el año que viene. Hacer el último curso en Killeen. —Me mira a los ojos—. Pero fue antes de que decidierais daros un descanso, claro.

—Fran —digo con tono suave—. Da igual lo que hagamos Luke y yo, puedes vivir con él si quieres.

—Sí, supongo. —Antes de que pueda responder, añade—: Nos vemos, Embry. —Y entra en la clase.

Estoy a punto de seguirla, pero me detengo. Odio que Frannie esté atravesando un mal momento con su madre justo ahora, pero no va a querer hablar del tema delante de sus compañeros de clase y yo no puedo permitirme llegar tarde.

Con un suspiro, entro en el laboratorio de informática que hay al lado y me dirijo a mi computadora en el fondo. Llevo una semana trabajando para crear una página web usando una plantilla de Blogger o de WordPress. La mayoría de los alumnos de la clase están creando blogs. Yo estoy haciendo una web para el restaurante. Mi madre tiene una página muy básica con la ubicación, el horario y el número de teléfono, pero yo quiero crear algo más profesional que, con suerte, atraiga a más clientela. Hasta ahora, he incluido un menú y un enlace a Google Maps. Tenemos hasta después de las vacaciones para terminar el trabajo, pero yo espero tener la página en funcionamiento para Navidad y así poder enseñársela como regalo a mi madre.

—Hoy vamos a centrarnos en añadir imágenes a vuestra página —comenta nuestra profesora, la señorita McClellan—. Por favor, tened en cuenta que tienen que ser aptas para todos los públicos o, como mucho, para mayores de doce años para que yo no pierda el empleo. Podéis experimentar con diferentes tamaños y alineaciones, y también podéis añadir pies de foto y enlazarlas a otras páginas. Recordad, si vais a publicar vuestra web, tienen que ser imágenes de dominio público o imágenes propias.

—¿No podemos usar fotografías de famosos? —pregunta una chica de la primera fila alegremente. Desde donde me encuentro veo su pantalla. Está haciendo una página web de fans para una chica de un grupo de música K-pop.

—A veces hay imágenes de dominio público de famosos en Wikipedia o IMDB —responde la señorita McClellan—. Pero en caso de duda, descartadlas.

Subo unas cuantas fotos que he hecho de la comida en el trabajo. Las coloco en la página del menú, probando diferentes tamaños y emplazamientos hasta que consigo que se vea limpio y estéticamente bonito. Reservo un hueco para una foto del Julia Worthington, el sándwich nuevo que mi madre y yo vamos a presentar el día después de Navidad. Abro el bolso y echo un vistazo a la pantalla del teléfono. Julia no me ha respondido al mensaje que le he enviado.

Céntrate en las cosas que puedes controlar. Estoy segura de que alguien de la administración del instituto habrá descubierto ya el vídeo y habrá borrado el correo electrónico del servidor. No tengo ni idea de cuántas personas lo han visto ni si Julia sabe que soy yo. Tamborileo con los dedos en la mesa unos segundos antes de aceptar que ahora mismo no puedo hacer nada para arreglar la situación.

Miro a mi alrededor para comprobar qué están haciendo mis compañeros. Dos chicos que tengo delante están creando páginas web de fútbol. Al ver cómo suben imágenes de la liga nacional de fútbol, me acuerdo de Luke. Aunque el hockey es su deporte preferido a la hora de jugar, está obsesionado con ver el fútbol. No sé si lo podrá ver tan lejos de casa.

La chica que se encuentra a mi lado está inmersa en una página llena de ideas para hacer regalos de Navidad. Mientras miro, hace clic y sube una fotografía de una casa de Navidad de pan de jengibre. Me estremezco. Mi madre me compró una de esas casas en una ocasión, cuando era pequeña. Tardé una vida en armarla y cuando la terminé, se parecía más a nuestro cobertizo cochambroso del jardín que a una casita festiva. Lo peor fue que el glaseado que lo unía todo se puso duro como el cemento y el pan de jengibre ya estaba rancio en un par de días, por lo que, después de todo el trabajo, ni siquiera pudimos comérnosla.

La señorita McClellan se pasea por la clase observando nuestro avance y ofreciéndonos consejos. Le pide a un par de chicos del otro lado del aula que guarden los teléfonos y se pongan a trabajar. Me pregunto si estarán mirando el vídeo en el que salimos Holden y yo. No tengo ni idea de cuántas personas lo habrán descargado o se lo habrán pasado a sus amigos de otros cursos. Me arde la cara de la vergüenza. No estoy avergonzada por haberlo hecho (y sigo queriendo hacerlo, si soy sincera), solo estoy avergonzada porque me han descubierto. Espero que quien nos grabara ya se haya cobrado la venganza y nos deje a Holden y a mí tranquilos. A lo mejor esto es bueno, una oportunidad para que sea sincera, tanto con Julia como con Luke.

Julia aparece en la tercera hora, Español III. No me ha respondido al mensaje, así que me imagino que ha visto el vídeo, se ha enfadado y decidido irse a casa. Pero cuando entra en la clase diez minutos después de que suene el timbre con un pase del despacho de la directora, parece totalmente ajena a todo.

—Siento llegar tarde —le dice al señor Martínez en español. Se aparta el pelo rubio de la cara. Cuando se encamina hacia su asiento, delante del mío, el chico que hay a mi izquierda (Lowell Price, a quien Misty Whitehawk le dio un puñetazo en la competición de natación) carraspea. Lo miro y tose al tiempo que escupe la palabra «puta» en la mano. Estoy a punto de decirle que se vaya a la mierda cuando me doy cuenta de que se dirige a Julia, no a mí.

—Ya, claro —replico. Puede que Julia sea coqueta, pero llamarla puta es como llamarla tonta o vaga. No puede estar más lejos de la realidad.

Otros dos chicos miran a Julia cuando se sienta y saca el libro y la laptop. Oigo susurros procedentes del fondo de la clase.

—La Navidad llegó anticipada para mí —comenta en español el chico que está en la última fila. El título del vídeo. Los que lo rodean se ríen.

—¡Silencio, por favor! —El señor Martínez nos mira con semblante severo. Se oyen susurros y risitas residuales, pero entonces la mayoría de los alumnos vuelven a concentrarse en su trabajo.

No sumo dos y dos hasta después de clase, cuando Julia y yo volvemos a nuestras taquillas.

—No vas a creerte el día que estoy teniendo —sisea—. Supongo que has visto el vídeo.

Se me entrecorta la respiración un segundo.

—No lo he visto entero...

—Todo el mundo da por hecho que la chica soy yo. La mitad de los chicos del instituto llevan todo el día haciéndome mímicas de mamadas —explica—. ¿Por qué los hombres son tan idiotas?

—Ni idea —murmuro, con la cabeza dándome vueltas todavía. La iluminación del video era bastante mala y no se me veía la cara, pero, aun así, esperaba que Julia me reconociera enseguida.

Cierra la puerta de la taquilla y se vuelve hacia mí.

—¿Estás bien? Te has quedado blanca.

Levanto la mirada.

—Sí, estoy bien. ¿Y tú?

Se aparta el pelo por encima de los hombros.

—Holden puede acostarse con quien quiera, no me importa. Todo el mundo sabe que ahora somos amigos, pero me preocupa un poco lo que pueda sucederle a él. Incluso la directora Blake creía que la chica era yo. Me he pasado toda la primera hora en su despacho con la policía. Quieren investigar a Holden por algún tipo de delito de pornografía infantil.

—¿Qué? —Trago saliva—. Si no saben quién es la chica, ¿cómo saben que es menor de edad?

—No importa porque él solo tiene diecisiete años. ¿No es una mierda? Intentan acusarlo de difundir pornografía infantil en la que él es el niño. Al parecer, las leyes de pornografía de Oregón son muy severas y pueden juzgarlo como a un adulto. Con suerte, podrá demostrar que esa cuenta de Gmail no es suya y se acabó.

Pienso en lo que supondría que arrestaran a Holden por distribuir pornografía. Si lo declarasen culpable, quedaría marcado como agresor sexual. Incluso aunque no lo declararan culpable, eso podría arruinarle la vida. Y eso sin mencionar que todo esto le dificultaría la vida a su madre. Holden me comentó que estaba tomando clases por Internet con la esperanza de ascender algún día a detective.

Miro el teléfono, pero no tengo mensajes de él. Me pregunto si estará en el despacho de la directora o si habrá tenido que irse a la comisaría.

—¿Has hablado con Holden después de esto?

Niega con la cabeza.

—No lo he visto hoy.

Un par de chicos que juegan en el equipo de hockey, Eric y Alex, se echan a reír cuando pasamos por su lado.

—Eh, Julia, ¿quieres que te lleve a casa después de clase? —le pregunta Alex. Mueve las caderas en dirección a mi amiga.

—¿Quieres algo más sustancioso para almorzar? —Eric mueve la lengua por el lado de la mejilla.

Julia les hace un corte de mangas.

—Seguro que ni los dos juntos podríais rellenar el perrito caliente de hoy.

—Solo hay una forma de adivinarlo. —Alex mueve las cejas arriba y abajo.

Julia pone los ojos en blanco y seguimos adelante.

—Con toda esta mierda he tenido que tratar desde que llegué esta mañana.

—¿Por qué no les dices que no eres tú?

Mi amiga se da la vuelta.

—¡Eh, imbéciles! —les grita—. Por cierto, no soy yo.

—¿Puedes repetirlo? —Alex se lleva una mano a la oreja—. No te he entendido con el pene de Hassler metido en la boca.

Eric sonríe con suficiencia.

—La dama protesta demasiado, me parece.

Julia se vuelve hacia mí.

—Por eso. No hay nada mejor que unos imbéciles sin cerebro citando a Shakespeare, ¿no? Es mejor no hacerles caso.

—De acuerdo, pero podrías meter a esos chicos en problemas si quisieras. Eso es acoso sexual en toda regla.

Se encoge de hombros.

—Esos idiotas me dan igual. Son el vivo ejemplo de «fui la estrella del instituto». Casi me dan lástima.

—Tienes razón, puede que no merezca la pena. Pero avísame si cambias de opinión y necesitas una testigo. —Me doy la vuelta y lanzo una mirada de odio a los chicos, que se han olvidado ya de Julia y ahora están enzarzados en lo que parece una pelea de puñetazos con otros dos chicos del equipo.

Julia se acerca y me da un abrazo impulsivo.

—Eres una buena amiga, Embry.

Si ella supiera.

Julia realiza un trabajo extraordinario haciendo caso omiso de las murmuraciones y las risitas ocasionales mientras avanzamos por la fila de la cafetería y nos dirigimos con las bandejas a la mesa de siempre. Tomo nota de todo aquel que se está comportando como un idiota. Muchos de ellos son gente que aduló a Julia el año pasado cuando era la representante del comité del baile del tercer curso.

Ahora que ya estamos a punto de graduarnos, todos muestran sus verdaderos colores.

—¿Qué pasa? —pregunta Julia—. Parece que acabaras de comerte un trozo de pescado en mal estado.

—Solo estaba pensando en lo idiota que puede ser la gente.

—Me meto unos espaguetis en la boca, que, en el mejor de los casos, están templados. Me los trago con un poco de leche.

—Ya, sí. Es una epidemia. No vayas a dejar que te infecten.

—Saca el botellín de agua de la mochila y lo agita para que la mezcla dietética que contiene no se quede en el fondo. Después se inclina sobre la mesa y habla en voz baja—: ¿Está mal que quiera saber quién es la chica?

—Pensaba que decías que no te importaba... —contesto, tosiendo.

—No me importa que haya pasado página. Solo me pregunto si será la chica con la que me engañó. —Se queda un instante en silencio—. ¿Tú lo sabes? Últimamente hablas más con él que yo.

Los espaguetis amenazan con volver a subir por la garganta.

—No habla conmigo de ese tipo de cosas.

Julia le echa una salsa baja en calorías a la ensalada.

—Supongo que da igual. Si él es feliz, yo soy feliz.

Mi amiga y yo hablamos por teléfono un par de días después de que ella y Holden rompieran. Según parece, él le contó que la chica con la que se había acostado era una que había visto en una fiesta. Me preguntó si sabía quién era y le respondí que no tenía ni idea. Solo de pensar en ello, ya me siento mal. Me siento mal por seguir mintiendo. Desgraciadamente, sentirse mal y hacer algo al respecto son dos cosas distintas. La culpa es uno de mis superpoderes. La confesión, no tanto. *Pronto*, me prometo a mí misma. *Pronto encontraré la manera de contárselo.*

—Lo siento, no quería ponerme así. —Estira el brazo en busca del mío—. Me alegro de tenerte a mi lado en estos momentos. Ojalá hubiera estado contigo este verano cuando tu madre enfermó. Tendrías que haberme llamado.

—Estabas ocupada. No quería cargarte con mis problemas mientras estabas estudiando y trabajando. —*Y saliendo con Ness*.

—Aun así, deberías haberme llamado —insiste.

Y me golpea, como una patada en el pecho, la certeza de que tiene razón. Trago saliva con dificultad y busco una respuesta, pero no se me ocurre nada. Puede que, si hubiera llamado a Julia, no habría dependido tanto de Holden. Nunca nos habríamos acostado ni habríamos empezado a escabullirnos juntos. El Sea Cliff no habría ardido, no me estaría molestando ningún psicópata y los chicos no llamarían «puta» a Julia.

Tal vez Holden esté equivocado. A lo mejor los amigos del instituto sí son amigos de verdad, quizá la única amiga falsa aquí soy yo.

No vuelvo a ver a Julia hasta que nos encontramos en las taquillas después de clase.

—Se han cancelado las prácticas de natación hasta enero porque el entrenador Smyth ha tenido que marcharse del pueblo —me explica—. ¿Te gustaría venir de compras navideñas conmigo?

—¿Aquí? —pregunto. Tillamook ni siquiera tiene centro comercial. A menos que quiera comprar antigüedades, queso *gourmet* o productos del mercado, las compras de Navidad conllevan una escapada más larga.

Mi amiga arruga la nariz.

—¿Qué te parece Portland?

—Eso está a más de hora y media —le recuerdo—. Y hay que contar con el tráfico de Portland. A no ser que quieras pasar allí la noche, no nos va a dar tiempo a comprar nada.

—Tienes razón. Supongo que estoy aislada de la civilización. —Exhala un suspiro—. ¿Y Lincoln City? Igual encuentro regalos para mis padres en el *outlet*.

—Voy a preguntarle a mi madre.

Le envío un mensaje y le pregunto si puedo ir de compras con Julia, prometiéndole que estaré en casa sobre las 09:00 p. m. Me responde que sí, que es muy probable que se quede trabajando hasta tarde, pero que puede escaparse media hora para llevar a pasear a Betsy. Me siento un poco culpable por dejarle a ella la responsabilidad de la perra, pero sé que odia que la trate como a una inválida y este mismo fin de semana me sugirió que debería pasar más tiempo con mis amigos.

—Vamos —concluyo.

Haciendo caso omiso de las murmuraciones y las miradas curiosas de nuestros compañeros de clase, Julia y yo nos dirigimos al aparcamiento trasero, donde deja su Subaru. Entro y Julia saca el botellín de agua y lo deja en el posavasos del centro. Hay una rodaja de lima flotando en la superficie del líquido brumoso.

Arrugo la cara.

—¿Qué es ese mejunje?

—Ese *mejunje* es un concentrado de bayas açai quemagrasas. —Mi amiga resopla—. Y sabe bien, como el té de frambuesa.

—Parece el pis de un anciano.

—Lo que tú digas, perra esquelética —responde sonriendo—. ¿Has estado bañando a muchos ancianos últimamente?

—De algún modo tendré que pagar las facturas.

Se echa a reír y enciende el motor.

Atravesamos el pueblo y enseguida accedemos a la US 101, también conocida como la Oregon Coast Highway. Julia toquetea la radio y yo me concentro en el paisaje.

Empieza a sonar una canción reciente de hip-hop.

—Me encanta esta canción —comenta. Mece la cabeza y se pone a cantar—. Ness los ha visto en concierto un par de veces. Dice que en directo son épicos.

Mi madre y mi abuela me llevaron al festival Burning Man en una ocasión, cuando tenía cinco años. Aparte de eso, nunca he estado en ningún concierto.

—Qué bien —digo. No comprendo cómo puede estar tan tranquila con todo lo que ha pasado hoy.

Mientras nos dirigimos al sur, pequeñas poblaciones costeras con edificios descoloridos de color pastel se entremezclan con partes de la costa y alguna imagen alucinante del mar. Saco un par de fotografías con el teléfono. Salen borrosas y distorsionadas por la ventanilla y el movimiento del coche, pero, aun así, tienen algo mágico.

—Sacas unas fotos increíbles —señala Julia—. Deberías hacer algo con ellas.

—¿Algo como qué?

—No lo sé. ¿Presentarlas a concursos? O al menos subirlas a páginas web de bancos de fotos para que la gente las compre.

—Sí, tal vez. —No es una mala idea. No tengo una cámara lo bastante buena para ganar concursos y la mayoría de la gente roba las fotos de Internet para decorar sus blogs o páginas web, pero siempre existe la posibilidad de que alguna agencia o empresa pequeña pague por usar mis fotos de la playa para algún negocio oficial.

Es curioso, tanto mi madre como Julia me han comentado que podría ganar dinero con mis fotos. Nunca he pensado en convertir mi afición por la fotografía en una carrera profesional. En ese sentido soy como Holden. Él asegura que no quiere convertir su arte en un trabajo porque entonces perdería el encanto, pero yo creo que buena parte de perder el encanto se debe a que intentes vender tu arte y nadie te lo compre. Aunque estés seguro de tu trabajo, probablemente sea duro seguir trabajando en ello cuando entiendes a la fuerza que a nadie le gusta tanto como a ti lo que haces.

Solo pasan unos minutos de las cuatro, pero el sol ya empieza a ponerse y colorea el cielo con una mezcla de rosa y naranja. La carretera se inclina un poco y consigo hacer una foto estupenda en la que sale el contraste del azul del agua con los colores suaves del cielo. Me recuerda a una de las pinturas de Monet que estudié en la clase de Apreciación del Arte.

Sin embargo, no es únicamente el mar lo que es bonito aquí. La costa es una mezcla de arena suave y rocas oscuras, de acantilados y zonas planas salpicadas de maderos. Incluso los pueblos tienen cierta belleza. De las farolas cuelgan pancartas navideñas que parecen de otro tiempo. Las pintorescas tiendas que venden muebles antiguos o chocolate sofisticado se entremezclan con las gasolineras y los supermercados.

Veo a una familia de cuatro miembros caminar por una acera estrecha y detenerse delante de un restaurante de pescado para consultar la carta. La madre lleva en los brazos a un niño que va vestido con un abrigo blanco y peludo y el padre sujeta de la mano a una niña más grande, de unos seis o siete años.

Pienso mucho en ese tipo de vida, en cómo habría sido crecer con dos padres y con hermanos. Para mí todo eso es un cuento de hadas.

Mi teléfono vibra dentro del bolso. Lo saco y presiono la pantalla. Es un mensaje de Holden. Quiero leerlo, asegurarme de que está bien, pero me resulta incómodo hacerlo delante de Julia.

Vibra una segunda vez, y después una tercera.

Mi amiga acelera en una curva pronunciada. Estamos entre dos pueblos y delante de nosotras hay una carretera amplia. Pasamos por un enorme bache a unos noventa y cinco kilómetros por hora y me golpeo el hombro con la puerta.

—Ups, perdona. —Me echa un vistazo—. ¿No vas a responder?

Mierda, ahora va a parecer raro que no lo haga. Pongo el teléfono en silencio.

—Sí, es Holden, por cierto.

Holden: Estaba equivocado, a lo mejor sí se pueden arruinar vidas.

Holden: Mi madre está como loca. Le preocupa que me arresten. Me está investigando una detective bastante dura.

Holden: ¿Estás con Julia? Ninguna de las dos respondéis mis mensajes.

Yo: Sí, vamos a Lincoln City.

Holden: ¿Me llamas después?

Yo: Claro.

—¿Está en problemas? —pregunta Julia.

—Es posible. Su madre está preocupada. Dice que te ha escrito también a ti.

—Recibí un mensaje en la sexta hora, pero aún no he tenido tiempo para responder. Se enteró de que me habían enviado a dirección y quería saber qué le he contado a la directora y a la policía.

Me dispongo a meter el teléfono de nuevo en el bolso.

—Puedes llamarlo si lo necesitas —me dice—. Seguimos llevándonos bien, ya lo sabes.

Tardo un segundo en comprender que se refiere a ella y a Holden, no a ella y a mí.

—Dile que lo llamaré más tarde —añade.

—De acuerdo. —Busco la H en el menú de contactos.

Da dos tonos y entonces Holden responde.

—Hola.

—Hola. —Carraspeo—. ¿Va todo bien? Seguro que pueden averiguar que no fuiste tú quien envió ese vídeo, ¿no?

—Eso espero. La policía debería ser capaz de rastrear la dirección de IP. Pero si se envió desde una red pública de Wi-Fi, no sé si podrán averiguarlo o no. De todos modos, hasta que no investiguen con profundidad, me han pedido que me quede en casa. Qué bien que no me interesen las clasificaciones de alumnos.

—¿Te han expulsado? —pregunto.

—¿En serio? —se queja Julia—. Menuda mierda.

—Expulsión no oficial —explica Holden—. El instituto quiere que me tome libre los próximos días y después son las vacaciones de invierno, así que...

Comparto la información con Julia.

—Sigue siendo una mierda —dice ella—. Tienen que saber que él no mandaría algo así.

—No te preocupes, no pasará nada —le aseguro a Holden—. Probablemente puedas saltarte todos los exámenes finales y seguirás estando entre los cinco mejores.

—Supongo. Al menos no intento entrar en una universidad sofisticada. Me alegro de que, sea quien sea ese idiota, me haya elegido a mí y no a Julia.

—Hablando de Julia, ahora mismo está conduciendo, pero dice que te llamará luego.

—Gracias por hacer que me llamen al despacho del director, pervertido —grita ella desde el asiento de la conductora.

Holden se ríe y yo no puedo reprimir una sonrisa. Por un segundo, por muy mal que estén las cosas entre los tres, siento un destello de esperanza de que, de algún modo, todo pueda salir bien. Pero entonces recuerdo los secretos que estoy guardándome, las mentiras que he contado, las cosas horribles que he hecho. Y esa luz momentánea se hunde como un ancla.

uando llegamos a Lincoln City, Julia deja el coche en la primera plaza que encontramos en el aparcamiento del centro comercial *outlet* y decidimos que vamos a recorrerlo de una punta a la otra.

—¿Quieres probarte algún vestido? —Ladea la cabeza hacia una tienda que se llama Red Carpet, una nueva incorporación desde la última vez que estuve aquí.

—Claro, vamos. —Sonrío. Puede que esto sea justo lo que necesito para apartar la mente de lo que ha pasado hoy en el instituto.

Unos minutos más tarde, Julia y yo estamos dentro de la tienda ojeando las perchas de vestidos de fiesta.

—¿Qué categoría vamos a elegir? —me pregunta.

A veces, cuando vamos de compras, elegimos categorías previamente y luego buscamos modelos que se les ajusten. Me quedo pensando un instante.

—Lista de mejores vestidas, lista de peores vestidas y de fiesta.

—De acuerdo. ¿Qué te parece este para la de mejor vestidas?

Sostiene un vestido negro de terciopelo con dobladillo asimétrico y tirantes finos hechos con joyas.

Ladeo la cabeza. El vestido es impresionante, pero el negro hace que Julia parezca todavía más pálida de lo que es y le desluce el cabello rubio.

—¿Está en otro color?

Mi amiga encuentra el mismo vestido en azul Klein y lo levanta. Da una vuelta en medio de la tienda y se le engancha la punta de la bota en la alfombra gruesa, lo que la hace tambalearse. Me río.

—Perfecto. Ahora yo.

Volvemos a las perchas y buscamos mi modelo para las mejores vestidas. Como era de esperar, es ella quien lo encuentra. Es verde y con vuelo. No tiene mangas y es de satén superpuesto y encaje. Julia me asegura que, con este, «mis chicas» parecerán más grandes.

Pasamos a un exhibidor diferente lleno de vestidos con mucho tul y plumas. La cara de Julia es una máscara de concentración mientras observa detenidamente las posibles propuestas para convertirse en aspirante a peor vestidas. Me enseña un vestido dorado con una falda hecha de plumas de estilo pavo real superpuestas.

Niego con la cabeza.

—No es bastante cursi.

Encuentra el mismo vestido en rojo y a continuación elige un cárdigan verde de una percha de otro departamento y lo pone encima.

Suelto una carcajada.

—Fantástico. Muy festivo.

Para mí, elijo un vestido que es un lío de tul rosa claro con un cuerpo de satén blanco.

—Imagínate esto con unas botas negras hasta los muslos.

—¡Y un sombrero! —Julia le quita un sombrero negro de fieltro a un maniquí que hay cerca y me lo lanza.

—La bailarina triste está triste —digo.

—¡Es horrible estar triste en Navidad! —exclama.

Nos reímos disimuladamente. Me sorprende descubrir que es lo más normal que me he sentido en días.

—Y ahora los vestidos de fiesta. —Atravieso la tienda hacia el exhibidor de vestidos de inspiración griega de color marfil y dorado.

—¿De diosa? —Me pongo uno de los vestidos de color dorado claro delante del cuerpo.

—Diosa —acepta Julia. Encuentra otro dorado de su talla y nos dirigimos a los cambiadores con los brazos llenos de tul y tafetán. Como siempre, compartimos uno de los cambiadores más grandes y nos ayudamos con los lazos y las cremalleras. Nos probamos los vestidos para las categorías de mejor vestidas y no puedo contener un gemido cuando veo mi reflejo en el espejo. El corte del vestido añade unas curvas suaves a mi cuerpo infantil y el color verde hace que resalte el tono dorado del cabello.

—Embry, estás impresionante —señala Julia—. Deberías comprártelo.

La etiqueta del precio marca ciento cincuenta y nueve dólares.

—En mis sueños.

Julia da una vuelta delante del espejo con su vestido de color azul Klein.

—¿Cuánto cuesta este? —pregunta.

Encuentro la etiqueta, que cuelga de la axila izquierda de mi amiga.

—Doscientos ochenta y nueve dólares —respondo—. Ni en mis mejores sueños.

Se echa a reír.

—Ya, no creo que mis padres me lo permitan. Me compré el vestido de Nochevieja en Nordstrom y solo costaba ciento veinte dólares, pero porque era de otra temporada, y tuve que comprarme una talla menos.

—¿Por eso solo comes ensaladas en el instituto?

—Sí, es un vestido brutal, quiero que me quede bien.

Enarco una ceja.

—¿Bien para qué?

—Para *quién* —me corrige. Después sonríe y añade—: Para mí, por supuesto. —Señala el resto de vestidos—. ¡Hora del modelo para peor vestidas!

Nos ponemos el segundo vestido e intentamos no reírnos por lo ridículas que estamos. Después nos enfundamos los vestidos de fiesta, que nos sientan muy bien a las dos.

—Estamos preciosas —declara Julia.

—Sí —coincido. Alcanzo el teléfono y hago una foto al reflejo de nosotras dos en el espejo.

—Tendríamos que comprar ahora para los demás, ¿no? —pregunta.

Exhalo un suspiro hondo.

—Supongo… si es obligatorio.

Cuando salimos del Red Carpet, Julia me arrastra de la tienda de Nike hasta North Face y después a Columbia, al parecer buscando unos guantes de lana para su madre y «cualquier cosa bonita» para su padre. Sin embargo, parece que en cada tienda que entramos empieza a buscar para otras personas y poco a poco va cambiando de idea y busca algo para ella. Cuando la veo encaminándose a los cambiadores del Columbia con un puñado de pantalones de deporte y un montón de camisetas coloridas, me derrumbo en una silla que hay al lado y saco el teléfono del bolso. Esto puede llevarnos un buen rato.

Introduzco la clave en la pantalla. No me había dado cuenta de que tenía un mensaje de Holden.

Holden: Eh, mi madre va a pasar toda la noche de patrulla, ¿te gustaría venir a casa?
Yo: ¿Por qué?
Holden: Eh... ¿quieres que te pinte un cuadro? ;)
Yo: ¿No crees que, con todo lo que está pasando, probablemente sea una mala idea?
Holden: Fue una mala idea la primera vez, pero eso no nos detuvo, ¿no?

No respondo enseguida. La primera vez que Holden y yo nos acostamos, fue una especie de accidente. No lo habíamos planeado. Me empezó a gustar cuando lo conocí en la clase de Apreciación del Arte cuando empezamos tercero, pero me convencí a mí misma de que solo era atracción física. Por entonces Luke estaba todavía por aquí y yo era lo bastante ilusa para pensar que íbamos a vivir felices para siempre. No pensaba dejar que un chico nuevo en el pueblo estropeara eso. Ni las hormonas. Podía sobrellevarlo. Hasta que Luke se marchó. Hasta que Julia se fue en verano. Hasta la noche que ya no pude.

Mi madre estaba hospitalizada en el hospital de Tillamook para recibir uno de los tratamientos de quimioterapia a principios de julio cuando Holden y yo nos encontramos en la playa mientras yo paseaba a Betsy. Él y Julia llevaban saliendo desde abril y los tres habíamos salido juntos varias veces. Cuando Julia se fue, Holden y yo continuamos saliendo, aunque él nunca había mostrado ninguna señal de que conocía lo que yo sentía por él. Recuerdo enrollarme la correa de Betsy en la mano ese día mientras hablábamos durante unos minutos sobre temas sin importancia. Del buen día que hacía. De que el trabajo era un asco. Etcétera.

Pero entonces Holden me tocó el brazo.

—¿Qué pasa? —preguntó.

—Mi madre —respondí. Las lágrimas aparecieron de la nada. Es como si él hubiera encajado uno de mis secretos ocultos en su lugar.

Sabía que mi madre tenía cáncer, que la operarían en un par de semanas, pero nunca había hablado con él ni con Julia de cómo me sentía por su enfermedad. Nunca comenté mi preocupación obsesiva con que no mejorara o que a veces lloraba hasta quedarme dormida. Me parecía egoísta por mi parte mostrarme tan emocional cuando mi madre se mantenía entera y era ella quien estaba enferma. Holden ni siquiera me preguntó por los detalles, simplemente me abrazó. Esa fue la primera vez que estuve lo bastante cerca de él y pude olerlo, esa mezcla de antitranspirante, jabón y pintura.

Cuando logré parar de llorar, intenté explicárselo.

—Está bien, solo se queda un par de noches en Tillamook para la quimio, pero cada vez que va al hospital siento que puede ser la última vez y que no regresará a casa.

Holden me acarició el cabello.

—Tiene que ser aterrador. Ojalá supiera qué decirte para que te sientas mejor.

—La verdad, el hecho de que me estés escuchando me hace sentir un poco mejor. Normalmente no hablo de esto con nadie, ni siquiera con Julia.

—¿Por qué no?

Me aparté de él y miré al mar.

—No lo sé, a lo mejor hay algo mal en mí. Cuanto más serio es un tema, más me cuesta confiar en alguien para hablar de ello.

—La gente normalmente no habla conmigo sobre temas serios. A veces sí, pero suelen hablar de tonterías sin importancia.

Asentí y volví a pensar en todos mis secretos, en todas las piezas de mí misma que mantengo ocultas. Casi podía notar cómo encajaban, cómo rellenaban el hueco.

—Es difícil ser real, ser honesta. Pero tú tienes algo que lo vuelve más sencillo.

—Bueno, si descubres qué es, avísame para que pueda evitar más encuentros incómodos como este. —Se echó a reír al ver mi cara—. Es broma. No soy un idiota total, te lo juro.

Me invitó a la fiesta del cuatro de julio que organizaba una chica un año mayor que nosotros y que vivía en una de las casas más grandes de Puffin Hill. Ninguno de los dos tenía ganas de ir, pero no hay mucho que hacer en Three Rocks y ambos sabíamos que habría alcohol, así que pensamos que eso me distraería.

Cuando llegamos allí, la casa estaba llena de humo y la música sonaba tan fuerte que el suelo vibraba. Me moví de inmediato hacia la parte de atrás de la casa y salí a la calle. El sol empezaba a ocultarse en el mar y saqué el teléfono para hacer unas fotos.

Holden agarró una cerveza del frigorífico de la cocina y se vino conmigo fuera. Me señaló con el botellín y yo me volví y le tomé una foto. Fue espontánea, sin avisar. Tenía los labios fruncidos en un gesto gracioso y el pelo de punta, como las plumas de un gallo bajo la brisa. Me obligó a enseñársela y se quejó de que era una foto horrible, pero nunca olvidaré la mirada de su cara justo después de que se la tomara. Fue sorpresa mezclada con… satisfacción.

Bebió de su petaca mientras yo me tomaba la cerveza. Nos quedamos mirando el mar mientras la oscuridad se llevaba la poca luz que quedaba. Recuerdo mantener una conversación vaga con él, pensar en su mirada, en lo cerca que estábamos. En algún momento, rozó el brazo con el mío. Esperé a que lo moviera, pero no lo hizo. La diminuta conexión física a mí me parecía enorme.

Pero no pensaba liarme con el chico de mi mejor amiga. Cuando Holden dijo que iba a entrar a buscar un baño, asentí y me apoyé en el muro de la casa, aliviada por contar con un momento para recomponerme.

Me terminé la cerveza y un chico llamado Thomas que se sentaba a mi lado en Historia Americana me ofreció otra. La segunda cerveza dio paso a la tercera y cuando me la terminé, miré el teléfono y me di cuenta de que Holden llevaba media hora desaparecido. Le envié un mensaje, pero no me respondió.

Fui a mirar en el baño de la planta principal de la casa, pero estaba desocupado, así que pregunté a varias personas si lo habían visto. Todos se encogieron de hombros y seguí buscándolo, primero abajo y después en la planta de arriba.

Cuando abrí la puerta de lo que resultó ser la habitación de matrimonio, me quedé tan impactada que no pude decir nada. Holden estaba allí, tirado en la cama con el cuello en un ángulo extraño. Katrina Jensen estaba arrodillada entre sus piernas con las capas del vestido de seda alrededor de las caderas. Le había desabrochado el botón de los vaqueros. «Relájate», escuché que le decía. Holden no le respondió, tenía los ojos cerrados. Yo también quise cerrar los míos, pero se me había subido toda la sangre a la cabeza y me daba miedo caerme si los cerraba. Me conformé con bajarlos hacia la costosa alfombra beis.

Cuando retrocedí al pasillo, se me quedó enganchado el pie en el marco de la puerta. Oí a Holden maldecir entre dientes.

—Espera, Embry —exclamó.

Levanté la mirada. Se estaba cerrando los vaqueros rápidamente.

—Perdón por interrumpir. —Imaginé que tendría dos círculos rojos en las mejillas, como la cara de una muñeca—. Es que… no sabía a dónde habías ido. Creo que me voy a marchar ya.

—Embry. —Cada vez que pronunciaba mi nombre, temblaba por dentro—. Espera, voy contigo. —Se bajó de la cama.

—Maldita sea —exclamó Katrina—. La zorra rica se ha ido, pero te ha dejado una carabina, ¿eh?

—Yo no soy la carabina de nadie —repliqué. Sin mirar a ninguno de los dos, añadí—: Solo quería avisarte que me voy. Tú puedes quedarte. Puedo volver a casa sola. —Salí corriendo de la habitación, bajé las escaleras y me moví por la casa todo lo rápido que pude sin montar un numerito.

Holden bajó los escalones detrás de mí. Me alcanzó fuera, en la oscuridad, antes de que hubiera llegado siquiera a la calle asfaltada. Intentó sujetarme del brazo, pero lo aparté.

—Por favor, dime algo —me pidió.

Me volví y comencé a bajar por Puffin Drive; las tres cervezas que me había tomado me parecían demasiadas y al mismo tiempo muy pocas. Holden me siguió sin hablar. Esperaba que dijera algo, que me explicara que no era lo que parecía.

Al final me di la vuelta para enfrentarme a él.

—Dame una razón para no contárselo a Julia.

Tuvo que detenerse en seco para no chocar conmigo.

—Cuéntaselo si quieres. No me importa. Maldita sea, se lo contaré yo.

—Entonces, ¿por qué me has seguido?

El viento le soplaba el cabello hacia atrás.

—Porque me he dado cuenta de que te he hecho daño.

—No me has hecho daño. Solo… estoy sorprendida. No puedo creerme que engañes a tu novia.

—Las cosas entre Julia y yo son… complicadas. Seguro que ella se está acostando con otra persona en Washington DC.

—No, me lo habría contado.

—¿Igual que tú le has contado cómo te sentías antes? —Arqueó una ceja.

—Púdrete. Aunque ella se estuviera acostando con otra persona en Washington DC, lo que has hecho no está bien.

—Tienes razón. Tienes toda la razón. Pero, vamos, Embry. Es tu mejor amiga. ¿No te das cuenta de que no está enamorada de mí?

Estaba de acuerdo con él en eso por cómo actuaba Julia cuando estaban los dos juntos y las cosas que decía (o no decía) cuando él no estaba con ella. Su atracción por él al principio se debía a que Holden era uno de los chicos más inteligentes de nuestra clase y pensaba que se parecía a Jared Leto (y se parece, un poco). Ella le pidió que fuera su pareja en el baile de tercero y él aceptó. No pensaba que fueran a salir de nuevo, pero supongo que sus padres le dijeron que no querían que saliera con el chico de la gasolinera y eso hizo que su atracción por él aumentara. Pero aun así.

—¿Sabe ella que te acuestas con otras chicas?

—No. —Tosió—. Y no ha pasado nada en realidad.

Fruncí el ceño.

—Lo que tú digas, pero no creo que Julia lo vea así.

—No se lo estoy diciendo a Julia. Te lo estoy diciendo *a ti*.

—¿Por qué?

—Tu amistad significa mucho para mí.

Su confesión hizo que sintiera calor y presión en el pecho.

—¿Por qué Katrina? —pregunté, imaginándomela en la playa con Luke. ¿Acaso ella sabía que me gustaba Holden? ¿Lo había hecho a propósito?—. Nunca te he oído hablar de ella.

—Está en mi clase de Educación Física. Nunca me había tomado en serio sus flirteos hasta esta noche.

—¿Y esta noche te han parecido bien por alguna razón?

—Esta noche estaba medio borracho y una chica sexy me ha abordado cuando salía del baño, me ha arrastrado hasta una habitación y se ha ofrecido a hacerme una mamada.

Hice una mueca.

—Demasiada información, Holden.

—¿Qué? Tú has visto lo que estaba pasando.

—Intento olvidarlo —murmuré.

Se apartó el pelo de la cara.

—Mira, he sido un idiota. Pero a un chico le cuesta rechazar algo así, ¿sabes?

—Oh, ya entiendo. Necesidades biológicas, ¿no? —repliqué con tono frío—. Pobres hombres que no pueden controlarse. —Intenté no fijarme en sus pómulos; los tenía altos y afilados, ya me había fijado el primer día de Apreciación del Arte. Se parecía a una de las estatuas que habíamos estudiado.

—No es una excusa, Embry. Solo intentaba explicarme. Nunca ninguna chica… nada, olvídalo. Vamos a dejarlo en que la he fastidiado. —Se cruzó de brazos—. Pero ¿por qué estás tan enfadada tú?

—No estoy enfadada.

—Como si pudieras engañarme…

—Lo que tú digas. Me voy de aquí. —Me volví y aceleré el paso con la esperanza de que no me siguiera, de que volviera a la fiesta y me dejara en paz.

Pero me alcanzó en tres zancadas e insistió en correr a mi lado.

—Pensaba que sería contigo, ¿sabes?

—¿Pensabas que yo sería la chica con la que engañarías a mi mejor amiga?

—Pensaba que tú serías la primera chica con la que me gustaría hacer eso. Desde que empezamos a hablar en clase. Si te soy sincero, sigo pensándolo.

Se me desencajó un poco la mandíbula al pensar que Holden fuera virgen. Sabía que Julia no se había acostado con él, pero parecía muy experimentado y seguro de sí mismo. Supongo que imaginé que él tendría más experiencia que yo. Pero de nuevo me sentí ofendida.

—¿Por qué pensabas eso?

—Porque sé lo que sientes por mí —respondió mientras bajábamos corriendo por la colina en la oscuridad—. Llevo un tiempo sospechándolo, pero ahora lo sé.

No respondí hasta que llegamos a mi casa y él hizo ademán de seguirme adentro.

—Vete a casa, Holden.

—Dilo, Embry —me desafió—. Admite lo que sientes por mí y te dejaré en paz.

Las llaves de la casa repiquetearon en mi mano.

—Eres un idiota.

—Es posible, pero ¿qué ha pasado en la playa? ¿A qué ha venido todo eso de que es fácil hablar conmigo?

Me temblaba el labio inferior.

—Es fácil hablar *contigo* —admití con voz ronca. Por segunda vez ese día, aparecieron las lágrimas—, pero tienes razón. Me has hecho daño.

—Lo siento. —Me apartó las lágrimas con los pulgares—. Soy un idiota.

No respondí, simplemente me quedé mirándolo unos segundos, paralizada, sin palabras.

—Pídeme otra vez que me vaya —susurró.

Pero no lo hice. Y entonces me besó. Suave, después más duro, y como no me resistí me empujó adentro y presionó mi cuerpo contra la pared. Y entonces le devolví el beso.

Fue un beso con la boca abierta, hambriento, casi agresivo. Los dientes entrechocaron antes de que encontráramos el mejor ángulo para los labios y las lenguas. Besarlo era como pinchar el globo que había estado creciendo en mi interior: dolor y miedo y soledad que se expandían y aplastaban mis órganos vitales. Holden tenía razón y yo necesitaba dejar un instante de fingir que no era así. Lo necesitaba a él, a todo él. Lo llevé a mi habitación, donde nos arrancamos la ropa el uno al otro. Lo empujé sobre la cama. Él intentó detenerme porque no teníamos protección, pero yo no pensaba de forma racional ya.

Al día siguiente la realidad fue aplastante. La clínica de salud de Tillamook estaba cerrada y Holden tuvo que llevarme hasta Lincoln City en la moto para recurrir al plan B. Se ofreció a entrar conmigo, pero le pedí que esperara fuera mientras yo entraba en la farmacia. No lo culpé por mi estupidez épica, pero tampoco quería hablar con él.

—Por si sirve de algo —me dijo en el trayecto de vuelta mientras yo lo ignoraba y me concentraba en la costa por la que pasábamos—, no sé si querré tener hijos algún día, pero si así fuera me gustaría tenerlos con alguien como tú.

Intenté fingir que no significaba nada para mí, pero sí significaba.

Julia me llamó al día siguiente para contarme que Holden había roto con ella.

Intenté fingir que tampoco eso significaba nada para mí, pero sí significaba.

Aun así, evité a Holden las siguientes dos semanas, justo hasta el día de la operación de mi madre. Me escribió un mensaje cuando iba de camino al hospital. No podía creerme que se acordara del día que era, pero no hice caso del mensaje. Estaba cien por cien concentrada en mi madre. Sobre la 01:00 a. m., volvió a escribirme. Los enfermeros me habían permitido pasar la noche en la habitación de mi madre y estaba tumbada a su lado, viendo cómo respiraba. Si la Muerte la quería, tendría que luchar conmigo antes.

Holden: ¿Ha ido todo bien con tu madre?
Yo: Sí. Le duele mucho, pero creen que la operación ha salido bien.
Holden: Me alegro. Imaginé que seguirías despierta.
Yo: Puede que nunca vuelva a dormir. Estoy observando cómo respira, asegurándome de que está bien.

Unos segundos después, volví a escribirle.

Yo: ¿Por qué tú estás despierto?
Holden: Para asegurarme de que las dos estáis bien.

Después de eso, ya no pude evitarlo más. Necesitaba ese consuelo, ese lugar seguro, esa persona de la que no tuviera que esconderme.

Aún lo necesito, pero ahora es distinto. Entonces sentía que nuestra relación era unilateral, él me confortaba a mí. Ahora quiero devolverle algo y admitirlo me aterra. ¿Dónde está la línea entre el consuelo mutuo y las expectativas mutuas?

Me remuevo en la silla del cambiador. Julia está tardando la vida. Bajo la mirada y me doy cuenta de que he recibido un segundo mensaje.

Holden: Nada que decir a eso, ¿eh?
Yo: Solo estaba pensando en aquella noche. Sigo sin poder creerme que yo fuera la primera.

Holden: ¿Qué puedo decir? Las chicas no hacen precisamente cola para el friki de la gasolinera y las ensaladas.

Yo: Esas cosas no te definen.

Holden: Sí me definen, al menos en parte y no pretendo cambiarlo.

Julia sale del cambiador con unos flamantes pantalones de deporte verde y rosa neón, y una camiseta negra con un adorno rosa.

—Oooh, ¿le estás escribiendo a Luke?

—¿Qué? —Me ruborizo y meto de nuevo el teléfono en el bolso—. No, solo estaba comprobando el correo electrónico.

—Tonterías —replica con tono alegre—. Estabas a cinco segundos de ponerte a lamer el teléfono. Estabais haciendo *sexting*, ¿eh?

—No, y ni siquiera sé cómo puedes bromear con eso ahora mismo.

Se encoge de hombros.

—No sirve de nada llorar por un vídeo de una mamada, aunque no sea mía.

—¿No te molesta que la gente piense…?

—Nop —responde—. La gente va a pensar lo que quiera sin importar lo que yo haga. No pienso alimentarlo enfadándome o poniéndome a la defensiva. Y estoy segura de que Holden estará bien. Siempre tiene suerte.

Probablemente tenga razón en esto último. Tiene que haber algún modo de que la policía descubra quién es el dueño de esa cuenta de Gmail, o al menos de que rastree de dónde procede el vídeo. Pero me gustaría estar tan tranquila y serena como Julia siendo el centro del escándalo.

Da una vuelta.

—¿Qué te parece? ¿Me hacen gorda los colores?

—Estás increíble. Ni veinte kilos más te harían parecer gorda.

—Ya, claro. Ojalá estuviera igual de delgada que tú.

—Estás igual de delgada que yo —observo—. Y tú además tienes tetas. Y músculos. Los mejores del mundo. —Sé que tengo suerte de tener una constitución delgada, pero a veces me pregunto cómo sería verme los bíceps o rellenar el sujetador de copa A.

—No estoy igual de delgada que tú. —Inspira, hinchando un poco el pecho. Julia es lo que a ella le gusta denominar «una C sólida»—. Pero tienes razón. Si perder peso conlleva perder mis músculos —flexiona un brazo— o mis chicas, tal vez deberíamos detenernos para comer en la hamburguesería de camino a casa. —Se lleva las manos a la cintura—. Puedo saltarme la dieta por un día. Ir de compras quema muchas calorías, ¿verdad?

—Totalmente —coincido—. Hamburguesas para todas las chicas.

—Bien, me pruebo un par de cosas más y después tomo una decisión.

—Dios mío, ¿todavía te estás probando ropa? —bromeo.

—Casi he terminado —responde con tono cantarín—. Puede que vuelva a probarme una o dos cosas. —Desaparece dentro del cambiador.

El icono del sobre se ilumina en el teléfono indicándome que he recibido otro mensaje. Espero que sea de nuevo Holden y sonrío, pero, en lugar del suyo, en la pantalla aparece el nombre «Desconocido».

Levanto la mirada para asegurarme de que Julia esté fuera del alcance de mi teléfono antes de desbloquear la pantalla. Llegan dos mensajes más mientras espero a que cierre la puerta del cambiador.

> Desconocido: Debería haber sabido que dejarías que tu novio se metiera en problemas en lugar de asumir la responsabilidad de tus elecciones. Está claro que no has aprendido nada, así que...
>
> Desconocido: 1. Róbale el bolso a Julia Worthington antes de clase mañana. Deja el bolso y todo su contenido en la papelera que hay junto al aparcamiento de bicicletas que se encuentra delante del instituto. 2. Si no lo haces, haré más que arruinar una vida. Acabaré con una y tú serás la única culpable.
>
> Desconocido: Tienes doce horas. Elige bien.

Me empiezan a temblar las manos. Leo los mensajes una segunda vez. ¿Está amenazando este psicópata con matar a alguien a menos que le robe el bolso a Julia? Esas dos cosas me parecen no tener ninguna relación y me quedo mirando la pantalla como una tonta.

Julia sale de nuevo del cambiador, esta vez con un conjunto verde azulado y negro.

—¿Te gusta más este? —pregunta.

Doy vuelta el teléfono para tapar la pantalla. La miro y fuerzo una sonrisa.

—Da igual lo que diga, te vas a comprar los dos, ¿verdad?

—Puede —responde riendo.

—Entonces sí, este es mi preferido.

—El mío también, creo.

Desaparece dentro del cambiador una vez más e inspiro profundamente, retengo el aire todo lo que puedo y luego lo exhalo lentamente. Doy vuelta el teléfono y comienzo a responder sin saber si servirá de algo, porque nunca he probado a responder un mensaje de un número desconocido.

Yo: ¿Quién eres?

No hay respuesta, pero el teléfono tampoco me indica que haya un fallo al enviar el mensaje. Parece que sí se ha mandado.

Yo: ¿Cómo es que conoces a Julia?

Yo: ¿Por qué quieres su bolso?

Yo: ¿Por qué haces esto?

Mando un par de mensajes más con la intención de obtener información, pero Desconocido no responde. Suspiro, guardo el teléfono en el bolso y cierro los ojos. Me masajeo las sienes con la punta de los dedos. Los mensajes parecen furiosos. La única persona que conozco con derecho a estar enfadada conmigo es Julia. Miro el pasillo de los cambiadores. ¿Es posible que se haya enterado de mi relación con Holden? ¿Que esté ahí dentro enviándome mensajes amenazantes mientras finge que se prueba ropa?

Reaparece con un puñado de prendas de colores mientras yo sigo sopesando esta posibilidad. Julia y yo somos amigas desde hace años. La veo todos los días en el instituto y he pasado semanas enteras en su casa cuando sus padres estaban de viaje. Nunca me ha dado la impresión de que sea el tipo de persona que pudiera preparar un elaborado plan de venganza anónimo en lugar de decirme que sabe que me estoy acostando con su exnovio y que está enfadada.

Pero a lo mejor también ella tiene secretos.

—¿Nos vamos? —Sonríe ampliamente.

—Claro. —La sigo hasta la caja analizando el sonido de su voz y las expresiones que cruzan su rostro. Parece la misma de siempre. No puede ser ella, ¿por qué me iba a pedir que le robara su propio bolso? No tiene sentido.

Me distraigo un momento en un exhibidor con sudaderas de cremallera de color lavanda. El lila es el color preferido de mi madre y de pronto me acuerdo de que tengo el dinero de mi padre en el bolso. Las sudaderas cuestan cuarenta dólares incluso con rebaja; en otro momento ni me lo plantearía, pero el precio original era de setenta y nueve con noventa y nueve dólares y me parece que es un buen descuento.

Julia deja de hablar y me mira por encima del hombro.

—Oh, cómprate una, es un color muy bonito.

La cajera llama su atención y yo no me molesto en decirle que la quiero para mi madre. Encuentro una talla mediana y me la pongo delante del cuerpo. Es su medida y ahora mi madre tendrá algo que abrir en Navidad, y eso siempre me parece divertido. Me pongo en la fila, detrás de Julia, y pruebo la cremallera para asegurarme de que funciona mientras espero mi turno para pagar.

Unos minutos después, salimos juntas a la calle. El sol se ha puesto por completo y exhalamos vaho blanco al respirar. Julia lleva bolsas de plástico en ambas manos.

Señalo sus compras mientras caminamos hacia el Subaru.

—¿Te has acordado de comprar algo para tus padres?

—A mi madre unos guantes, como quería, y un jersey de lana que puede ponerse por las mañanas cuando sale a caminar —contesta sonriendo—. Mi padre siempre me dice que no necesita nada y que no debería gastarme el dinero en un regalo para él. Creo que le voy a pedir uno de esos filetes del mes por Internet. O el vino del mes.

Enarco una ceja.

—¿Van a dejar que pidas el vino del mes cuando no tienes edad para beber?

Me guiña un ojo.

—Puede que me hiciera con un carné falso mientras estaba en Washington DC.

—¿En serio? Déjame verlo.

Julia abre las puertas del Subaru y deja las bolsas en el asiento trasero. Nos sentamos delante, pone el seguro y rebusca en la guantera central del coche para sacar una tarjeta de plástico pequeña. Me la da.

Es un carné de conducir de Washington DC con su fotografía, pero el nombre y la fecha de nacimiento de otra persona.

—¿Ashtyn Crawford? Suena elegante.

—¿A que sí? —Sonríe—. Ness me dijo que es mejor usar un nombre falso cuando sales, aunque no tengas carné de identidad. Si no, es muy sencillo que la gente te acose.

—Vaya, nunca se me había ocurrido usar un nombre falso.

Lo de tener acosadores me parece algo que solo le pasa a la gente rica y famosa. No obstante, quien me está amenazando es más o menos un acosador. Me pregunto si se habrá metido en Internet, si habrá buscado en mis redes sociales para saber más de mí. Tengo una página de Facebook que apenas uso y una cuenta de Instagram con unos veinte seguidores donde publico muchas de mis fotografías de la playa. Aparte de eso, me han mencionado un par de veces en la página web del instituto y en el periódico por haber salvado a Sam del incendio, pero eso es todo.

—Si quieres, puedo intentar conseguirte un carné falso a ti también cuando vaya a Washington DC para Año Nuevo. Así podemos salir a beber juntas este verano antes de que nos marchemos a la universidad.

—No sé. —Las llamas calientes del incendio del Sea Cliff me vienen a la mente—. Creo que igual tendría que dejar de beber por un tiempo.

Julia me mira.

—De acuerdo, pero si cambias de opinión, avísame.

Dejo el carné falso de Julia en la guantera de nuevo. El año pasado me sermoneaba por beber. Es casi como si se hubiera marchado este verano y hubiera regresado una persona distinta.

Cuando llego a casa, mi madre ya está en la cama. Dejo que Betsy salga al jardín de atrás y le lleno los cuencos de comida y agua. Mientras está olisqueando la hierba, leo los mensajes de Desconocido una vez más y llamo a Holden.

—Hola —me saluda—. ¿Vas a venir entonces?

—Sí, pero tengo que hablar contigo.

—Oh, la temida conversación de «tenemos que hablar». Si vas a dejarme, puedes hacerlo ahora si quieres.

No sé si lo dice en serio o si está bromeando.

—El tipo que envió ese vídeo a los alumnos de último curso ha regresado con otra petición retorcida.

—¿En serio? ¿Hacer que me acusen de distribuir pornografía infantil no ha sido suficiente? ¿Qué quiere ahora?

—Te lo enseñaré cuando llegue. ¿Cuál es tu casa?

—Apartamento veintiséis. Segundo edificio. Segunda planta.

Julia ya había estado antes en casa de Holden, pero no suele hablar mucho del tema, así que no tengo ni idea de qué esperarme. Encuentro unos escalones de madera en el segundo edificio y subo hasta la segunda planta. El apartamento veintiséis es uno de los que están en la esquina.

Exhalo una bocanada de aire y llamo suavemente a la puerta. Unos segundos después, oigo el sonido de la cerradura al abrirse. La puerta se abre y Holden aparece delante de mí con un aspecto bastante normal, con pantalones grises y una camiseta negra con una manga rasgada.

—Entra.

Cierra la puerta cuando entro en el salón. Su apartamento es muy distinto a mi casa. A mi madre le gustan los adornos y las cosas hechas a mano y la madre de Holden prefiere un ambiente más minimalista. Examino un sofá de color azul oscuro y unas mesas de formica grises, limpias y vacías, excepto por una caja de pañuelos de papel y el mando de la televisión. Hay una pequeña tele de pantalla plana en un estante gris y negro, un reproductor de DVD y una pila de cajas de DVD en una vitrina de cristal. Solo destaca una cosa en esta habitación: una pintura grande que cuelga encima del televisor. Reconozco enseguida que es obra de Holden. Se trata de un dibujo de una playa, pero una que no he visto nunca. La arena está formada por pequeñas piedrecitas blancas que parecen de la consistencia de la grava. El agua es de un azul más suave, más brillante que nada de lo que haya visto en la costa de Oregón. Hay un árbol en la pintura que se alza sobre un suelo arenoso; es pequeño, pero aun así majestuoso, con un tronco bifurcado y hojas de color verde oscuro.

—Guau. —Me acerco a la pintura y contengo las ganas de estirar el brazo y tocar el lienzo, de pasar los dedos por las distintas texturas que hacen la imagen tan realista. La arena resplandece en algunas partes, casi como la arena de verdad cuando le da el sol.

—¿Te gusta? —pregunta Holden.

—Sí, es increíble. ¿Cómo lo haces para que brille? ¿Es pintura especial?

—Pintura normal mezclada con un poco de arena de verdad. También hay trocitos de plantas secas mezcladas con el verde del árbol. Me gusta experimentar con medios mixtos.

—Es totalmente impresionante. ¿Cuántos has hecho como este?

—Unos quince más o menos. Este lo hice especialmente para mi madre. La mayoría de mis obras acabadas están en casa de mis abuelos. No son tan grandes.

—¿Y son tan buenas?

—No, pero no están mal.

Me fijo en algo que hay en el fondo del lienzo. Me acerco para ver mejor.

—¿Es eso el Partenón en la distancia?

—Sí, es Grecia. Eso es un olivo.

—¿Por qué pintas tantos árboles solitarios?

—No lo sé. Requieren que utilices muchas pinceladas para recrear las distintas texturas. Y me gusta la idea de que haya un ser vivo solo en un medio extraño y aun así prospere. —Ladea la cabeza mientras observa su obra. Tiene una sonrisa en los labios.

—¿Así te ves a ti mismo? Siempre me he preguntado si esto de pintar árboles solitarios es la forma en la que quieres reivindicar tu independencia del resto del mundo.

—No. —Se ríe entre dientes—. Creo que esa puede ser una proyección tuya.

—¿A qué te refieres?

—Que quizá te ves a ti misma en mis pinturas de árboles. Siempre hablas de tus problemas para permitir que la gente se acerque demasiado a ti.

Nunca lo había pensado así. A lo mejor sí que me veo en las pinturas de Holden.

—Deberías probar a venderlas por Internet —sugiero.

Se deja caer en el sofá.

—Nadie querría pagar el envío de una pintura tan grande.

—Nunca se sabe. —Me siento a su lado. Desde donde estoy, veo la cocina. La puerta de un armario tiene el papel negro laminado desconchado y se ve debajo madera sin pintar.

—Ya, es posible —afirma, aunque no sé si me cree.

—Hablando de ganar dinero con tu maravilloso talento, mi madre me ha preguntado cuánto nos cobrarías por retocar el mural que hay en la pared del fondo del restaurante.

—Ya sabes que lo haría gratis.

—No tienes por qué. Podría pagarte cien dólares o algo así.

—No es necesario. Solo dime cuándo es buen momento para que vaya a trabajar. —Bosteza—. Ya basta de pintura. ¿Qué pasa contigo? ¿Más mensajes, decías?

Le tiendo mi móvil como respuesta y abre los mensajes de Desconocido.

—Menudo asco.

—Ya lo sé.

—¿Quién te los ha podido mandar? ¿Cuántas personas saben tu número de teléfono?

—No estoy segura. No me llama mucha gente, pero es posible que aparezca en mi página de Facebook.

—¿En serio? —Vuelve a leer los mensajes—. ¿Por qué pones tu número de teléfono en Facebook? Venden esa información a todo el mundo.

Estoy segura de que lo añadí porque me hice la cuenta cuando tenía trece años, justo después de que mi madre me diera mi primer teléfono, y me parecía increíble tener al fin mi propio número. Me encojo de hombros.

—Nunca respondo si no conozco el número, ¿qué más da? De todos modos, casi todos los profesores nos lo piden a principios de curso. No creo que sea muy complicado que alguien del instituto lo consiga.

—Entonces, tiene que ser alguien del instituto, ¿no? Primero quería que te dejaras en evidencia en Facebook. Después envió ese vídeo a todas las cuentas de correo electrónico del instituto. ¿Y ahora quiere que le robes el bolso a Julia? A ninguna persona de fuera le importaría todo esto, sobre todo el bolso de Julia.

—Es un bolso de trescientos dólares —murmuro—. Pero no, estoy de acuerdo. Esto me parece muy personal.

—¿Y quién tiene una razón personal para sentirse molesto por nuestra culpa o por el incendio? —Cruza las piernas por los tobillos y golpetea en el suelo con un pie.

Empiezo a enumerar a personas con los dedos.

—Julia —comienzo—. Luke. Supongo que Frannie puede estar enfadada por su hermano. Y puede que Katrina Jensen.

Holden enarca una ceja.

—¿Katrina por qué?

—No lo sé. Igual se ha enterado de lo nuestro. Y parece que ella y Luke se acostaron antes de que él y yo empezáramos a salir.

—Vaya, no lo sabía.

—Ya, pasó antes de que te mudaras aquí. No conozco los detalles, si fue solo una vez o más. —Hago una mueca—. No me gusta pensar en ello.

—De acuerdo, ¿entonces crees que cualquiera de esas personas te enviaría este tipo de mensaje?

—No, en realidad no. Julia hablaría conmigo cara a cara. Luke tiene cosas más importantes por las que preocuparse ahora mismo. Frannie nunca amenazaría con hacer daño a gente inocente. Y Katrina es a veces una zorra, pero siempre he pensado que perro ladrador, poco mordedor. Lo que pasara entre ella y Luke fue hace mucho tiempo y tampoco es que yo le haya robado nada cuando decidiste estar conmigo. —*Como hiciste con Julia*, me recuerda una vocecita.

—¿Y qué vas a hacer?

Me inclino hacia delante y apoyo la cabeza entre las manos.

—Creo que debería acudir a la policía. Esto se está descontrolando un poco, no puedo dejar que este idiota mate a nadie. Podemos esperar y hablar primero con tu madre. A lo mejor puedo informar de que me están chantajeando sin mencionar lo que sucedió en el Sea Cliff.

—Puede ser. —Holden se pasa las manos por el pelo—. O a lo mejor alguien está intentando engañarte para que vayas a la policía porque sabe que así se descubrirá tu participación en el incendio.

—¿Cómo? El vídeo no tiene la fecha y no sale el incendio. Aunque alguien reconozca el recibidor del Sea Cliff, tú solías trabajar allí. No hay pruebas de que seamos responsables de lo que sucedió.

—Podría haber residuos de cera de las velas. Las compré con efectivo en Tillamook hace un tiempo, pero siempre es posible que todo acabe conduciendo hasta mí.

—¿Crees que esa tienda tiene las imágenes de las cámaras de seguridad de hace más de un mes? ¿Y de todo aquel que compra allí?

—Probablemente no —admite—, pero ese vídeo puede jodernos. A veces los informáticos pueden extraer información de las grabaciones que contiene la fecha en las que se hicieron.

—Mierda. Quizá lo mejor sea contar toda la verdad.

Holden se da la vuelta y examina las superficies limpias y angulares del apartamento. Me pregunto si le preocupa lo mismo que a mí: que confesar el incendio del Sea Cliff pueda hacer que él y su madre pierdan la casa. Vuelve a mirarme a los ojos.

—O puedo ayudarte a robarle el bolso a Julia si quieres. Puedo distraerla mientras tú se lo quitas.

—¿Qué? —Me quedo mirándolo, sorprendida—. ¿Piensas que tengo que hacer lo que ese psicópata quiere?

—No lo sé, tampoco sería un gran problema para Julia. Puede comprarse otro, ¿no? Tú y yo nos arriesgamos a perder mucho más si nos culpan del incendio.

—Ya, pero ¿robarle a mi amiga? Uf, es horrible.

Aunque no más horrible que acostarte con su novio mientras ella no está en la ciudad. Frunzo el ceño. Algunas personas tienen una voz interior que las apoya y las guía en sus acciones. A la mía le gusta señalar mi hipocresía y mis faltas morales.

—También puedes contarle la verdad a ella y luego pedirle que te dé el bolso y ofrecerte a pagárselo.

Es una buena idea, no se me había ocurrido, pero entonces me acuerdo de que el mensaje decía que tenía que robar también el contenido.

—Puede que me dé el bolso, pero no va a darme todo lo que hay dentro, como el monedero, el carné de identidad y esas cosas. ¿Sabes? Julia tiene un carné falso. Se lo hizo este verano, cuando salía con esa tal Ness. ¿Crees que es por eso?

Se encoge de hombros.

—No veo ninguna conexión entre el carné de Julia, el incendio y nosotros dos.

Entierro la cara entre las manos.

—Tienes razón. Maldición, siento como si me estuvieran torturando.

—Bueno, yo te apoyo en lo que sea que decidas hacer.

Lo miro entre los dedos.

—¿Huir de todo esto y no regresar jamás?

Holden suelta una carcajada.

—Eso no lo apoyo.

—Puedes venir tú también si quieres. —Poso la cabeza en su hombro.

—Bien, en ese caso, vámonos. —Se levanta del sofá y saca un juego de llaves del bolsillo.

—¿En la moto? Pero si hace un frío que mata.

—Te protegeré del viento con mi enorme cuerpo.

—Sí, claro. —Suelto una risita.

—Y te prestaré mi sudadera más calentita si prometes no volver a reírte de mi cuerpo.

—Mejor, pero no sé si un viaje en moto arreglará las cosas.

—No va a arreglar el futuro, pero sí el presente. Y lo mejor de todo es que te ayudará a despejarte.

Como de costumbre, Holden tiene razón. Me resulta imposible pensar en nada aparte de sobrevivir a los horribles giros y al horrible frío invernal mientras avanzamos a gran velocidad por la oscuridad, yo en la parte trasera de su moto.

Holden ha cumplido su promesa de prestarme una sudadera, así que la parte superior de mi cuerpo está calentita, pero el viento me atraviesa a través de la tela de los vaqueros y tras unos diez minutos en la moto, estoy bastante segura de que se me ha cristalizado la cara.

—¿Cómo vas? —me grita cuando se inclina en otra curva.

Hago lo que puedo por imitar la forma en la que inclina el cuerpo.

—Estoy viva… por ahora.

Se echa a reír. Llegamos a las afueras de un pueblo pequeño y abandonamos el abrigo de los árboles. Seguimos el mismo camino que tomé con Julia para llegar al centro comercial. Es curioso que las mismas vistas que fotografié por la ventanilla del coche tengan un aspecto totalmente diferente por la noche.

Holden aminora la velocidad cuando ascendemos por una enorme colina. Resuello al llegar a la cima. La vista del mar oscuro es impresionante, las olas plateadas bajo la luz de la luna suben y bajan con movimientos robóticos.

Acerco los labios fríos a su oreja.

—Es precioso.

—¿Verdad? —Desacelera para hablar conmigo—. La costa es maravillosa, parece que viviéramos en el escenario de una película.

Antes de que me dé tiempo a responder, llegamos a un descenso empinado. Holden acelera bruscamente. Me aferro con más fuerza a su cintura cuando la moto vuelve a ganar velocidad. El viento me aparta el cabello de la cara y parece una bandera rubia. Se me llenan los ojos de lágrimas y emborronan la línea de puntos amarilla de la carretera hasta convertirla en una única raya. Se me están durmiendo los labios. Llegamos a una pendiente en la carretera y se me sube el estómago a la garganta.

Y de pronto estamos de nuevo en la carretera llana con árboles a ambos lados, dirigiéndonos a la oscuridad, a lo desconocido. Seguro que esto es lo que se siente cuando te lanzas en paracaídas. Una caída en picado, el aire frío a una gran velocidad. Rápido, libre, casi parece que vuelas.

A la derecha aparece una señal reflectante que informa de unas vistas de la playa. Holden pone el intermitente y accede a la zona de aparcamiento. Detiene la moto en un hueco y apaga el motor. No hay nadie aquí, tan solo nosotros. Ladea la cabeza hacia la plataforma del mirador.

—¿Quieres bajar de la moto un rato? ¿Estirar las piernas antes de que volvamos?

—Claro. —Apoyo las manos en sus hombros y me bajo.

Holden baja detrás de mí. Se desabrocha el casco y se lo quita, y justo después se sacude el pelo.

—¿Te encuentras mejor?

—Un poco. —Me quito yo también el casco y se lo doy—. Dios mío, esa colina ha sido mortal.

—Cierto. —Cuelga los cascos de los manillares de la moto y se masajea la cintura—. Me apretabas con tanta fuerza que probablemente me hayas dejado marcas incluso con la ropa puesta.

—Eso es lo que pasa por intentar matarme —replico resoplando.

—Pero estás sonriendo. —Cuando recorremos el camino hacia la plataforma, añade—: Me alegro de que sigas teniendo tu instinto de supervivencia.

—Todos tenemos algo. —Me llevo los dedos al rostro, está más frío que el mar nocturno. Ahueco las manos y soplo para que el aliento me caliente la nariz y las mejillas—. Parece que todavía tengo cara, es una buena señal.

Holden salta a la plataforma de madera y yo lo sigo.

—Es una buena señal —repite, jalando de mí hacia él. Acerca las manos enguantadas a mi cara—. Esta es una de mis caras preferidas.

Frunzo los labios con un puchero fingido.

—¿Una de ellas?

—Bueno, ya sabes —dice, sonriendo—. Me encantan los clásicos. Helena de Troya, la Mona Lisa, esa...

—Eh, la Mona Lisa no es sexy. —Le doy un empujoncito para apartarlo de mí, en dirección al borde de la plataforma.

—No estoy de acuerdo. Es preciosa a su manera. Esa sonrisa traviesa, esos ojos oscuros y conmovedores, la forma en la que...

—Muy bien, lo que tú digas. —Me cruzo de brazos—. Pero insisto en que yo tengo que estar por encima.

—De acuerdo, sí. La tuya puede ser mi segunda cara preferida... justo por detrás de la del tipo de *El grito*. —Vuelve a acercarme a él.

—Eres un tonto —protesto cuando nuestros labios se tocan. Se echa a reír.

—Mi Mona Lisa nunca sería tan ruda. —Vuelve a besarme antes de que pueda responder y, unos segundos después, dejo de buscar una respuesta y me limito a disfrutar de la sensación de tenerlo tan cerca.

Nos separamos un momento después y nos acercamos al borde de la plataforma. Apoyamos los antebrazos en la barandilla. La luna está casi llena y la luz incide en el mar como si fuera un faro.

—Lo único que podría volver esto más perfecto todavía es que viéramos una ballena —comento.

—Y que la ballena saliera del agua y nos ofreciera un chocolate caliente —añade él y esbozo una sonrisa.

—Me gusta tu forma de pensar.

—Llevo sin ver una ballena desde que era pequeño. Mi familia solía llevarme desde Portland a Depoe Bay.

—Nosotras también íbamos; mi madre, mi abuela y yo. No podíamos permitirnos las excursiones en barco, pero mirábamos desde plataformas como esta. Nunca he visto nada aparte de un par de chorros.

—¿En serio? ¿Ni cabezas, ni colas, ni aletas?

—Nop. Esta chica no tiene historias bonitas de ballenas. Y dicen de la opresión infantil…

Holden apoya la cabeza en mi hombro.

—Lo de antes lo he dicho en serio, lo de tu instinto de supervivencia.

—¿Qué? ¿Se supone que tengo que rendirme cuando la vida se pone difícil?

—No, pero tu vida siempre ha sido difícil. Has crecido únicamente con una madre, luego se puso enferma y ahora te acosa un psicópata. Y no solo te mantienes entera, además, no pareces enfadada con la gente que lo tiene más fácil. —Se queda un instante callado—. A veces yo me enfado con las personas que parecen olvidarse de lo afortunadas que son.

—Bueno, lo de que permanezco entera es cuestionable. Y en cuanto a lo otro, supongo que simplemente soy realista. La vida no es justa. No es justo que algunas personas tengan tanto y otras tan poco.

—No lo es —coincide.

—Pero saberlo no va a cambiar nada. —Me encojo de hombros—. Antes me molestaba que Julia y yo habláramos sobre nuestras ganas de ir a Grecia o a Australia y que sus padres la llevaran de viaje a esos lugares y lo único que yo recibiera fueran postales. Pero sé que yo también podré ver esos lugares algún día, aunque no será fácil. —Observo las olas delante de nosotros—. También sé que hay mucha gente que está peor que yo. A mi madre le gusta decir que la felicidad no es un juego de suma cero. Que Julia viaje por el mundo y se marche a una universidad buena y todo eso no es lo que me impide que yo haga todas esas cosas, por lo que no hay motivo para estar molesta con ella. Esa es una de las razones por las que me siento mal por lo nuestro, por ti y por mí. Me da la sensación de que le he quitado el novio a mi amiga. Siento que no merezco la felicidad si es a costa de hacer daño a otra persona. La vida no debería funcionar así.

—Tú no le has quitado nada porque yo nunca fui de ella. Nadie pertenece a nadie. Y te aseguro que yo solo era la novedad, el cerebrito de la gasolinera que es lo bastante inteligente para merecer la pena, pero también seguro porque no intento llevarle ventaja en las calificaciones o en las actividades de clase.

—Puede, pero aun así he mentido. Se va a Washington DC en Nochevieja a visitar a su amiga Ness. Cuando vuelva de ese viaje, le pienso contar todo. Y después volverá Luke y podré contárselo también a él. Me sentará bien admitirlo todo.

—Sí —coincide—. Te dará miedo, pero después te alegrarás.

—Eso espero.

Inesperadamente, empieza a llover y Holden y yo volvemos corriendo a la moto. Mientras regresamos a casa, presiono mi cuerpo contra el suyo en busca de calor y ladeo la cara a la izquierda para ver el mar. El viento agita mi cabello y el aire de la noche me congela de nuevo la cara. Mientras recorremos volando las carreteras y el agua del mar se difumina en una mezcla de negro y plateado, caigo en la cuenta de que Holden y yo llevamos casi una semana sin acostarnos y, a pesar de ello, nunca me he sentido tan cerca de él.

De nuevo en Three Rocks, la lluvia se ha convertido en una suave llovizna. Holden apaga el motor de la moto al otro lado de la calle, enfrente de mi casa. Patea hacia abajo el pie de apoyo y yo alzo la pierna por encima del vehículo para bajarme, afirmándome en su hombro.

Él se baja después.

—¿Sabes ya lo que vas a hacer?

—¿Con los mensajes? —Niego con la cabeza—. Aunque tengo la mente más despejada, o al menos la tenía hasta que me has preguntado.

—Me alegra haber servido de ayuda. —Se ríe—. Y haberla fastidiado después.

Me acerco para darle un beso en la mejilla.

—¿Para qué están los amigos?

—En serio, estoy aquí si me necesitas. —Me rodea la parte baja de la espalda con los brazos y me da un apretón suave—. Y escríbeme si necesitas ayuda con lo que decidas hacer.

—De acuerdo. —A regañadientes, me separo de él y cruzo la calle. Arranca la moto y se va cuando yo llego a la entrada de casa. Me detengo en el porche, observo cómo se desvanece la moto en la noche, cómo se lo traga la niebla, como si nunca hubiera estado ahí.

Me vuelvo para entrar en casa, pero entonces noto un movimiento por el rabillo del ojo. Me quedo paralizada, esperando que emerja un gato o un mapache de entre la niebla, pero en lugar de eso veo la silueta de un hombre. Camina por el extremo de la calle, mirando el teléfono. *No es nada, solo es una persona que está dando un paseo por la noche*, me digo a mí misma.

Pero cuando el hombre se aproxima, veo que lleva una gorra. No sé de qué color es la chaqueta, ¿es el hombre de la chaqueta color café que vimos mi madre y yo en el aparcamiento del Fintastic? No estoy segura.

Estoy tentada a llamarlo, pero ¿qué le voy a decir? ¿Y si es solo un turista o alguien que está visitando a algún vecino por las fiestas? Antes de que pueda decir nada, el hombre se da cuenta de que lo estoy mirando y acelera el paso; acorta por el jardín de alguien y vuelve a la autovía. Regresa al pueblo.

Todo lo sigilosa que puedo, atravieso el jardín de mi casa y lo sigo. Cuando llego a la autovía, el hombre está girando hacia Main Street. Cruzo la carretera y paso por el cementerio intentando no fijarme en las sombras que se mueven, en las flores medio congeladas que adornan las tumbas.

Cuando llego a Main Street, el hombre ha desaparecido. Echo un vistazo al recibidor del motel Three Rocks, pero no hay nadie a excepción del hombre mayor que está sentado tras el mostrador. No hay nada más abierto tan tarde, no sé dónde puede haber ido.

Temblando por la humedad, camino hasta el fondo de la calle y me dirijo hacia las escaleras que conducen a la playa, por si acaso está en la arena, pero allí no hay nadie, solo un par de universitarios que caminan de la mano junto al agua.

Cuando me vuelvo para regresar a mi casa, sale un vehículo del aparcamiento que hay detrás del centro comunitario. Es un BMW negro, como el coche en el que se subió el hombre en el Fintastic. Saco el teléfono del bolsillo y hago una foto de la matrícula. 896TRE. No sé qué voy a hacer con esto, pero a lo mejor Holden sabe cómo acceder a la base de datos de la DGT de su madre. Vale la pena intentarlo al menos.

Me dirijo a casa y entro sin despertar a mi madre. Me quito el abrigo y lo dejo en el respaldo del sofá para que se seque. Hay una pila de correo que no había visto antes. Se me va la mirada a las letras rojas de uno de los sobres. El corazón se me acelera cuando saco la carta del fondo de la pila, rezando por que no sea otro mensaje de Desconocido. Es un sobre de los que usan las empresas con una ventanita de plástico. Encima del plástico tiene selladas las palabras ÚLTIMO AVISO.

Exhalo un suspiro. Mi madre nunca me ha hablado de temas económicos, pero desde que se puso enferma se ha vuelto aún más reservada. Lo entiendo, sé que yo no puedo hacer mucho en lo que respecta a las facturas, pero me gustaría enterarme por ella de que nos van a cortar la electricidad en lugar de llegar una noche a casa y encontrarme a oscuras. A lo mejor puede usar el dinero que le di de mi padre para pagar esto en lugar de arreglar la caldera.

Echo un vistazo al resto de sobres y veo dos más que parecen facturas: uno del hospital de Tillamook y otro de un grupo de radiólogos, probablemente los que le han hecho los exámenes. Quiero abrirlos todos y comprobar lo mal que está la situación, pero a mi madre no le parecería bien y a mí tampoco me agradaría que ella abriera mi correo.

Cuando dejo los sobres de nuevo donde estaban, se me revuelve el estómago. No pienso empeorar la situación haciendo que me arresten o que me multen por el incendio del Sea Cliff.

Eso significa que voy a hacer lo que quiere Desconocido.

Voy a tener que robarle el bolso a Julia.

Me remuevo en la cama, incapaz de dormirme. Por un momento fugaz, me imagino llamando a Julia, despertándola en mitad de la noche para confesarlo todo. *Hola, me he acostado con tu novio, te he mentido al respecto, he seguido acostándome con él después de que rompierais, he provocado un incendio, estuve a punto de matar a una persona, también mentí en eso y ahora un acosador me está amenazando a mí y a la gente que me importa. Y por algún motivo quiere tu bolso y todo lo que hay dentro. ¿Puedes echarme una mano?*

Va a ser que no. Eso no iba a salir bien. Tengo que robárselo. Voy a robarle a mi mejor amiga. No ceso de repetirlo en mi cabeza, como si esperara que acabara sonando menos horrible y asqueroso. ¿Qué significa un pequeño hurto comparado con el allanamiento de una propiedad privada y la destrucción de dicha propiedad?

No puedo parar de planear y replanear cómo voy a quitárselo. Sé que Julia irá mañana a nadar por la mañana porque han cancelado las prácticas de natación durante el resto del año. Eso significa que su bolso estará dentro de su taquilla en el gimnasio, que, con suerte, será la misma taquilla que compartí con ella en primero y segundo cuando las dos estábamos en el equipo de natación. Iré al instituto en el coche de mi madre para llegar antes que de costumbre. Julia suele nadar entre treinta y cuarenta y cinco minutos, tengo bastante tiempo para colarme en el vestuario de las chicas, llevarme el bolso y dejarlo en la papelera que hay delante del instituto. Si no ha cambiado el candado, probablemente pueda abrirlo. Pasar de mentirosa a ladrona hace que me odie a mí misma. Y a Desconocido, odio a Desconocido por posicionarme en esta situación.

Ojalá hubiera un lugar donde pudiera esconderme para ver quién viene a recoger el bolso. El aparcamiento de estudiantes está detrás del instituto, así que no puedo quedarme dentro del coche. Además, si llego tarde a primera hora, el instituto llamará a mi madre y tendré que darle explicaciones.

Entonces me acuerdo de que Holden no puede ir a clase el resto de la semana. Alcanzo el teléfono y le envío un mensaje rápido.

Yo: ¿Estás despierto?

Me llama en lugar de responder.

—Siempre estoy despierto —responde—. Al menos hasta quinta hora. Literatura Cívica y Americana es estupenda para echarse una buena siesta.

—Pero mañana no vas a clase, ¿no?

—Nop.

—Si robo el bolso y lo dejo en la papelera, ¿puedes quedarte delante del instituto para ver quién va a recogerlo?

—Siempre y cuando pueda salir de casa sin que me descubra mi madre. Llega de un turno de noche sobre las seis y media y se va directo a la cama, así que podría vigilarlo al menos por la mañana.

—Gracias. Si tengo que convertirme en alguien que no me gusta para proteger a la gente que me importa, puede que al menos podamos descubrir quién me está amenazando.

—¿Y luego qué?

Es una buena pregunta. He estado tan concentrada en protegernos a Holden y a mí y en evitar que Desconocido haga daño a nadie más que no he pensado en qué pasaría si nos encontráramos cara a cara.

—Luego acabaremos con esto —declaro—. De una forma o de otra.

—Parece que tienes un plan. Si no reconozco a la persona, a lo mejor puedo reconocer el coche.

—Por cierto, hablando de coches. He visto varias veces a ese hombre por el pueblo, primero fuera del restaurante, después en el Fintastic. Creo que he vuelto a verlo esta noche fuera de mi casa. Me preocupa que mi madre pueda tener un acosador. ¿Sabes cómo podemos buscar una matrícula?

Holden se aclara la garganta.

—¿De forma legal?

—Sería lo ideal. O he pensado que tal vez podrías acceder a la base de datos a través de tu madre.

—Las competencias de investigación de mi madre dependen del departamento del *sheriff*, las hace en una computadora que toma de la comisaría y que conecta al coche. No solo tendría que piratear su cuenta, también tendría que entrar en su vehículo policial durante uno de sus turnos para usarlo.

—De acuerdo, no importa. Mi madre asegura que no sabe quién es ese hombre, puede que sea una coincidencia, no vale la pena meterse en líos por esto.

—Dime la matrícula por si acaso. Hay un chico que trabaja en la gasolinera que tal vez pueda buscarla.

Leo las letras y los números.

—Ese hombre no te ha amenazado ni nada, ¿no? —pregunta—. ¿Crees que podría estar relacionado con todo lo que está pasando?

—No sé cómo, pero supongo que no podemos descartar ninguna posibilidad. Hay muchas cosas que no tienen sentido ahora mismo.

20 de diciembre

Al día siguiente, conduzco hasta el instituto y dejo el coche de mi madre en el aparcamiento para estudiantes cuando el sol está empezando a salir. Como esperaba, el Subaru de Julia está aparcado en uno de los rincones. Noto el estómago como si lo tuviera lleno de abejas. Contengo las lágrimas que aparecen al pensar en lo que estoy a punto de hacer.

Pero entonces pienso en el montón de facturas que había en el reposabrazos del sofá, en la carta sellada con esa advertencia amenazante. *Hazlo y ya está.*

La mañana es especialmente fría, pero me sudan las manos y casi se me caen las llaves de mi madre cuando las quito del contacto del coche. Maldigo en voz baja, alcanzo la mochila del asiento del copiloto y me dirijo al instituto.

Los pasillos están prácticamente vacíos a esta hora. Me detengo en mi taquilla para meter la mochila dentro, pero entonces caigo en la cuenta de que necesito algo donde esconder el bolso de Julia. Me echo la mochila al hombro y me encamino al vestuario de chicas al otro lado del instituto. Respiro profundamente. *Puedes hacerlo.*

Mis pasos resuenan contra las baldosas. Paso junto a un par de chicas que están sentadas en el suelo con libros en el regazo. Una de ellas me mira, es una de las estudiantes de primero que viene mucho al restaurante. Le ofrezco una sonrisa nerviosa cuando doblo la esquina y pongo rumbo al ala de deportes.

Cuando me acerco a la puerta del vestuario, caigo en la cuenta de que tendría que haber buscado una razón por la que estar aquí antes de clase por si me encuentro con alguien que conozca. Decido que le diré a la gente que estoy buscando a Julia. Por supuesto, esa excusa no va a funcionar si me encuentro con mi amiga, pero si eso sucede, todo este plan se va a desmoronar, así que más me vale darme prisa antes de que termine de nadar.

Entro en el vestuario. El espacio principal delante de los espejos, donde las chicas se secan el pelo y se maquillan, está vacío. Mientras recorro las filas de taquillas, veo a un par de chicas que se están cambiando, pero las dos están de espaldas a mí. A mi izquierda, el espacio de los baños y las duchas también está vacío, pero el chorro de agua que cae es señal de que al menos hay una persona allí.

Rezando por que Julia no haya cambiado de rutina en el último año y medio, paso al último pasillo y busco su candado azul claro. Está ahí, en la taquilla 86. Eligió esta taquilla en primer curso porque su cumpleaños es el seis de agosto y dijo que nunca olvidaría dónde estaban sus cosas.

Miro a mi alrededor y me siento en el banco que hay delante de la taquilla. Dejo la mochila en el suelo y abro la cremallera para ser lo más rápida posible al meter dentro el bolso de Julia. Inspiro profundamente y luego exhalo. Afianzo los dedos temblorosos en torno al candado y empiezo a girarlo: 12-36-24. Esta ha sido siempre una de las combinaciones más sencillas de recordar. No obstante, cuando pongo el 24, no sucede nada.

Mierda. Empieza a sudarme la frente. A lo mejor he olvidado el giro que hay que dar en medio de la combinación. Empiezo a marcar de nuevo las cifras. Detrás de mí, el agua deja de caer en la ducha. Oigo que alguien aparta la cortina de plástico, me imagino a una chica buscando su toalla. Quien sea terminará pronto, y si tiene sus cosas en esta fila me va a descubrir.

Con manos temblorosas, vuelvo a tirar del candado de Julia. Conseguido. Con el aire atascado en la garganta, tomo el bolso y lo guardo rápidamente en mi mochila. Cierro la cremallera. Voy a cerrar la taquilla, pero decido que es mejor dejarla abierta, hacer que parezca que se ha olvidado de cerrar el candado y que alguien ha ido probando y ha tenido suerte con el de ella. Dejo la puerta medio abierta y el candado en el suelo. Me levanto del banco, echo un vistazo y me alivia comprobar que la zona común sigue vacía. Me dirijo a la puerta a toda velocidad. Hay un par de chicas más cambiándose, pero no conozco a ninguna. Camino con la cabeza gacha y el pelo en la cara para ocultarla.

Cuando casi he llegado a la puerta, oigo una voz detrás de mí.

—¿Embry?

Me doy la vuelta lentamente. Delante del espejo está Frannie con una toalla cubriéndole el cuerpo. Le cae el pelo mojado sobre los hombros pecosos y pálidos.

—Me ha parecido que eras tú —explica—. No sabía que venías a entrenar antes de clase.

—Y no vengo —respondo rápidamente—. No siempre, quiero decir. He llegado temprano para trabajar en un proyecto en el laboratorio de informática y solo he entrado para ir al baño. —Hay al menos un baño más cerca del laboratorio de informática que este, pero, con suerte, no le dará importancia.

—Ah, bien. —Se aparta un mechón de pelo detrás de la oreja izquierda—. Bueno, suerte en el proyecto. Será mejor que deje de mojar todo el suelo y me vista. —Ladea la cabeza en dirección a las taquillas.

—Nos vemos luego. —Veo que retrocede y exhalo un suspiro de alivio cuando entra en la fila de taquillas que hay en medio. Espero que haya salido del vestuario antes de que Julia se dé cuenta de que le falta el bolso.

Salgo al pasillo y corro hasta la parte frontal del instituto. Aún quedan cuarenta minutos para que empiece la clase, pero los primeros autobuses llegarán en los próximos diez minutos para que a los estudiantes les dé tiempo a desayunar. Cuando llego a la entrada, me encuentro a dos chicos que no conozco (de primero o segundo, tal vez) sentados en uno de los bancos que hay delante del edificio, a plena vista de la papelera. Arrojar un bolso morado y caro sin que se den cuenta va a ser complicado.

Doy golpecitos en el suelo con el pie repetidamente mientras intento pensar en qué hacer. Le echo un vistazo al teléfono; me estoy quedando sin tiempo. Me dispongo a caminar hacia la papelera. A lo mejor si me acerco, encuentro la forma de arrojar el bolso sin que nadie se dé cuenta.

Saco el teléfono cuando paso junto a los chicos fingiendo que estoy haciendo una llamada. Camino hasta el linde de la propiedad del instituto y continúo con la falsa llamada telefónica. Miro a mi alrededor en busca de Holden, pero no lo veo por ninguna parte. Si ya está aquí, está haciendo un buen trabajo manteniéndose fuera del alcance de cualquiera.

Me vuelvo hacia el instituto con el teléfono todavía en la oreja. Uno de los chicos señala la calle, los dos se levantan y se acercan a una camioneta que está entrando al aparcamiento. Camino de vuelta al instituto a toda velocidad y bajo la cremallera de la mochila cuando me acerco a la papelera. Apoyo la mochila en la papelera, como si estuviera buscando algo dentro. Miro una vez más a mi alrededor y tomo el bolso de Julia con una mano. Me enrollo la correa de cuero y suelto el bolso en la papelera, empujando para que quede debajo de unas bolsas de papel grasientas de comida rápida.

Después vuelvo a las puertas de entrada del instituto con el corazón latiendo al doble o triple de la velocidad normal. Me obligo a aminorar el paso, a caminar, a parecerme a cualquier otro estudiante que teme un largo día de clases. Entro en el edificio justo cuando los primeros autobuses se detienen en el aparcamiento.

Hecho, pienso. Pero ahora es turno de Desconocido y solo Dios sabe qué es lo que hará a continuación.

Hago una parada en el baño más cercano, donde me encierro en un cubículo y me apoyo en la pared con el corazón acelerado. Recuerdo cada movimiento que he efectuado esta mañana para comprobar si es posible que me descubran.

Puede que Julia sospeche de mí solo porque conozco la combinación de su candado, pero es más probable que sospeche de alguien que se cambie de ropa a su lado y que no le guste. Si se entera por Frannie de que he estado en su vestuario, seguramente sepa que he sido yo, pero espero que eso no ocurra. Julia y Frannie no hablan mucho fuera de las prácticas de natación y las reuniones oficiales. Además, no creo que el hecho de que use el baño del vestuario sea tema de conversación.

Seguro que todo irá bien.

Bueno, no, todo es una mierda, pero puede que por lo menos este tema del bolso salga bien.

Me ruge el estómago recordándome que no he comido nada en más de doce horas. Me lavo las manos y voy a la cafetería, donde lleno la bandeja del desayuno. Me siento en nuestra mesa de siempre, a pesar de que Julia nunca me acompaña en el desayuno. Mientras mordisqueo una galleta, saco el teléfono y le envío un mensaje a Holden.

Yo: ¿Estás aquí?

Holden: Síp.

Yo: ¿Me has visto?

Holden: Sí. Bonita conversación falsa por teléfono.

Yo: ¿Cómo sabes que era falsa?

Holden. Porque soy muy listo. 😉

Yo: ¿Crees que me ha visto alguien más?

Holden: No. Bueno, probablemente haya cámaras de seguridad en la parte delantera del instituto, pero no creo que alguien tirando algo a una papelera sea muy sospechoso.

Yo: ¿Has visto a alguien acercándose a la papelera?

Holden: Nadie, solo tú.

Noto movimiento con el rabillo del ojo. Es Julia. Viene hacia la mesa y parece furiosa.

Yo: Mantenme informada.

Julia jala de la silla que hay frente a mí con rabia.

—¡No te vas a creer lo que ha pasado! —Le brillan los ojos y tiene las fosas nasales dilatadas por la ira.

—¿El secador de pelo se ha roto? —pregunto con los ojos fijos en el recogido rubio que tiene en la parte alta de la cabeza. Le cae un chorrito de agua por la sien izquierda.

Le da una patada a la silla que tiene al lado.

—No, es que estoy demasiado enfadada para secármelo. Parece que me he dejado la taquilla del gimnasio abierta y alguien me ha robado el bolso.

—¿Tu bolso nuevo? —pregunto con voz aguda. *No, Embry, cualquier otro bolso.* Probablemente debería haber pensado en cómo iba a reaccionar en esta conversación.

—Sí. —Se sienta en la silla—. ¿Te lo puedes creer?

—Uf, qué mal. ¿Se ha llevado algo más?

Niega con la cabeza.

—No, pero tampoco es que la ropa valiera mucho.

Sus vaqueros son de la marca Diesel, tienen las rodillas ingeniosamente rasgadas y salpicaduras de lejía. Probablemente cuesten al menos ciento cincuenta dólares.

—Dios, eso habría sido una pesadilla todavía peor —continúa—. Imagina que hubiera tenido que ir a clase en bañador.

—Seguro que alguien te hubiera prestado ropa. Creo que en la enfermería hay una caja con cosas por si los estudiantes vomitan o se manchan la ropa de sangre.

Mi amiga se estremece.

—Prefiero ir con mi bañador. —Maldice en voz baja—. Pero me he quedado sin almuerzo, mi carné de estudiante y el dinero estaban en el bolso.

Me gustaría preguntarle cuánto dinero tenía, siento curiosidad por si esa podría ser la motivación, que alguien supiera que Julia tenía cientos de dólares en el bolso, pero no hay modo de formular semejante pregunta sin sonar sospechosa.

—Yo puedo comprarte el almuerzo —digo.

—¿De verdad? —Empieza a suavizar la expresión—. Eres la mejor.

Se me revuelve el estómago. No soy la mejor. Soy la peor. La peor amiga y posiblemente la peor persona. Por un instante, me dan ganas de vomitar toda la verdad aquí mismo, en la mesa. Boqueo como un pez cuando intento pronunciar las palabras.

—Ningún problema. —Es lo único que me sale. Carraspeo—. ¿Has informado del robo a la directora?

—Aún no. Debería hacerlo, ¿no? No creo que vaya a empezar a buscar en todas las taquillas y tampoco hay cámaras en el vestuario, así que lo más seguro es que lo haya perdido. Pero supongo que al menos debería contarle que ha desaparecido, por si alguien lo encuentra y lo devuelve.

—Esperemos que aparezca —comento sin convicción. Supongo que es posible porque no sé por qué quería Desconocido que lo robara.

—Sí, esperemos. Puede quedarse el bolso si quiere, pero es un engorro tener que remplazar todo lo que tenía dentro. —Suspira—. Voy a dirección para rellenar un formulario y pedir un carné temporal antes de la primera clase. Nos vemos luego.

—De acuerdo —contesto, y añado—: Eh, ¿necesitas algo más?

Julia se da la vuelta.

—¿Como qué?

—No lo sé. —Intento imaginar qué cosas podía tener en el bolso—. ¿Bolis, chicles, cualquier otra cosa?

—No. —Va a darse la vuelta de nuevo, pero entonces se detiene—. No tendrás un lápiz de ojos o brillo de labios, ¿no?

—Tengo un lápiz de ojos, pero no es muy bueno. —Julia compra la mayor parte del maquillaje por Internet en Sephora. El mío es de la perfumería de Tillamook.

Encuentro un lápiz de Maybelline en el bolsillo del bolso y se lo paso por encima de la mesa.

—¡Gracias! —Me lanza un beso—. Nos vemos en Español.

Tengo que hacer un esfuerzo para no encogerme. Cada vez que Julia me dice algo agradable, se me forma otro nudo en el estómago. Es casi como si supiera cuáles son las palabras exactas que más daño pueden hacerme.

Voy a la primera clase, que es toda una hora para trabajar de nuevo en nuestras páginas web. Miro rápidamente las etiquetas que hay en la parte de arriba de la página, pero no consigo concentrarme. Sigo con el estómago revuelto y tengo el pulso acelerado por la adrenalina. Le echo un vistazo al teléfono, pero Holden no me ha escrito. Me presiono los dedos contra las sienes e intento canalizar la fuerza de mi madre.

Ahora mismo no puedo hacer nada excepto intentar no perder la razón mientras espero a que Holden me informe. Inspiro lentamente y trato de concentrarme en el proyecto.

Ojeo las distintas secciones de la página web una vez más. Mi madre se va a sorprender mucho cuando la vea. Desde que era pequeña, me ha dicho que prefiere los regalos de Navidad hechos a mano, pero este es el primer año que estoy haciéndole algo que es útil y funcional de verdad.

Sigo mirando el teléfono a lo largo de la clase, pero no tengo ningún mensaje de Holden. Como no he recibido noticias suyas a la hora del almuerzo, entro en el baño de camino a la cafetería y le escribo.

Yo: ¿Y bien?
Holden: Varias personas han tirado basura, pero nadie ha sacado nada de la papelera.
Yo: ¿Estás seguro?
Holden. Sí, a menos que sea un mago.
Yo: ¿Puedes seguir vigilando?
Holden: Puedo mientras mi madre no se despierte y me llame gritándome.
Yo: De acuerdo, gracias.

Vuelvo a meter el teléfono en el bolso y se me ocurre que tal vez Desconocido quisiera el teléfono de Julia por algún motivo. Esta mañana no ha mencionado si se lo han robado.

Hago correr el agua, salgo del cubículo y me lavo las manos. A continuación, me encamino a la cafetería.

Julia me está esperado justo en la entrada. Se vuelve hacia la fila de la comida caliente y yo me coloco detrás de ella.

—¿Sabes algo del bolso? —pregunto.

—No, la directora se ha enfadado mucho. Me ha dicho que no han forzado ninguna taquilla en todo el año. Quería que llamase a la policía y que viniera un agente a tomarme declaración formal, pero me ha parecido un poco exagerado. Les he enviado por correo electrónico una descripción del bolso y del monedero.

—¿Te han quitado también el teléfono? —Me sirvo una hamburguesa con patatas fritas.

—Por suerte no. —Ella elige un plato de arroz y pollo a la plancha. Arruga la nariz—. Me llevo el teléfono a la piscina cuando voy a nadar para usar el cronómetro y también mirar los mensajes.

Agarro una manzana verde de la sección de frutas y un pedazo pequeño de *brownie* de la de postres. Julia elige un cuenco con melón cortado y una gelatina verde de postre. Cuando nos acercamos a la caja, mira mi *brownie* con envidia.

—¿Qué es exactamente lo que piensas ponerte para Nochevieja que está haciendo que te tortures de esta forma con bebidas dietéticas y gelatinas?

Exhala un suspiro.

—Es un vestido muy ajustado con una raja delante. Ya te dije que me compré una talla menos. Necesito perder todavía otros dos centímetros y medio de cadera o no podré sentarme sin acabar con otra buena raja por detrás.

—Espero sinceramente que sea la fiesta del siglo. —Saco un billete de cinco dólares del bolso y se lo doy—. Y que conozcas al chico de tus sueños y valore tu sufrimiento.

—Mejor no nos volvamos locas —señala cuando me devuelve el cambio—. No voy con intención de conocer a nadie. Simplemente me encanta el vestido. Quiero sentirme guapa con él. Poderosa. Y eso implica poder moverme.

—Ya, lo entiendo. Bueno, espero que me enseñes fotos. —Le tiendo la tarjeta a la cajera para que la escanee y nos encaminamos hacia nuestra mesa de siempre.

—Por supuesto. Mejor aún, deberías venir a verlo en persona algún día. Puedes probártelo para que vea cómo tiene que quedar.

—Lo que quieras. —Pongo los ojos en blanco.

Cruzamos la cafetería y nos sentamos donde siempre. Julia saca el teléfono y el botellín de agua de la mochila. Agita el botellín y yo le doy un enorme bocado a la hamburguesa. Pasa el dedo por la pantalla del teléfono y entra en Twitter e Instagram. Julia tiene más de doscientos seguidores en ambas cuentas, muchos de los cuales conoció durante las prácticas que hizo este verano.

Vuelvo a comprobar mi teléfono para ver si tengo algún mensaje. Nop. No sé si Holden seguirá fuera vigilando la papelera.

Mientras Julia echa un vistazo a las redes sociales, recorro con la mirada las mesas cercanas. Muchas chicas van vestidas de rojo y de verde por las próximas festividades. No puedo creerme que ya casi sea fin de año. Me da la sensación de que fue ayer cuando estábamos en verano, mi madre enfermó y Holden y yo nos resistíamos a la atracción que sentíamos el uno por el otro.

Miro los rincones de la sala, buscando algo que parezca fuera de lugar. Si Desconocido se encuentra en esta cafetería, debería de sentirlo. ¿Cómo puede alguien amenazar con hacer daño a gente inocente y no evocar una sensación espeluznante?

Pero entonces pienso en todo lo que yo misma guardo en mi interior y entiendo que Desconocido podría ser casi cualquiera. Al otro lado de la cafetería está Lowell Price sentado solo en una de las mesas, metiéndose patatas fritas de tres en tres en la boca. Me acuerdo de ayer, de cuando llamó «puta» a Julia, pero hasta donde yo sé, él no tendría ningún motivo para chantajearme con robarle el bolso a mi amiga o para que confiese mi participación en el incendio del Sea Cliff.

Katrina Jensen está sentada a la mesa de al lado con varios de sus amigos de Tillamook. Ya tiene limpia la bandeja del almuerzo y está leyendo una novela gruesa. Creo que no le gustamos ni Julia ni yo, pero eso no la convierte en una acosadora trastornada.

Me viene a la mente la idea de contestar al último mensaje de Desconocido ahora mismo. A lo mejor puedo engañarlo o engañarla para que comience una conversación conmigo y así reducir la lista de sospechosos.

Alcanzo el teléfono y escribo:

Yo: He He hecho lo que querías. ¿Ya hemos acabado?

Lowell sigue comiendo patatas fritas al mismo ritmo. Katrina mete el libro en el bolso, se levanta y deja la bandeja en su sitio. Se despide de sus amigos con la mano y se encamina al baño que hay en el pasillo, mirándome cuando pasa por mi lado.

Podría levantarme y seguirla, comprobar si mira los mensajes de texto en el baño, pero no creo que eso demuestre nada y está claro que no me va a enseñar el teléfono.

Julia levanta la mirada de su móvil.

—¿Por qué miras así a Katrina Jensen?

—No lo sé —miento—. Tiene algo que no me gusta.

—Ya —coincide—. He oído a alguien decir en el vestuario que ayer en la sexta hora estaba alardeando sobre que había comprado una pistola.

—¿En serio? —pregunto, sorprendida. Los rifles de caza no son poco comunes en Three Rocks o Tillamook, pero las pistolas sí—. Ni siquiera tiene la edad para comprar una, ¿no?

—Parece que se la compró a un universitario.

—Menuda desquiciada. —Niego con la cabeza—. Ya sé que le gusta llamar la atención, pero no me puedo creer que se arriesgue a que la descubran con un arma.

Julia pone una expresión seria.

—Me he enterado de que su padrastro solía emborracharse y golpear a su madre. Parece que su madre lo echó de casa, pero aun así. Las mujeres nunca somos lo bastante cuidadosas. Ness está tomando clases de Krav Maga, quiere pedir el permiso de armas cuando tenga la edad.

Me estremezco.

—A mí me daría miedo dispararme a mis propios pies.

—No sé, yo creo que estaría bien aprender a usar un arma. —Pincha un trozo de pollo y mastica lentamente. Le da un sorbo a la bebida dietética de açai y empieza a escribir un tweet, pero se levanta a medio escribir y se lleva una mano a los labios.

—¿Qué pasa? —pregunto.

Remueve el arroz con el tenedor con el ceño fruncido. Se inclina para echar mano a la mochila, pero se queda quieta.

—Mierda, mi bolso —dice. Se levanta tan repentinamente que vuelca la silla.

—¿Qué pasa? —repito—. ¿Qué es?

—Me he debido… comer… un cacahuate. —Tiene la voz gangosa y jadeante—. Necesito. Enfermería. —Empieza a caminar hacia la puerta de la enfermería, pero solo ha dado unos cinco pasos cuando se derrumba en el suelo.

—¡Julia! —grito. Enseguida se reúne una multitud en torno a ella. Me levanto de la silla y me pongo de rodillas a su lado—. ¡Apartaos! —les pido a los curiosos. Aferro la mano de Julia; tiene la piel fría y húmeda—. Te vas a poner bien. —Hago unos cálculos rápidos. Aunque pudiera ir a la papelera que hay delante del instituto y recuperar el bolso de mi amiga, la enfermería está más cerca y sé que la enfermera tiene lápices de epinefrina para situaciones como esta. Levanto la cabeza—. Que alguien vaya a la enfermería.

Pero nadie me escucha. Están todos en círculo mirando a Julia Worthington tendida en el suelo.

Encuentro a Frannie y a sus amigas Mona y Patrice, que están en la periferia de la multitud con los ojos muy abiertos y las caras pálidas. Frannie y yo nos miramos y parece que vuelve a la realidad.

—Voy a buscar a la enfermera —se ofrece. Sale al pasillo, la trenza rubia rebotando sobre su espalda. Mona se arrodilla a mi lado y los extremos de la bufanda tocan el suelo.

—Mi madre es enfermera —expone—. ¿Está ahogándose? Si es así, tenemos que ponerla de lado.

—Es alergia —explico—. Seguramente su comida haya tocado cacahuates o algo. —No obstante, una sospecha está empezando a tomar forma en mi interior. ¿Por esto tenía que robarle el bolso? ¿Para que no pudiera usar el lápiz de epinefrina?

Julia resuella y se pone de lado. Se le ha puesto la cara roja y está empezando a hincharse. Intenta decir algo, pero tan solo le sale un gorjeo. Le aparto un mechón de pelo sudado de los ojos.

—Aguanta, Julia —le pido. El corazón me late con fuerza. Sé que tiene alergia desde el verano en que nos conocimos, pero nunca la había visto sufrir una reacción como esta. Cuando tuvo que pincharse en la conferencia de natación, lo hizo antes de que se produjese ningún cambio notorio en su voz o apariencia. Algunos de los ruidos que hace ni siquiera parecen humanos.

La cara empieza a cambiar de rojo a morado. Tiene los labios azules. Se me tensa la garganta solo de verla así. Miro hacia el pasillo. Mierda, no hay señal de Frannie ni de la enfermera. Levanto la cabeza y me dirijo a la gente que hay a nuestro alrededor.

—¿Tiene alguien un lápiz de epinefrina? —pregunto.

—Yo —responde tímidamente Patrice. Saca un cartucho de plástico del bolso con dedos temblorosos—. Pero yo tengo alergia a las abejas, no estoy segura de que le sirva.

—Sí, le sirve —indica Mona.

—¿Sabes inyectárselo a otra persona? —pregunto.

—En teoría. —Patrice se muerde el labio inferior. Le quita el tapón a la jeringuilla y la coloca sobre la pierna de Julia; las manos le siguen temblando—. ¿Seguro?

A mi amiga se le quedan los ojos en blanco y retuerce las extremidades, como si estuviera teniendo convulsiones. Detrás de nosotras, oigo el sonido de los móviles cuando la gente hace fotografías. Miro de nuevo la puerta de la cafetería, pero sigue sin llegar la enfermera. ¿Por qué tarda tanto?

—Dámelo. —Le quito el lápiz de las manos, lo clavo en el muslo de Julia, por encima de los vaqueros, y aprieto el émbolo.

No se produce un cambio inmediato en su condición. *Vamos, vamos, vamos.* Nunca antes le había clavado una jeringuilla a nadie, pero el verano pasado tomé clases de primeros auxilios y me enseñaron el procedimiento básico. Es bastante fácil siempre y cuando consigas atravesar la tela de la ropa de la víctima.

Pasan cinco segundos. Luego otros cincos.

—¿Seguro que lo has hecho bien? —pregunta Patrice.

—Despejen la zona, por favor. Despejen la zona. —La señora Heller, la enfermera del instituto, se abre paso entre los espectadores, el moño gris rebotando a cada paso que da con los zuecos de enfermera. Tiene un lápiz de epinefrina en la mano y Frannie la sigue de cerca—. Y guardad los teléfonos —añade—. Esto es una emergencia médica, nada que debáis compartir con desconocidos.

—Le acabo de inyectar el lápiz de epinefrina de otra persona —comento—. A lo mejor tendría que haber esperado, pero me daba miedo que se muriera.

La señora Heller se arrodilla a mi lado. Le toma la mano a Julia para comprobar el pulso. Parece que la hinchazón de la garganta ha disminuido un poco. El color se ha vuelto más rosado, menos morado. La enfermera le pone un clip electrónico pequeño en uno de los dedos índice y asiente cuando aparece un número en el dispositivo.

—Enséñame lo que has usado.

Le doy el cartucho vacío del lápiz y mira la etiqueta. Compara el lápiz de Patrice con el que tiene ella en la mano.

—Debe funcionar —indica—. Los lápices de epinefrina solo vienen en dos tamaños: niño y adulto. No obstante, vas a tener que hacer una declaración oficial por motivos legales.

—¿Por qué no se despierta? —grita un chico detrás de mí.

Su voz me resulta familiar. Miro por encima del hombro. Es el amigo de Holden, Zak, el que trabaja con él en la gasolinera.

La señora Heller no responde a su pregunta.

—Por favor, apartaos todos o empezaré a poner castigos. Dejadle espacio para que pueda respirar. —La multitud ha crecido y hay ya unas cuarenta personas.

Julia abre los ojos. Suelta un gemido y estira el brazo para apoyarse en mi hombro e intentar incorporarse y sentarse.

La señora Heller la sujeta con suavidad del hombro y la mantiene en el suelo.

—No intente sentarse todavía, señorita Worthington. Ha sufrido una reacción alérgica y le hemos administrado epinefrina. Es mejor que se quede acostada hasta que lleguen los médicos.

—Mi bol… bolso —dice con voz ahogada.

Le doy un apretón en la mano.

—He usado el lápiz de otra persona. La enfermera dice que es igual que el tuyo.

—¿Médicos? —pregunta Frannie—. ¿No se va a poner bien? —Mira a la enfermera y a mí alternativamente.

—Sí, pero cuando alguien sufre una reacción alérgica seria, llamamos a urgencias para que se aseguren de que el paciente está estabilizado —explica la señora Heller.

Julia intenta decir algo, pero cuando abre la boca no sale ninguna palabra. Mi teléfono vibra. Posiblemente sea Holden para contarme quién se ha llevado el bolso de mi amiga de la papelera. Me muero por mirarlo, pero no voy a hacerlo mientras Julia está tendida en el suelo.

—No intentes hablar —le pido—. Tranquilízate, te vas a poner bien.

Asiente lentamente y cierra los ojos.

Unos minutos más tarde, unos médicos vestidos de azul marino entran en la cafetería y acomodan a Julia en una camilla. Todos los alumnos se levantan y empiezan a aplaudir.

La señora Heller se dirige a Mona y a mí.

—Buen trabajo, señoritas. Habéis conseguido mantener la calma bajo presión.

Asiento, pero ahora que ha pasado la crisis, empiezo a notar el efecto de la realidad. Se me llenan los ojos de lágrimas y se me forma un nudo en la garganta. No puedo creerme que Julia haya estado a punto de morir.

Mi teléfono vuelve a vibrar con un mensaje. Tengo dos de Holden.

Holden: Sigo sin ver a nadie llevarse nada de la papelera.
Holden: ¿Estás bien? Acaba de llegar una ambulancia, ¿qué pasa?

Con dedos temblorosos, respondo al segundo y le cuento lo que le ha pasado a Julia. Después vuelvo a leer el primer mensaje. Esto parece confirmar mis peores sospechas. Desconocido no quería que le robara el bolso para quedárselo o quedarse con algo que llevara dentro. Quería que se lo quitara para intentar matarla.

Paso las siguientes tres horas con dolor de estómago. Julia ha estado a punto de morir por mi culpa. No sé si relacionará el hecho de que alguien le haya robado el bolso con el ataque de alergia, pero yo sí. Desconocido me ha obligado a robárselo con el lápiz de epinefrina y después ha intoxicado su comida con cacahuates o aceite de cacahuate. Pienso en el momento justo antes de que se desmayara. Yo pagué su almuerzo y ella me dio el cambio, y después nos sentamos. Intento recordar todas las cosas que tocó en la bandeja, pero soy incapaz. Sé que tenía pollo, arroz y la gelatina verde. No recuerdo qué más.

Recibo otro mensaje de Holden cuando están terminando las clases. Ha estado vigilando la papelera todo el día y no ha aparecido nadie. Quedo con él en el aparcamiento del centro de estudios superiores que hay al otro lado de la calle. La mayor parte de centros de estudios superiores de Tillamook Bay están en la calle Tercera, pero el departamento de Tecnología Industrial está en frente de nuestro instituto.

Su moto está en el aparcamiento. Detengo el coche al lado de él y entra en el asiento del copiloto.

—No me puedo creer que nadie haya venido aún a recoger el bolso —comenta—. ¿Crees que estará esperando a esta noche, cuando esté oscuro?

—Creo que solo quería que se lo robara a Julia para que no pudiera usar el lápiz de epinefrina —respondo con voz triste.

—Eso es bastante serio. ¿Deberíamos ir a buscar el bolso?

Niego con la cabeza.

—No, por lo menos hasta que hable con Julia. Puede que Desconocido esté esperando a que uno de nosotros haga eso y luego acusarnos de intento de asesinato.

—No me puedo creer que haya sufrido un ataque de alergia. —Holden se estremece—. Es horrible que alguien haya hecho esto.

—Sí. —Se me forma un nudo en la garganta al acordarme de los sonidos ahogados que profería Julia. Se me llenan los ojos de lágrimas—. Casi la mato. Pienso contárselo todo la próxima vez que la vea. No espero que me perdone, por lo del bolso o por lo que hay entre nosotros, pero no quiero seguir ocultándole nada. —Me vuelvo hacia la ventanilla y me limpio las lágrimas de los ojos. No quiero que Holden me consuele, no lo merezco. Necesito arreglar las cosas con Julia.

—Me alegro. Creo que es buena idea. —Me da una palmada en la pierna—. No tiene por qué odiarte, ¿sabes?

Me encojo de hombros.

—Si lo hace, lo entenderé. Debería haberle contado la verdad mucho antes. ¿Qué pasa conmigo, Holden? ¿Por qué, sabiendo qué es lo correcto, no lo hago?

—Porque hacer lo correcto es duro —responde—. Pero lo estás haciendo ahora y lo respeto. También Julia lo acabará respetando.

Exhalo un suspiro.

—Me siento la peor persona del mundo.

—Basta, has hecho una cosa mala, puede que varias —añade antes de que lo corrija—, pero todos hacemos cosas malas alguna vez. Lo que haces ahora es lo que importa. Si no te gusta la persona que eres, asume la responsabilidad de tus errores pasados y arréglalos.

Sus palabras me recuerdan el consejo de mi madre acerca de controlar lo que puedo y no obsesionarme con lo demás. Lo único que puedo hacer ahora es confesar, disculparme y dejar que Julia decida si me va a perdonar.

Vuelvo a suspirar y esbozo una sonrisa débil.

—Puede que no sea capaz de hablar con Julia como lo hago contigo, pero ella me importa mucho. No me imagino mi vida sin ella.

Nos quedamos un buen rato en silencio y entonces Holden habla.

—No te lo tomes a mal, pero ¿se te ha ocurrido que la razón por la que confías en mí y no en personas como Julia o Luke es porque te da miedo que te puedan abandonar?

—¿Por qué lo dices?

—Vamos, Embry. Tu padre te abandonó antes siquiera de que nacieras. Puedes fingir que no te afecta, pero solo te estás engañando a ti misma. Ese tipo de cosas hacen daño. Tienes un problema con que la gente te abandone. Luke se fue al ejército. Julia empezó a contarte que se iba a marchar a la universidad. Ya sé que piensas que hay una razón especial y profunda por la que puedes hablar conmigo, pero tal vez es únicamente porque sabes que yo me voy a quedar en el pueblo una buena temporada.

Voy a protestar, pero aprieto con fuerza los labios y me obligo a pensar en las palabras de Holden. No es solo mi padre, Luke y Julia. Antes de que mi abuela muriese, también confiaba plenamente en ella. Es muy posible que esté cansada de que la gente me abandone y haya empezado a apartar de mi lado a todas esas personas que pienso que pueden dejarme.

Me vuelve a vibrar el teléfono: un mensaje de Julia.

Julia: Hola. Acabo de llegar a casa del hospital. Gracias por salvarme la vida. 😌

Yo: ¿Estás bien?

Julia: Estoy tan bien que seguro que mis padres me obligarían a ir mañana al instituto si no fuera el último día antes de las vacaciones.

—Es Julia —le digo a Holden—. Está bien.

—Gracias a tu rápida actuación —señala Holden.

—Ya. —Pero los dos sabemos que fueron mis acciones las que la pusieron en peligro. Desconocido se fijó en ella porque es mi amiga y yo se lo puse fácil. Vuelvo a centrarme en el teléfono.

Yo: ¿Puedo ir a verte?

Julia: Sí, ¿y puedes traerme chocolate? Estar a punto de morir ha recalibrado mis prioridades.

Esbozo una sonrisa.

Yo: Por supuesto.

Uso parte del dinero de mi padre para comprar una caja bonita de bombones para Julia. Fred Meyer, la tienda más grande del pueblo, tiene una gran variedad para Navidad y están hasta envueltos en papel de regalo. Investigo en Internet para dar con la caja de bombones adecuada y que no afecten a mi amiga por su alergia a los cacahuates y me aseguro preguntando tres veces al cajero antes de comprarla. Sé que no puedo sobornar a Julia para que me perdone, pero si nuestra amistad va a acabar hoy, no quiero que lo último que piense de mí es que he intentado matarla con chocolate envenenado.

Oigo un trueno que ruge por encima de mi cabeza cuando salgo del aparcamiento y tomo la autovía que atraviesa Tillamook para regresar a la carretera que conduce hasta Three Rocks. Conduzco a la velocidad límite, paso junto a la biblioteca, el hospital y las granjas que hay en las afueras del pueblo.

La carretera se estrecha cuando llego a las colinas. Desacelero en las curvas con forma de S y de C. Hay niebla y eso me obliga a ir todavía más despacio. Empieza a caer una lluvia pesada y las gotas de agua se estrellan contra el parabrisas como si fueran guijarros. Acciono el limpiaparabrisas y frunzo el ceño cuando un par de camionetas me adelantan en una zona donde está prohibido. Exhalo un suspiro de alivio unos minutos más tarde, cuando recorro el último tramo de carretera hasta Three Rocks. El Mazda de quince años de mi madre no es gran cosa, pero es lo único que tenemos y no quiero sufrir un accidente.

Me paso el desvío a mi vecindario y giro a la izquierda, hacia Puffin Drive. A medio camino hacia Puffin Hill, viro a la izquierda, hacia Terresea Way, la calle donde vive Julia. He estado muchas veces en su casa porque cuando dormíamos juntas y nos juntábamos para otras cosas, yo siempre sugería que lo hiciéramos en su casa. «Tú tienes más películas y mejor comida», le decía siempre. La verdad es que me avergüenza un poco donde vivimos mi madre y yo. Me encanta la casa, pero es pequeña y está atestada de cosas; también solemos dejar los platos en el fregadero y la basura amontonada en el cubo. Estar en mi casa probablemente sea para ella como quedarse en un motel barato.

Abre la puerta con unos pantalones deportivos rosas y una camiseta de Victoria Secret. Lleva el pelo recogido en un moño despeinado. Aparte de la cara, que la tiene un poco roja, no hay ningún signo del ataque de alergia que ha sufrido antes. Aun así, me vengo abajo solo con verla.

—Me alegro de que estés bien —le digo.

—Yo también. Entra, que está lloviendo, tonta.

Accedo a la casa y me parece especialmente cálida.

—Guau, qué bien se está aquí.

—¿Sí? A mí me parece que hace calor, pero ya sabes, mis padres y su mala circulación, ya están mayores. —Pone los ojos en blanco y sonríe. Sus padres están en la cincuentena, casi tienen la edad como para ser mis abuelos.

—Mejor el calor que mi casa. Tenemos la caldera estropeada y hace un frío que mata.

—Yo tengo un calefactor que te puedo prestar si quieres —me ofrece—. Mi madre me lo compró porque a veces estudio en el sótano, pero, como puedes comprobar, no lo necesito.

—Seguro que estamos bien, pero gracias. —Noto una punzada en el pecho al imaginar la cara de mi amiga cuando le cuente lo de Holden. Pero tengo que hacerlo, no voy a echarme atrás. No puedo.

La sigo al salón. Hay unos sofás de piel a juego y el techo es abovedado. Igual que en el apartamento de Holden, no hay desorden, no hay cosas por medio. En un rincón de la habitación se alza un enorme árbol de Navidad. Parece diseñado por un profesional, con adornos de cristal y guirnaldas hechas con lazos de color dorado metalizado. Incluso el control remoto de la televisión tiene un lugar especial donde colocarlo, una pequeña caja de mármol que va a juego con la mesita.

En el suelo, en el extremo del sofá, hay una manta de punto. Julia la recoge y la dobla.

—Solo estaba viendo la tele —comenta.

—¿Dónde están tus padres? —Esperaba que estuvieran aquí con ella.

—En el estudio. Mi padre está escribiendo y mi madre, probablemente leyendo. ¿Quieres subir?

—Sí. —La sigo a su habitación, que está en la tercera planta.

Cierra la puerta cuando entramos y me voy al fondo de la habitación. Hay una ventana enorme con vistas al mar. Su casa es una de las más bajas de la colina, así que los árboles tapan una parte de la vista, pero, aun así, se ve el agua oscura, las olas. Atisbo la espuma blanca romper en la orilla y mojar la arena. La marea hace que el agua retroceda a continuación. Adelante y atrás.

—No hay nadie a quien le guste más el mar que a ti.

—¿Eh? —Oigo a Julia, pero estoy hipnotizada por el incesante ir y venir de las olas.

—Me parece muy bonito que hayas vivido aquí toda la vida y sigas enamorada del mar. Yo me siento como la mayoría de las personas que empiezan a dar por hecho que está ahí.

Me vuelvo hacia ella y la miro.

—Sí —admito—. Me gusta tanto como cuando era pequeña.

Señala la caja envuelta en papel de regalo que tengo en las manos.

—¿Es para mí?

—Es verdad. —Casi se me olvida que tenía los bombones—. Sí, es para ti.

Le doy la caja y me siento incómoda al borde de la cama. Ella cruza la habitación hasta la cómoda blanca de madera, abre la gaveta superior y saca un paquete envuelto con papel liso.

—¿Tú también quieres tu regalo?

—Esto no es un regalo —digo—. Tengo otra cosa para ti para Navidad.

—¿Dos regalos? —Se le ilumina la cara—. No sé si este año estoy a la altura. —Me pone el paquete en la mano—. Ábrelo.

—Tú primera.

Sacude la cabeza.

—No, tú.

—De acuerdo. —Doy vuelta al paquete en las manos y empiezo a apartar la cinta adhesiva de un extremo, esforzándome para no romper el papel.

—Embry, no tienes que guardar el envoltorio —me avisa—. Te aseguro que tenemos muchos.

—Lo siento, es la costumbre. —Aparto rápidamente el papel y me encuentro un álbum de fotos. El título es *Las aventuras de Embry y Julia en Three Rocks*. En la cubierta aparece una foto del mar y las famosas tres rocas de nuestro pueblo de fondo.

—Julia... —comienzo—. Esto es... todo un detalle. —Maldita sea, no esperaba un regalo personalizado. Cuando empezaba a pensar que las cosas no podían empeorar. Dejo el álbum en el edredón—. Mira, tengo...

—Tienes que ver el álbum. —Se sienta a mi lado en la cama—. Seguro que ni siquiera recuerdas algunas de esas fotos.

—De acuerdo. —Intento mantener la voz serena, pero estoy muriendo un poco por dentro. En mi cabeza aparece una cuenta atrás con números rojos parpadeantes, como si fuera el cronómetro de una bomba. *Tres minutos para la aniquilación total.*

Abro el álbum en la primera página. Es un montaje con fotos del baile de tercero. Luke acababa de terminar el entrenamiento especializado y había vuelto de Texas para ir conmigo, y Julia estaba con Holden.

Vernos a los cuatro juntos me provoca una ráfaga de emociones. Esa noche pensaba que éramos felices. Pensaba que teníamos todo lo que queríamos. Julia era feliz con Holden. Yo era feliz con Luke. Pero todo era una mentira.

Señala una fotografía en la que estamos a punto de entrar los cuatro al baile.

—Me encanta esta foto porque los dos parecen enfadados.

Es verdad. Julia y yo estamos dedicando a la cámara nuestras mejores sonrisas, pero tanto Luke como Holden parecen preferir enzarzarse en una pelea antes que aparecer juntos en la misma fotografía.

—¿Te acuerdas de cómo se enfadaron en la cena?

Suelto una risita.

—Sí, pensé que la señora O'Riley nos echaría del restaurante.

—¿Has hablado últimamente con Luke? —pregunta—. ¿Cuándo vuelve a casa?

—Me dijo que, con suerte, en enero.

—¿Crees que volveréis a estar juntos?

—Probablemente no. —Me embarga otra sensación de tristeza. No al pensar en perder a Luke, porque él merece estar con alguien que lo quiera de verdad y que le ofrezca las cosas que necesita. Es por la idea de hacerle daño, aunque solo sea de forma temporal, contándole la verdad. No se merece que le rompa el corazón, pero tampoco se merece que le mienta.

A veces no importa lo que hagas, porque alguien resultará herido.

Dos minutos para la aniquilación total. Paso el dedo por la imagen más grande de la página. La hizo la madre de Julia antes de que los chicos nos recogieran en su casa. Las dos llevamos los vestidos con unas coronas de cartón del Burger King que conseguimos ese día.

Es curioso, pienso mucho en las diferencias que hay entre nosotras dos, pero nadie que mirara esta fotografía las vería. Casi parecemos hermanas.

En la siguiente página hay fotos del instituto. No estoy segura de quién nos hizo algunas de ellas. En una aparecemos Julia y yo sentadas en el pasillo antes de la primera hora y en otra estoy abrazándola después de una de las competiciones de natación de segundo curso. Se ve a Frannie y a otras chicas del equipo de fondo.

Sigo pasando hojas, y Julia y yo rejuvenecemos. En una foto salimos haciendo senderismo con su padre en el parque natural de Cape Azure y en otra estamos en el zoológico de Portland. Las últimas páginas son de nosotras dos en la playa: Julia y yo saltando las rocas y haciendo ángeles en la arena, en cuclillas delante de una medusa en la orilla, posando como flamencos en una madera arrastrada por las olas, jugando en el agua con Betsy.

Cada fotografía me trae recuerdos. Me había olvidado de lo mucho que nos seducía la playa cuando estábamos en la secundaria. Cuando Julia creció, empezó a viajar con sus padres. Ella veía lugares nuevos y empezaba a tener otros intereses. Poco a poco, la atracción por el mar empezó a menguar para ella. Aun así, estas imágenes me rompen por dentro porque este álbum no es más que una manifestación física de unas amigas de verdad, y yo lo he echado a perder todo por un chico. Ni siquiera es por un chico, lo he fastidiado porque me importaba más lo que ocultaba en mi interior que ser honesta con mi amiga. *Un minuto para la aniquilación total.*

Cuando cierro el álbum, me levanto de la cama y vuelvo a acercarme a la ventana. Contengo las lágrimas que amenazan con escaparse. No quiero que Julia me vea llorar.

—Gracias, este regalo es increíble. —Me esfuerzo por mantener la voz estable—. Ninguno de mis regalos se puede comparar con esto.

—Lo dudo. —Julia rompe el papel de regalo y chilla al ver los bombones—. Guau, cuando te pedí que me trajeras chocolate no esperaba esto.

Me restriego los ojos y me vuelvo hacia ella con lo más parecido a una sonrisa que puedo componer ahora mismo.

—Quería traerte algo bueno, sobre todo después de lo que ha pasado hoy. He buscado por Internet para asegurarme de que el chocolate no tiene cacahuate, de que no hay peligro de contaminación cruzada.

—Qué considerada. —Rasga el plástico de la caja con la uña.

—¿Qué crees que pasó? —pregunto—. Solo eres alérgica a los cacahuates, ¿no? ¿Piensas que había alguno en el arroz?

Elige un bombón redondo del centro de la caja.

—A los cacahuates y a los frutos secos. No lo sé, estoy segura de que el instituto no tiene permitido usar productos con frutos secos para prevenir los accidentes como el de hoy. El médico de urgencias me ha dicho que a lo mejor alguna de las trabajadoras de la cafetería estaba comiéndose una barrita energética y contaminó por accidente mi bandeja. Y mi madre me ha comentado que se han dado casos de gelatinas contaminadas. Supongo que algunas fábricas también preparan gelatinas de pistacho.

—¿Entonces no crees que alguien intentara hacerte daño a propósito? —Me paseo por la bonita moqueta.

—Dios mío, no, ¿por qué iba a pensar eso? —Me tiende la caja de bombones.

Niego con la cabeza. No creo que pueda comer nada ahora mismo, se me quedaría atascado en la garganta.

—Porque te robaron el bolso con el lápiz de epinefrina.

—Ah, sí. No había pensado en eso. —Frunce el ceño—. ¿Por qué has pensado tú en eso?

Una vez más, se me llenan los ojos de lágrimas, pero las reprimo. No puedo ponerme triste ahora mismo. Solo tengo que ser honesta... de una vez por todas. *Tres... dos... uno...*

—Porque yo te robé el bolso —confieso.

—¿Qué? —Julia ladea la cabeza, como si estuviera confundida, como si pensara que me ha escuchado mal.

Noto que me ceden un poco las piernas y me apoyo en la pared de la habitación. Me limpio las palmas de las manos sudadas en los vaqueros y luego me las meto en los bolsillos. Me quedo mirándome los zapatos.

—Llegué antes al instituto, me colé en el vestuario mientras estabas nadando y te quité el bolso. —Las palabras salen apresuradas—. Lo siento. Quizá pueda devolvértelo, pero si no es así te daré el dinero para que te compres uno nuevo. Tardaré un par de meses, pero esa ni siquiera es la peor parte. También me he estado acostando con Holden. Yo soy la chica del vídeo. —Inspiro profundamente y sigo hablando antes de que pueda interrumpirme—. Yo soy con quien se acostó este verano. Mientras tú estabas fuera, Holden y yo empezamos a salir. Le contaba todo lo que estaba pasando con mi madre. Nunca pensé que fuera a suceder nada, pero entonces una noche la situación cambió y nos acostamos. Siento no habértelo contado.

La información se entremezcla, ni siquiera sé si entiendo lo que estoy diciendo, pero tengo que confesarlo todo, cada detalle, antes de que me dé una razón o una oportunidad de callarme algo.

—Te mentí cada vez que me preguntaste si sabía quién era ella. No espero que me perdones por esto. —Hundo los hombros cuando termino de hablar. Me cuesta un esfuerzo sobrenatural tan solo mirarla, me da miedo lo que pueda ver.

Tiene los labios apretados, pero no hay ira en su cara.

—Espera —me dice—. ¿Por qué diablos me robaste el bolso?

—No quería hacerlo. Me han estado... chantajeando, supongo. Recibí un mensaje de texto en el que alguien me decía que tenía que robártelo o si no me iba a... meter en problemas. Ha sido también culpa mía que enviara ese vídeo en el que salimos Holden y yo. —Le hago un resumen rápido de los mensajes que he recibido de Desconocido.

—Pero ¿qué sabe este tipo? —pregunta—. Supongo que es algo más aparte de que te acuestas con Holden.

Vacilo un instante. Quiero contárselo todo, pero aún tengo esa necesidad natural de ocultar ciertas partes de mí, las piezas más profundas y oscuras. *¿Puedes confiar en ella?*

—Muy bien, no me lo cuentes si no quieres. —Se baja de la cama y va a mirarse al espejo del armario—. ¿Por qué me cuentas esto justo ahora?

—Tengo muchos motivos. Sobre todo, porque al fin entiendo que Holden tenía razón. No contarte lo que estaba pasando entre nosotros dos era estúpido y egoísta. No quise decírtelo por teléfono y, cuando regresaste de Washington DC, estabas muy agobiada con las calificaciones de los exámenes y no quise contártelo para no distraerte de los estudios. Luego era porque se acercaban las vacaciones y... no dejaba de decirme a mí misma que te estaba protegiendo, pero en realidad he estado protegiéndome a mí. Sabía que contarte la verdad podía significar perderte como amiga. He pasado tanto miedo por la idea de perder a mi madre que no podía soportar perder también a mi mejor amiga. —Trago saliva con dificultad—. Ya sé que soy una egoísta.

—¿Y *ahora* te parece bien perder a tu mejor amiga? —Su voz suena serena, pero se le están llenando los ojos de lágrimas—. ¿Solo porque tu madre está mejor?

—No —respondo—. No me parece bien. Pero mira lo que ha pasado. Tener secretos casi te mata. Prefiero que me odies antes que seguir siendo tu amiga y que te hagan daño.

—¿Estás enamorada de él? —pregunta.

Me quedo callada. Su cambio de tema repentino me ha agarrado con la guardia baja. Solo con pensar en la idea de estar enamorada de Holden se me acelera el corazón, y no en el buen sentido, sino en una especie de «Cargando… ¡despejado!».

—No lo sé, pero eso no es excusa.

—¿Por qué no me contaste que sentías algo por él cuando te dije que le iba a pedir que fuera conmigo al baile?

Es una buena pregunta y no es fácil de responder.

—Supongo que porque no me parecía bien estar con Luke y sentir algo por otro chico. ¿Cómo iba a pedirte que no salieras con él cuando yo tenía novio y tú no?

—Podrías haberme contado cómo te sentías y dejar que yo tomara mi decisión —contesta con tono pausado—. Nunca le habría pedido salir si hubiera sabido que te gustaba.

Tiene razón, debería habérselo contado. Pero no quería que pensara que era codiciosa o una ramera o una mala amiga. Y aquí estoy, confesándole que he sido una mala amiga durante los últimos meses.

Ahora es ella quien se pone a dar vueltas por la habitación.

—La verdad es que sabía que Holden se estaba acostando con otra persona —comenta con tono tranquilo—, pero no sabía con quién. Hasta que vi el vídeo. Me he sentado detrás de ti en muchas clases. Te he trenzado el maldito pelo, Embry, ¿de verdad creías que no te iba a reconocer?

—¿Y por qué no me dijiste nada? —Tenso la mandíbula.

—Supongo que estaba esperando a ver cuánto tardabas en contarme la verdad, intentando decidir si nuestra amistad merecía la pena. Eso es lo que más me duele, lo mucho que has tardado en ser sincera. Mi relación con Holden nunca fue seria, pero tú pensabas que estabas traicionándome y me has ocultado la verdad durante *meses*.

—Lo siento —musito.

—Y ahora me cuentas que estás metida en problemas, que un extraño te está amenazando, pero en lugar de confiar en mí, me abres la taquilla, me robas mis cosas y casi me matas con tus acciones. ¡Podría haberte ayudado! Te habría dado el bolso yo misma.

Bajo la cabeza.

—Tienes razón. Tendría que haber acudido a ti y contártelo todo. Pero... no sé. ¿Cómo iba a pedirte que me dieras el dinero, el maquillaje, el carné de conducir y todo lo demás?

—Solo son objetos. Se pueden reemplazar. —Se le rompe la voz.

—Tienes razón —repito—. Pero pedirte tus cosas habría supuesto contarte la verdad. Y la verdad me *avergüenza*. Cada vez que la pronuncio, vuelvo a enfrentarme a la realidad.

—Entonces, ¿por qué lo hiciste?

—No lo sé. —Levanto las manos en un gesto de frustración—. Supongo que porque hago estupideces.

—Y me ocultaste todo esto porque pensabas que iba a juzgarte —declara con voz monótona.

—Otra estupidez. Holden dice que aparto a la gente de mi lado cuando pienso que van a abandonarme. Lo hice con Luke cuando se unió al ejército y contigo cuando te marchaste en verano.

—Porque alguien esté en un lugar distinto no quiere decir que se haya ido de tu vida.

—Lo sé —digo con voz ronca.

—Dios mío. —La voz le sale un tanto aguda—. Dale una oportunidad a las personas. Entiendo por qué has mantenido lo de Holden en secreto, aunque no fue lo correcto. Pero ni siquiera me contaste lo de tu madre. Habría estado a tu lado este verano, te habría llamado por teléfono, por Skype, te habría enviado mensajes por la noche, habría hecho cualquier cosa.

Me deslizo por la pared hasta sentarme en el suelo con las rodillas flexionadas, rodeándolas con los brazos. Me siento al mismo tiempo agradecida y avergonzada por sus palabras, por el hecho de que esté siendo honesta, porque no me haya echado de su casa. Quiero explicarle cómo soy, pero es duro, porque ni siquiera yo lo entiendo.

—No fue una decisión consciente. Cada vez que intento decir algo, se me cierra la garganta. ¿Qué te iba a decir? Hola, ¿qué tal en Washington? Por cierto, mi madre tiene cáncer y me da miedo que se muera y me deje sola.

—¿Y con Holden sí podías hablar?

Exhalo un suspiro.

—Sí, no sé por qué con él es diferente, no lo entiendo, pero sí.

Julia vuelve a sentarse en la cama.

—Lo entiendo, yo también le he contado ciertas cosas. Creo que en parte es porque él sabe entender a los demás y aconsejar a la gente; es más sencillo valorar si algo es cierto cuando alguien lo dice en voz alta. A lo mejor debería haberme esforzado más para acercarme a ti. Mi madre me contó lo de la enfermedad de la tuya. Nunca sacaste el tema, así que pensé que no querías hablar de ello.

—No sé si quería o no. Ha sido duro para mí… mostrarme asustada por la enfermedad de mi madre porque ella ha sido muy fuerte durante la mayor parte del tiempo. Si ella puede mantenerse entera, creo que yo también debería. —Me encojo de hombros—. Pero nada de esto es culpa tuya. He sido una amiga horrible, tanto que casi consigo que te maten y todo ha sido culpa mía.

—También me has salvado —me recuerda—. No te olvides de esa parte.

Como salvé a Sam, pienso. *Justo después de poner en peligro su vida.*

—Volviendo a Holden, él nunca fue mi novio, al menos no de verdad. Le pedí que fuera al baile conmigo porque es guapo e inteligente y no quería ir sola. Solo empecé a salir con él porque a mis padres les molestaba. —Se ríe entre dientes—. Pero también porque así me dejaban en paz.

—¿En paz por qué?

Julia levanta la barbilla.

—Porque soy gay.

—Un momento, ¿qué?

—Holden se dio cuenta y me lo dijo, pero yo no lo supe con seguridad hasta que conocí a Ness. —Su expresión se vuelve resplandeciente por un momento, como una flor que se abre en medio de una tormenta—. Solo sabía que no sentía por los chicos lo mismo que parecíais sentir tú y mis otras amigas.

—¿Por qué no me lo contaste? —pregunto con tono herido—. ¿Pensabas que no te iba a apoyar?

—No, es lo que has dicho tú. A veces es difícil sacar ciertos temas. Pensé que tal vez Holden lo mencionaría o te darías cuenta de algo y me preguntarías, pero siempre has dado por hecho que era heterosexual y yo nunca he sabido cómo corregirte.

Tiene razón. Incluso hace unos días, cuando estuve bromeando con ella por el vestido de Nochevieja, di por hecho que quería estar guapa para algún chico.

—Lo siento, no era mi intención dar por sentadas algunas cosas...

—No pasa nada. Yo también lo pensé durante un tiempo, pero no te culpo ni nada. Solo digo que sé lo que se siente cuando necesitas hablar de algo pero te quedas paralizada a la hora de empezar la conversación.

—Entonces... ¿Ness y tú... estáis juntas?

—Oficialmente, no, pero quién sabe lo que puede pasar si las dos terminamos en la misma universidad el año que viene.

—Pero ¿nadie sabe lo vuestro?

—Solo Ness, Holden y ahora tú. No es que sea un secreto inmenso, pero ya sabes cómo son mis padres. No tienen ningún problema con las personas homosexuales, pero no quieren a una en su familia. El semestre pasado estaba leyendo una página web LGTB en el iPad y la dejé abierta. Mi madre la vio y empezó a actuar de forma extraña, sugiriendo que tal vez deberían enviarme más lejos, a un internado en lugar de a Washington DC en verano. Empecé a fingir, como si estuviera haciendo una investigación para una clase, pero aun así parecían estar valorando si dejarme ir. Por eso pensé en pedir a un chico que fuera conmigo al baile, para que me dejaran en paz.

—Es una pena que tus padres... —Me quedo callada, pues no sé cómo terminar la frase.

—Ya, yo también lo pienso, y espero que lo acepten, pero, como tú misma has dicho, una persona solo puede soportar cierto estrés. Pensé en esperar y contárselo en un año o dos. Salir con Holden me ayudó a aplacar sus miedos, aunque no lo consideraran lo bastante bueno para mí. Él aceptó seguirme la corriente durante un tiempo.

—Con razón decía que nunca estuviste enamorada de él, que tenía que ser honesta contigo.

Sacude la cabeza.

—No me puedo creer que no te haya contado la verdad. Es aún mejor chico de lo que imaginaba.

—Probablemente demasiado bueno para mí. Igual que Luke… Igual que tú.

Julia se relaja un poco.

—Mira, no te odio ni nada por el estilo, pero no sé si podré volver a confiar en ti. Me has hecho daño. —Aparta la mirada, hacia la ventana.

Le tiembla el labio inferior.

—Lo comprendo. —Me pongo de pie y me vuelvo hacia la puerta—. Gracias por escucharme.

—Espera. —Se vuelve hacia mí—. Tampoco quiero que te pase nada malo. ¿Qué dice la policía de tu chantajista? ¿Pueden rastrear los mensajes de texto?

—Eh… No he ido a la policía.

—¡Embry! —Pone cara de sorpresa—. Si ese tipo ha intentado matarme de verdad, quién sabe qué podría hacer a continuación.

—El problema es… que Holden y yo somos responsables del incendio del Sea Cliff. A veces quedábamos allí. Poníamos velas. —Me miro las manos—. Fue un accidente.

Mi amiga suspira pausadamente.

—Me pareció reconocer el fondo de ese vídeo. Bueno, si fue un accidente, la policía no los responsabilizará, ¿no?

—No, en caso de que nos crea, probablemente de allanamiento a una propiedad privada y algún tipo de negligencia temeraria. El problema es que nos multen con cientos de miles de dólares.

—Maldición. No había pensado en eso. ¿Se lo has contado a tu madre?

Niego con la cabeza.

—Está mejorando, pero tiene pendientes algunas facturas de cuando tuvimos que cerrar el restaurante durante todo el verano por el tratamiento y… y no puedo hacerlo. —Parpadeo fuerte—. Ella es la razón por la que te robé el bolso. No sabía qué hacer y entonces vi una carta en casa con un sello que ponía «Último aviso».

Julia asiente como si me comprendiera, pero es imposible que ella lo entienda. Probablemente su familia nunca haya recibido un último aviso por nada en su vida. Ella no sabe lo que es preocuparse por la posibilidad de perder su casa.

—¿Tienes idea de quién puede estar enviándote los mensajes? —pregunta.

—No, he considerado a varios sospechosos, pero a nadie que crea capaz de intentar matarte.

—¿Y el chico al que rescataste del incendio? ¿Sabes si está bien?

—¿Sam? En el periódico ponía que se esperaba que se recuperase por completo, pero no he ido a verlo ni nada.

—Solo estaba pensando que, si el chico muriera, a lo mejor alguien cercano a él podría descubrir la verdad y perseguirte por eso.

—¿No crees que me habría enterado si hubiese muerto?

—Puede que no si aún se está investigando la causa del incendio. Mira, le hablaré a la policía de mi ataque de alergia y cómo puede estar relacionado con el robo del bolso, pero tú tienes que contarle a alguien que te están chantajeando… por lo menos a la madre de Holden. ¿Y si la próxima vez ese psicópata quiere que hagas algo peor que robar?

—Espero que no haya una próxima vez. —Incluso al decirlo, sé que no es probable. Si Desconocido quería matar de verdad a Julia, no va a quedarse satisfecho con haberlo intentado.

Julia parece exhausta por el tiempo que ha pasado en urgencias y yo he dicho todo lo que necesitaba decir, así que me despido para que pueda descansar.

Las dos nos dirigimos a la planta baja. Su madre está dando vueltas en la cocina con un traje de pantalón negro y unos tacones de siete centímetros. Es una mujer alta y delgada con el pelo rubio claro que, según Julia, se arregla dos veces por semana. Nadie sospecharía que está en los cincuenta. Ahora mismo está introduciendo hierbas frescas y vegetales en una licuadora.

—Hola, Embry —me saluda—. Julia mencionó que ibas a venir. ¿Quieres quedarte a cenar? Estoy haciendo sopa de tomate y albahaca.

Fuerzo una sonrisa.

—Gracias, señora Worthington, pero tengo que irme a casa.

—De acuerdo, la próxima vez será. Deséale una feliz Navidad a tu madre por mí.

—Lo haré.

Hay un momento incómodo cuando Julia y yo llegamos a la puerta. Quiero abrazarla, pero no quiero que ella me aparte. Y peor aún, no quiero incomodarla. Vuelvo a forzar una sonrisa.

—Gracias por escucharme. —Cambio el peso de un pie a otro.

—De nada. —Asiente—. Gracias por contármelo todo.

Espero unos segundos a que diga algo más. Deseo que me diga que me llamará cuando piense en todo esto o que deberíamos quedar después de las vacaciones para hablar de nuevo. Espero que me diga que quiere que sigamos siendo amigas.

Pero no dice nada de eso.

—Supongo que ya nos veremos —comento yo.

—Sí. —Le tiembla la voz y me doy cuenta de que no soy la única que está a punto de echarse a llorar. Julia entra en la casa antes de que las lágrimas caigan.

Cuando llego a casa, tengo un par de mensajes de Holden.

Holden: Acabo de colgarle el teléfono a Julia.

Holden: ¿Estás bien?

Deseo desesperadamente responderle o llamarlo, pero incluso él me parece una opción inadecuada ahora mismo, así que no hago caso de los mensajes. Voy a mi habitación y me tumbo en la cama. Las ganas de llorar han desaparecido, pero la tristeza no. Es un dolor angustioso, pesado, como si tuviera una bolsa de ladrillos en el pecho. Después de quedarme aquí tumbada unos minutos, concentrándome en respirar, decido que hay otra cosa que puedo hacer para aligerar un poco el peso.

Voy a contarle la verdad a Luke.

Intento llamarlo, pero cuando me salta el contestador cuelgo sin decir nada. Entro en mi cuenta de correo electrónico y empiezo a escribir una carta.

Querido Luke:

Siento contarte esto por correo electrónico, pero no puedo esperar más. No debería haber esperado tanto, pero soy una cobarde que no quiere perderte, a pesar de que sé desde hace tiempo que no puedo ser la chica que tú quieres. Eres increíble y cuando empezamos a salir lo único que deseaba era parecerte increíble yo a ti. Me convencí a mí misma de que podía hacerte feliz.

Por muy triste que haya sido estar separada de ti, también me ha ayudado a comprender algunas cosas sobre mí misma. Más que nada, que no sé lo que quiero. No sé si quiero casarme, sobre todo antes de ir a la universidad. No sé si quiero tener hijos. No sé qué quiero estudiar ni en dónde quiero vivir. Te admiro por tener tantas cosas claras en tu vida, pero yo aún no he llegado a ese punto.

Cuando te sugerí que nos tomáramos un descanso, lo quería hacer porque deseaba que fueras libre. Quería que fueras capaz de tratar con el estrés de ser soldado sin peligro a sentirte culpable si necesitabas estar con otra persona. Yo he estado saliendo con alguien. Llevo con él varios meses. Tendría que habértelo contado, pero pensé que te ocultaba la verdad por tu bien. No obstante, mentir solo beneficia al mentiroso. Ahora lo sé.

De nuevo, perdóname por enviarte esto por correo electrónico. He intentado llamarte, pero no respondes y me ha parecido que una carta sería mejor que un mensaje en el contestador. Llámame cuando la recibas si deseas hablar. No quiero perderte por completo de mi vida, pero entenderé si ya no quieres saber nada de mí.

Lo siento mucho, Luke. Espero que algún día puedas perdonarme. Sé que encontrarás a alguien que quiera las mismas cosas que quieres tú, una chica que pueda hacerte feliz sin fingir que es una persona que no es.

Mientras pienso cómo terminar el mensaje, alguien llama a la puerta de entrada. Me guardo el teléfono en el bolsillo y recorro el pasillo hasta el salón.

Echo un vistazo por la mirilla y veo a Holden bajo la lluvia, con varios mechones de pelo castaño asomando por debajo del gorro negro. Abro la puerta.

—¿Estás bien? —pregunta—. No me has respondido a los mensajes.

Asiento y dejo que entre.

—Perdona, ha sido un día largo. ¿Qué te ha dicho Julia?

—Sobre todo que gracias por guardar su secreto.

Sonrío levemente.

—Me ha dicho que eres un buen chico.

—No está equivocada. —Se cruje los nudillos—. Solo es mi opinión, pero creo que te perdonará algún día. La pregunta más seria es si tú podrás perdonarte.

—Lo intento. Le estaba escribiendo un correo electrónico a Luke ahora mismo.

—Ah. Está bien. No quiero interrumpir. Solo quería darte esto y no me parecía bien dejártelo en la puerta porque no quería asustarte. —Me da un sobre verde que rodeo con los dedos.

—¿Qué es?

—Una tarjeta de Navidad. —Sonríe—. Bueno, me voy. Buena suerte con Luke. —Sale a la calle y lo veo correr hasta la moto, que está aparcada al final de la entrada de mi casa.

Se despide con la mano cuando arranca. Betsy se asoma al salón para ver quién está en la puerta.

—Nos ha regalado una tarjeta de Navidad —le digo. Cierro la puerta y me siento en el sofá. Por una vez, se acurruca obediente a mis pies.

Con dedos temblorosos, abro el sobre. La tarjeta que hay en el interior está hecha y pintada a mano. Hay un árbol de Navidad en un solar iluminado por farolas fluorescentes. No hay gente alrededor, solo dos ciervos a un lado, como si se hubieran acercado a investigar. Dentro de la tarjeta solo pone «Feliz Navidad» con la letra pulcra de Holden.

Dentro hay una hoja de papel doblada, publicidad de una pequeña galería de arte de Cannon Beach, un pueblo que está más o menos a una hora al norte de aquí. Parece que tienen una exposición de fotografía a finales de diciembre. Holden ha escrito dos palabras al final de la hoja: «¿Quieres ir?».

Miro el reloj. Vive a tan solo un par de calles de aquí, ya debería estar en casa. Alcanzo el teléfono y marco su número.

—La tarjeta es preciosa —le digo—. Deberías venderlas por Internet también.

—Ni hablar. Es única, la he hecho solo para ti.

—En ese caso, deberías vender otras con diseños menos especiales.

—Estás decidida a convertirme en algún tipo de magnate de Etsy, ¿eh? No hay necesidad de producir en masa y vender todas las cosas bonitas.

—Perdona, a lo mejor es que estoy proyectando en ti mis miedos sobre no tener ni idea de qué hacer con mi vida.

—Sí, puede ser. Deja de hacerlo. —Se ríe—. ¿Qué te parece? ¿Quieres salir del pueblo por un día? Tengo que trabajar en la gasolinera el sábado por la mañana, pero podríamos ir el domingo por la mañana.

—¿Te refieres a... una cita? —Contengo la respiración mientras espero a que responda.

—No tenemos que llamarlo así. Solo quería llevarte a algún lugar entretenido. Supongo que te vendrá bien un descanso de todo lo que está pasando aquí.

—Me encantaría visitar esa galería contigo, pero no quiero esconderme de lo que está pasando. Julia me ha regañado por no acudir a la policía, me ha dicho que dejar que Desconocido siga teniendo el control puede poner a otras personas en peligro y tiene razón. Quiero descubrir quién me está chantajeando, asegurarme de que no haga daño a nadie más.

—Entiendo, ¿qué sugieres?

—No lo sé, pero creo que deberíamos encontrarnos y acordar una estrategia. ¿Puedo ir a tu casa?

—Claro. Mi madre está trabajando, dejaré la puerta sin llave para que puedas entrar.

—De acuerdo, dame diez minutos. Tengo que acabar el correo electrónico.

—Tómate el tiempo que necesites. Y, Embry, probablemente te suene estúpido, pero estoy orgulloso de ti, de que hayas contado la verdad.

—Gracias, supongo. —Me parece más de lo que merezco.

Cuelgo y vuelvo al correo electrónico. Releo el mensaje para Luke e imagino cómo se sentirá cuando lo reciba. Puedo ver la sonrisa desvaneciéndose, la mandíbula tensándose al entender tras las primeras líneas que estoy rompiendo con él. ¿Y luego qué? ¿Tristeza o enfado? Probablemente las dos cosas. Pongo el dedo índice por encima del icono de la papelera durante unos segundos. «Céntrate en lo que puedes controlar», me susurra la voz de mi madre. «Siempre hay algo».

Ser sincera con Luke nunca va a ser sencillo, como tampoco lo ha sido contarle la verdad a Julia. Pero hacerlo ha sido lo correcto y también esto lo es. Vuelvo a escribir «Lo siento» al final del mensaje y firmo con mi nombre. Respiro con fuerza y presiono enviar.

Diez minutos más tarde, estoy sentada en el sofá del salón de Holden, moviendo de forma repetida una pierna mientras intento averiguar cómo podemos desenmascarar a Desconocido sin acudir a la policía. Pienso en lo que ha mencionado Julia sobre Sam, que si él muriera alguien cercano a él tendría una motivación para hacerme daño.

Miro a Holden.

—¿Crees que el chico al que salvé en el incendio podría haber muerto?

—No lo sé, supongo que cualquier cosa es posible.

—Si Sam muriera por el incendio, sería culpa mía por haberlo provocado. Moral y legalmente. Sería culpable de homicidio imprudente.

—*Los dos* seríamos culpables, no tú. También es culpa mía, e incluso de Betsy. Yo llevé las velas y el alcohol, que probablemente fue lo que ayudó a que el fuego se extendiera. Betsy derramó el vodka con su cola larga. —Golpetea en el suelo con un pie—. Y no me gusta señalar a los menos favorecidos, pero cualquier persona que estuviera allí entró sin permiso, así que no es una víctima completamente inocente.

—Estupendo, aunque nada de eso me hace sentir mejor, Holden.

—¿No? Supongo que no siempre funciona lo de mal de muchos, consuelo de tontos.

—No. Ese dicho me ha parecido siempre una estupidez. Si yo sufro, ver que otras personas sufren también solo me hace sentir peor. —Jalo de un hilo suelto que hay en el borde del cojín del sofá.

—Me gusta esa parte de ti. —Holden se ríe.

—¿Que no soy una zorra que disfruta viendo a los demás sufriendo? —Resoplo.

—Sí, y que no desmerezcas a los demás para sentirte mejor.

—Pues estoy segura de que no voy a intentar culpar a un chico sintecho por el incendio. Muerto o vivo.

—Tendremos que averiguar eso primero —señala—. A lo mejor está bien y estás valorando esta opción en vano.

—De acuerdo. —Abro una ventana de Internet en el teléfono y busco «incendio del Sea Cliff». Había evitado la mayoría de las noticias después del accidente porque cada vez que leía mi nombre o que se referían a una «adolescente local» como una heroína que había salvado a un joven de un edificio en llamas, sentía que me tragaba una piedra.

Encuentro el artículo que leyó mi madre que menciona que el chico al que saqué del incendio era Sam Lark, un antiguo residente de Tillamook de veintiún años que dejó el instituto en tercer curso.

Le paso el teléfono a Holden.

—El artículo menciona que está estable y que se espera que se recupere por completo. Pero no hay información actualizada sobre si ha dejado el hospital o dónde se encuentra ahora.

Holden examina el artículo y me devuelve el teléfono.

—Pues llama al hospital.

Miro la hora.

—¿Ahora? Es muy tarde.

—Está abierto las veinticuatro horas. Di solo que quieres dejar un mensaje para Sam Lark.

Busco el teléfono del hospital de Tillamook. Cuando responde la operadora, me aclaro la garganta.

—Hola —saludo—. Eh, ya sé que es tarde, pero solo quiero dejar un mensaje para un paciente: Sam Lark. ¿Podría pasarme con alguien que pueda ayudarme?

—Un momento. —Se produce una larga pausa y vuelve la operadora—. ¿Me ha dicho Lark? ¿L-a-r-k?

—Sí.

—Lo lamento, parece que el señor Lark ha dejado el hospital esta mañana.

—¿Se ha ido? ¿Entonces ya se encuentra mejor? —pregunto—. ¿Está bien?

—Que ha dejado el hospital quiere decir que el paciente se ha marchado —me indica—. No tengo acceso a si se ha recuperado o se ha marchado en contra de la recomendación médica.

—Gracias. —Cuelgo y le transmito la información a Holden.

—Entonces, está bien —señala él—. No puede estar involucrado.

—A menos que… —Pienso en aquella noche, en Sam mencionando a Beau y Elvis cuando bajábamos por las escaleras—. ¿Crees posible que hubiera alguien más atrapado en el Sea Cliff aquella noche y que los periódicos no informaran de ello? ¿Ocultarían algo así?

Se encoge de hombros.

—No lo sé.

—¿Puedes preguntarle a tu madre si los bomberos encontraron a alguien más en el hotel? —Trago saliva con dificultad—. ¿O algún cadáver?

—Puedo intentarlo. —Saca el teléfono y le envía un mensaje a su madre. La respuesta llega de inmediato. Frunce el ceño—. Dice que hasta donde ella sabe, aún están esperando a que llegue un equipo de investigación para esclarecer el incendio de McMinnville y que no tiene permiso para hablar de los detalles de una investigación en curso. Dice también que dejes de preocuparte por el tema y que te vayas a casa a dormir un poco.

—¿Qué le has preguntado?

—Solo le he dicho que estoy contigo y que te estabas preguntando qué pasó con Sam y si había alguien más en el Sea Cliff aquella noche.

—¿Que no responda significa que probablemente hubiera alguien?

—No, significa que mi madre es muy rigurosa con el procedimiento. Puede que ni siquiera lo sepa, ella no está involucrada en el caso. —Se aparta el cabello de la cara—. De todas formas, has hecho todo lo que has podido. Supongo que es posible que hubiera alguien más en el edificio esa noche.

—¿Quieres ir a mirar?

—¿Al Sea Cliff? Si había otra persona, ya no estará allí.

—No, pero podemos buscar alguna prueba de que hubiera alguien más viviendo allí.

—De acuerdo —responde lentamente—. Pero ¿enterarnos de que había más de una persona en el edificio aquella noche no empeorará las cosas?

—Me sentiré peor —admito—, pero sería una motivación para quien sea que me está acosando. Si Sam sabe que yo provoqué el incendio y un amigo suyo se quedó dentro y murió esa noche, hay probabilidades de que sea él quien me esté amenazando. —Vuelvo a leer los mensajes de Desconocido—. Mira, lee esto, ¿no te parece que está enfadado? No es solo un psicópata que está jugando.

Frunce el ceño mientras pasa los mensajes.

—Tienes razón. Hay rabia, pero sigo pensando que los mensajes me parecen personales. —Me devuelve el teléfono—. Sam no te conoce a ti ni a Julia.

—Ya lo sé. Pero iba al instituto Tillamook, puede que me conociera o que conociera a gente que me conocía a mí. A lo mejor trabaja con alguien.

Holden se rasca el puente de la nariz.

—Supongo que es posible. Vamos a ver qué descubrimos.

El hotel Sea Cliff tiene mejor aspecto de lo que imaginaba. Creo que esperaba que no quedara más que una cáscara carbonizada, los restos de unas bases de hormigón y el esqueleto de una casa. Sin embargo, el tejado y la tercera planta del edificio ni siquiera han perdido el color y los niveles más bajos parecen tener una estructura sólida, al menos superficialmente. *Modelos de bomberos sexys* me ha enseñado que cuando se trata de la integridad estructural de un edificio, las vistas pueden engañar.

Toda la zona está acordonada con cinta policial amarilla y hay un cartel en la hierba que dice que el edificio está siendo objeto de una investigación activa y que se procesará a los que allanen la propiedad. Holden y yo pasamos por debajo de la cinta amarilla y subimos al porche. En este punto he perdido la cuenta de cuántos delitos he cometido.

La puerta principal del hotel es un agujero, pues los bomberos embistieron contra ella para meter las mangueras y las herramientas. Holden y yo nos quedamos a ambos lados de la oscuridad, atentos a cualquier sonido de pasos o de respiración.

—¿Oyes algo? —susurro.

Niega con la cabeza y señala la entrada. Lo sigo adentro. Los dos activamos las linternas de los teléfonos.

El recibidor, donde Holden y yo solíamos encontrarnos, está prácticamente destruido. Las paredes están negras y quemadas por algunas partes, dejando a la vista la madera y el hormigón que hay debajo. El sofá está achicharrado por completo, solo quedan partes del armazón de metal. La moqueta se ha convertido en cenizas bajo nuestros pies. El ambiente parece despejado, pero toda la habitación apesta a humo. Me empiezan a escocer los ojos.

—Tápate la boca y la nariz —me indica Holden—. Seguramente queden muchas partículas de humo en el aire, aunque no podamos verlas.

Me subo la camiseta para taparme la nariz y la boca, y me acerco a las escaleras. La barandilla está negra por el hollín, pero los escalones parecen, en su mayoría, libres de daños. Aun así, ejerzo presión en el primer peldaño para probarlo antes de seguir subiendo. Parece robusto bajo la bota. Me sujeto a la barandilla y doy un segundo paso.

—Despacio y con seguridad —advierte Holden. La voz suena ahogada por la camiseta.

Cuando llegamos arriba, Holden sube las escaleras una a una. Ascendemos a la tercera planta y entramos en la habitación donde encontré a Sam. Me sorprende lo distinta que me resulta. El humo ha desaparecido y ha dejado atrás una cama, una mesa y una cómoda. La pared aquí está quemada y todo está cubierto de hollín, pero el incendio no ha tenido oportunidad de destruir por completo esta habitación.

Me acerco a la cómoda y abro las gavetas. Están todas vacías. Holden mira la mesa y debajo de la cama.

—Aquí no hay nada.

—Vamos a mirar las otras habitaciones. —Me vuelvo hacia el pasillo.

Entramos de habitación en habitación. En la última de esta planta, encontramos restos quemados de una mochila rosa y un único guante con un agujero en el pulgar.

—Parece que alguien estuvo aquí en algún momento —comento.

—Cierto, pero vaya uno a saber hace cuánto tiempo. Vamos a mirar en la segunda planta. —Se vuelve hacia la puerta y yo voy a seguirlo cuando de pronto oigo un crujido. Al principio pienso que es un disparo e instintivamente me lanzo al suelo. Pero entonces se oye un murmullo y siento que las tablas que hay debajo de mí empiezan a ceder.

Un agujero se abre en el suelo, al lado de la puerta, y Holden desaparece en la oscuridad.

—¡Holden! —grito, olvidándome por completo de que se supone que no debemos estar aquí—. Dios mío, ¿estás bien? —No responde enseguida y pienso en lo peor: está muerto, desangrándose, ensartado en un perchero, enterrado vivo.

—Estoy bien —responde—. Pero se me ha quedado la pierna atrapada debajo de algo pesado. ¿Puedes alumbrar esto con la linterna?

Tomo el teléfono del bolsillo y lo apunto con la luz. Está cubierto a medias por una pila de escombros.

—Aguanta, voy para allá.

—¡Ten cuidado!

Retrocedo hasta las escaleras. El corazón me late apresurado mientras desciendo cuidadosamente a la segunda planta. Puedo oír los latidos de mi corazón. ¿Por qué hemos venido aquí? ¿Esto es como esos misterios sin resolver en los que los delincuentes siempre regresan a la escena del crimen? Maldigo entre dientes. ¿Cuándo terminará esta pesadilla?

Oigo un repiqueteo cuando llego al rellano. Encuentro a Holden en la habitación que hay justo debajo de donde estábamos, intentando levantar los tablones de su cuerpo. Me arrodillo e intento ayudarlo, con un ojo puesto en el agujero que hay en el techo, encima de nosotros. Tiene una tabla encima de la pierna, que no podemos mover porque está conectada a una pesada viga de metal usada para soportar el techo. Gruño y empleo todo mi peso para mover la viga.

—Mierda. Esto pesa más que yo.

—Deja que descanse un segundo e intento ayudarte. —Holden respira entrecortadamente y tiene la cara empapada en sudor a pesar del frío.

—¿Estás herido? —pregunto. Niega con la cabeza, pero tiene los vaqueros rotos y veo con la luz del teléfono que está sangrando en al menos un punto del muslo—. ¿Y la pierna?

Aparta a un lado el tejido del pantalón para ver mejor la piel y frunce el ceño.

—No es para tanto.

—Deja que te vea. —Apunto con la linterna el agujero de los vaqueros. Tiene un tajo que le sangra sin parar—. ¿Que no es para tanto? Aplica presión, voy a llamar a alguien.

—No, Embry, ¿estás loca? No podemos estar aquí. Allanamiento a una propiedad privada. Alteración de las pruebas. ¿Cuántos delitos quieres que te imputen?

—Pero necesitas que te echen puntos —protesto.

—¿Necesitáis ayuda? —pregunta una voz grave.

Me doy vuelta con la idea de que voy a encontrarme a un policía o a un bombero, pero veo a Sam Lark en la puerta. Lleva la misma sudadera negra y los pantalones de camuflaje que tenía la noche del incendio, pero el hospital ha debido lavárselos, porque ya no están manchados de lodo. Tiene un chihuahua café y blanco en el brazo.

—Maldita sea, me has asustado. —No lo veo bien en la oscuridad, pero me esfuerzo por analizar su expresión, su postura. ¿Podemos confiar en él? No estoy segura—. ¿Qué haces aquí?

228

—Estaba buscando a mi perro. —Da un paso adelante—. ¿Qué ha pasado? ¿Se le ha caído el techo encima?

—Me he caído por el suelo —responde Holden.

Si Sam fuera Desconocido, podría marcharse y dejar aquí a Holden, atrapado. Pero en lugar de eso, se agacha, como si quisiera ayudar.

—Hay una tabla que no puedo mover —le indico—. Pesa demasiado.

Sam deja al perro en el suelo.

—Quédate quieto —le ordena. El perro está lleno de polvo y tembloroso. Estornuda dos veces y luego sacude la cabeza con movimientos violentos.

Sam se vuelve hacia mí.

—A ver si puedo ayudar.

Alumbro con la linterna la tabla y el joven se rasca la barbilla.

—De acuerdo, tú levantas el extremo y yo levanto la parte central.

—¿Qué hago yo? —pregunta Holden.

Sam toma al chihuahua y se lo deja en los brazos.

—Sujetar a mi perro.

Nos ponemos en posición y cuando Sam cuenta hasta tres los dos levantamos la tabla con todas nuestras fuerzas. Holden saca la pierna de debajo y Sam y yo la dejamos de nuevo en el suelo. El perro ladra por el ruido.

Holden consigue ponerse de pie.

—Gracias —le dice a Sam.

—Ya, ¿estás bien? —pregunta él.

—Sí. —Le devuelve el animal—. Pero parece que tu perro está resfriado.

—Beau. —Sam acaricia el cuerpo huesudo del chihuahua y este emite un sonido como si tosiera—. He tenido que volver a por él, pero no está muy bien.

—Beau es tu *perro* —señalo—. Recuerdo que lo mencionaste aquella noche. Tenía miedo de que fuera otra persona.

—Nop. —Niega con la cabeza—. Desde que murió mi abuelo hace unos años, solo me queda Beau. —Se acerca a mí y se le ilumina el rostro al reconocerme—. Eh, eres tú. Esperaba que vinieras al hospital para darte las gracias.

—Lo siento, he estado trabajando y yendo al instituto. Además, no fue para tanto, ¿sabes? Probablemente lo hubiera hecho cualquiera.

—¿Has escuchado eso, Beau? —dice—. Valiente y humilde.

Trago saliva. Su forma de mirar al perro es la misma que tengo yo de mirar a mi madre. *Solo me queda Beau.*

—¿Qué vas a hacer ahora? —pregunto—. ¿Dónde vas a dormir?

—Creo que Beau y yo vamos a ir a California —comenta—. Tengo un primo en Oakland al que no conozco, pero me ha dicho que puedo quedarme con él un mes o algo así, más tiempo si encuentro un trabajo.

Meto la mano en el bolso y tomo el resto de dinero de mi padre: poco más de doscientos dólares. Se los doy a Sam.

—Toma. Antes de irte, ve en autobús a Tillamook mañana y lleva a Beau al veterinario. Por si necesita medicinas.

Sam parece preocupado.

—¿Crees que está enfermo de verdad?

Estoy a punto de decirle que no le pasa nada, que todo saldrá bien, pero no puedo soportar mentirle después de que nos haya ayudado, aunque sea una mentira lo que quiera escuchar.

—No lo sé —admito—. Puede que necesite antibióticos para esa tos.

Sam acepta el dinero vacilante, como si le preocupara que tuviera hilos amarrados a él.

—¿Y si la factura es más cara? ¿Me lo quitarán? No puedo perder a Beau.

—Diles que es lo único que tienes. No te lo quitarán. —Espero tener razón. La gente sin hogar merece tener mascotas. La gente sin hogar merece sentir amor.

—Yo tengo algo de dinero —interviene Holden—. Puedo llevarte a Tillamook mañana y si te cuesta más, puedo encargarme yo del resto.

Sam nos mira a los dos alternativamente.

—¿Por qué sois tan amables conmigo?

—Nos acabas de ayudar —respondo—. Y yo también tengo una perra. Además, sé lo que es estar casi solo en el mundo.

La expresión de Sam se suaviza al escuchar mis palabras.

—Pareces demasiado… normal para saber lo que se siente.

Se me escapa una lágrima del ojo.

—La soledad no tiene nada de anormal.

Holden ajusta la presión que está aplicando en la herida.

—Te recojo a las diez. Si quieres quedarte aquí esta noche, te recomiendo el cobertizo del jardín que hay en la parte de atrás. No es tan cómodo, pero es cálido y seco, y no se te va a caer encima.

Ojalá pudiera llevar a Sam a mi casa, darle de comer y dejar que se duche, pero mi madre no me lo permitiría. Pero sí sé que no es él quien me está enviando los mensajes. Solo es una persona desafortunada más que lucha por sobrevivir.

Holden muestra a Sam dónde está el cobertizo y a continuación los dos rodeamos el Sea Cliff hasta la parte de delante. Vuelvo a sugerirle que vaya a urgencias, pero se niega.

—No necesito puntos, solo un poco de ese líquido que tiene efecto tirita.

—Creo que tenemos en mi casa.

—No sé si es seguro que conduzca la moto colina abajo.

Asiento. No quiero que intente maniobrar en la carretera resbaladiza con la pierna sangrando. Puede que se maree o desmaye.

—Podemos ir caminando.

—De acuerdo, dame un segundo.

Se quita la camisa gruesa de franela. Se quita el polo que lleva puesto debajo y se vuelve a poner la camisa sobre el pecho desnudo. Recuerdo la primera vez que lo vi sin camiseta, la noche que nos acostamos después de la fiesta. Siempre parecía llevar puestas al menos dos capas, incluso en verano, así que no tenía ni idea de qué esperar, pero me sorprendí gratamente.

Se ata el polo en torno a la pierna.

—No dejas de mirarme —señala.

—Perdona, solo estaba pensando que me recuerdas a algunas de las estatuas que estudiamos en Apreciación del Arte.

—Sabes que esas estatuas tienen sus partes más pequeñas que la media, ¿verdad?

Me río con ganas.

—Cómo no ibas a pensar en eso. No hacía ningún comentario sobre tus genitales, idiota. Solo intentaba decirte que estás muy bien sin camiseta.

—Ah, en ese caso, gracias.

Pongo los ojos en blanco. Me fijo en la ventana del recibidor del hotel.

—Espera un segundo. —Me acerco a la ventana. A lo mejor quien nos grabó a Holden y a mí dejó alguna pista.

Echo un vistazo a través del cristal e intento recordar el ángulo exacto desde el que está grabado el vídeo que nos enviaron por correo electrónico. Quien lo hiciera estaba en el lado derecho de la ventana, mirando por uno de los paneles más pequeños. Me agacho y examino los matorrales que crecen a lo largo del edificio.

—¿Qué haces? —pregunta Holden.

—Buscando algo. Un pelo, un hilo, algo que pudiera dejar Desconocido. —La tierra que hay debajo de los arbustos está dura y sólida, pero palpo alrededor por si encuentro algo que no puedo ver. Justo cuando estoy a punto de abandonar, mi mano toca una pequeña depresión—. Creo que he encontrado una huella. —Tomo el teléfono y enciendo la linterna de nuevo.

Holden se arrodilla a mi lado. Aparta el arbusto para que pueda ver mejor.

—Solo es una parte —comenta—. Parece el tacón de una bota.

Tomo unas fotos con el teléfono. No hay nada distintivo en la huella de la bota, pero a lo mejor las imágenes tienen un aspecto distinto con luz.

—Podemos pasarlas a una computadora y ampliarlas.

—Estupendo. —Holden se aprieta el polo en la pierna. Se cruza de brazos y me doy cuenta de que está helado.

—Lo siento, mejor nos vamos antes de que mueras desangrado.

Empezamos a descender por Puffin Drive. Cada par de minutos, miro su pierna con el rabillo del ojo y siento alivio al ver que la sangre no ha empapado la tela del polo.

—¿No te preocupa que se infecte?

—La limpiaré bien. Y el año pasado me pusieron la vacuna del tétanos, así que eso tampoco me preocupa. Por cierto, lo que acabas de hacer por ese chico, darle todo ese dinero, es una de las cosas más amables que he visto hacer a nadie. Ni siquiera te has quedado con diez dólares para ti. Así que no quiero escuchar más tonterías sobre que no eres una buena persona.

Esbozo una sonrisa.

—Es lo que has dicho. Si no me gusta la persona que soy, debería cambiar. Esta soy yo intentando mejorar.

—No —replica—. Estoy seguro de que lo has hecho sin pensar, así que deja de subestimarte. ¿y eso de que sabes lo que se siente al estar prácticamente sola?

—¿Sí?

—Ya sé que no soy gran cosa, pero siempre me tendrás a mí. Sin importar nada. —Se acerca y me echa el brazo por el hombro. De pronto, el horror de todo lo que ha pasado se desvanece un poco.

Betsy está esperando en la puerta para saludarnos a Holden y a mí. La intercepto antes de que pueda lanzársele encima y empeorarle la pierna.

—Shh —siseo—. No despiertes a mamá o nos meteremos en problemas.

Holden la acaricia y yo voy al baño a buscar el líquido para curarle la pierna en el mueble de las medicinas. Se lo doy y lo sigo hasta la puerta de entrada.

—¿Qué haces? —susurra.

Cierro la puerta al salir.

—Voy contigo para asegurarme de que no te desmayes por la pérdida de sangre.

Sonríe con satisfacción.

—Oh, qué dulce. Casi lo que haría una novia.

Le golpeo el brazo con fuerza.

—¿Eso haría una novia?

—La mía probablemente sí. —Sigue con la sonrisa en los labios—. Pero seguramente yo lo merecería.

Caminamos las dos calles hasta llegar al apartamento de Holden y consigue subir las escaleras; parece que la herida no le ha afectado mucho a la movilidad. Entramos en el apartamento oscuro. Cierro la puerta y Holden va al baño.

Camino a tientas hasta que localizo un interruptor que funciona. Miro la pintura del olivo cuando cruzo el salón y encuentro el baño en medio del pasillo. La puerta está casi cerrada, pero atisbo a Holden moviéndose dentro.

—¿Necesitas ayuda? —Abro la puerta lo suficiente para asomarme.

—Puede —responde—. Voy a lavármela primero. —Empieza a quitarse los pantalones.

Se acerca a la bañera en calzoncillos y se pone la flor de la ducha encima de la pierna. El agua salpica por todas partes y maldice entre dientes mientras intenta sujetarse la herida abierta y dirigir el chorro al mismo tiempo. Me río.

—Deja que te ayude.

—Oh, nuestra primera ducha juntos —bromea.

—Muy romántico. —Dirijo el chorro de agua a la herida y hace una mueca cuando el agua impacta contra la piel. La sangre seca se va y deja al descubierto un corte profundo y dentado.

—Vaya, ¿estás seguro de que no quieres ir a urgencias? Tiene mal aspecto.

—Ya me he cortado otras veces arreglando vehículos. No pasa nada, pero tengo que limpiarla bien. ¿Puedes mirar si hay alguna pomada antibiótica en el armario de las medicinas?

Encuentro un tubo de una crema antibiótica y lo observo mientras se echa un poco en el corte.

—¿Me ayudas a separar los bordes del corte? —pregunta.

Frunzo el ceño, pero me inclino y coloco los pulgares a ambos lados de la herida dentada. Holden echa más crema antibiótica dentro y luego presiona los bordes para juntarlos y pone encima el líquido para que no se le abra.

—¿Te duele? He visto ibuprofeno en el botiquín.

—Me palpita un poco.

—Ahora vuelvo. —Lo dejo sentado en el borde de la bañera y voy a la cocina a buscar un vaso de agua.

Mientras no estoy, se vuelve a vestir. Cuando regreso, se traga dos pastillas con el agua.

—Vamos a echar otro vistazo a la huella ahora que tenemos luz —sugiere.

Entramos en el salón. Amplío las imágenes en el teléfono y Holden mira por encima de mi hombro. Solo se identifica una parte de la pisada de la bota, pero parece un círculo de diamantes con una forma de rayo en el centro del tacón. Busco en Internet «huellas de botas» y «marcas de botas» y acabo en una base de datos forense, pero, desafortunadamente, ninguna de las imágenes es gratis.

—Creo que mi madre tiene uno de esos programas en la tableta —señala Holden—. No lo usa como agente de patrulla, pero está estudiando para ascender a detective y estoy casi seguro de que la he visto mirar huellas de zapatos.

—¿Puedes acceder?

Me mira con una ceja enarcada.

—Vamos a probar.

Lo sigo hasta la habitación de su madre, donde localiza la tableta encima de la cómoda. Este dormitorio es tan diáfano y minimalista como el salón: una cama de metal, sábanas negras, una cómoda y unas gavetas negras. No hay desorden.

—Necesita un cuadro —comento, examinando las paredes blancas vacías.

—Lo he intentado. —Holden suelta una risita—. Dice que sería un desperdicio porque lo único que hace aquí es dormir. ¿Está mal que me sienta aliviado?

—Eso parece algo que haya dicho mi madre. —Me río.

Nos llevamos la tableta al salón y nos sentamos el uno al lado del otro en el sofá. Holden entra en el sistema operativo y la última versión de Windows se carga en la pantalla. Busca en un par de carpetas relacionadas con el trabajo.

—Vamos a ello. —Hace clic en un icono de una huella de zapato.

Aparece un programa llamado TreadAware y salta una cajita para introducir una contraseña.

—Cruza los dedos. —Teclea varias letras y números en la cajita y aparece la pantalla de inicio de TreadAware.

—Dios mío, eres increíble —exclamo—. ¿Cómo sabías la contraseña?

—Bueno, conozco sus contraseñas habituales porque me deja usar esto para hacer las tareas. Tenía la esperanza de que el programa tuviera la misma contraseña.

—Ah, tu madre es una de esas personas, ¿eh? —bromeo.

—Personas mayores. —Holden frunce el ceño—. Malísima con las nuevas tecnologías. Pero al menos su contraseña no es CONTRASEÑA o uno, dos, tres, cuatro, cinco.

Señalo la barra de menú.

—¿Cómo funciona?

—No estoy seguro. —Examina varios menús distintos hasta que encuentra uno que dice «cargar foto»—. Vamos a probar.

Le doy mi teléfono y carga la mejor fotografía de la huella de la bota en la página web. Después hace clic en «buscar en la base de datos».

—No sé cuánto tiempo va a tardar. —Deja la tableta en la mesita, se vuelve hacía mí y me guiña un ojo en un gesto inocente—. ¿Qué hacemos mientras esperamos?

Me ruborizo.

—¿Qué tienes en mente?

En lugar de responder, me aparta el cabello de la cara y desliza un dedo por mi mandíbula. Me da un escalofrío y todo mi cuerpo tiembla.

—Otra vez esas convulsiones. —Se ríe por lo bajo.

—Convulsiones de la buenas —le recuerdo.

Se acerca y posa los labios sobre los míos.

—Me alegro.

Le rodeo el cuello con los brazos y prolongo el beso. Mis manos se pierden entre su pelo suave.

Respira con fuerza.

—Echaba de menos esto —indica—. Te echaba de menos.

—No me he ido a ninguna parte —murmuro.

—Ya, pero sabes a qué me refiero. —Me rodea el torso con los brazos e intenta subirme a su regazo.

—Holden, detente. —Me libero de sus brazos—. ¿Y tu pierna?

—Está bien.

Me aclaro la garganta.

—Ya, bueno, deberías evitar… actividades extenuantes durante al menos unas horas para que no se te abra el corte.

—Puedo quedarme tumbado y tú puedes ser muy cuidadosa.

Sonríe de oreja a oreja y yo resoplo.

—Suena tentador si lo describes de esa forma.

La sonrisa de sus labios se hace más grande.

—¿En serio?

—No. —Le doy otro puñetazo en el brazo.

Se deja caer en el respaldo del sofá y finge un lloriqueo. Me recuerda a cómo me mira Betsy cuando tiene el cuenco de la comida vacío y la hago esperar.

—¿Te aburres conmigo, Embry Woods?

—¿Qué? No, solo…

—He sido tu juguetito, pero ahora me estás usando de verdad, ¿no? —Exhala un suspiro dramático y se lleva una mano a la frente. Me río.

—¿Estás borracho? ¿Has tomado algo aparte del ibuprofeno cuando yo no miraba?

Se ríe entre dientes.

—Nop. Quién iba a decir que el ibuprofeno iba a ser tan bueno.

—Ya. —Le clavo el dedo en las costillas—. Friki.

—En serio, si lo que pasó en el Sea Cliff te ha asustado hasta el punto de querer que solo seamos amigos, puedo soportarlo. Puedes contarme la verdad.

—Pensaba que solo éramos amigos —le recuerdo.

—Ya, pero me refiero al tipo de amigos que no se desnudan juntos por norma general.

En más de una ocasión he considerado si ser amiga con derecho a roce de Holden es una mala idea, pero no me arrepiento de nada de lo que ha pasado entre nosotros dos, aparte de la primera noche que estuvimos juntos. Incluso el incendio…, no me arrepiento de encontrarme con él en el Sea Cliff ni de acostarme con él. Solo desearía no haber tirado la vela. Sé que uso la intimidad física para evitar la intimidad emocional, me resulta más sencillo y las probabilidades de rechazo son menores, pero me parece bien por el momento. Aun así, sé que los sentimientos de Holden han pasado a ser mayores que los de una amistad y, si soy sincera, también los míos. En algún momento tendré que decidir qué es lo que quiero de él… y qué estoy dispuesta a ofrecer.

—No es eso —comento—. Solo es una combinación de intentar concentrarme en Desconocido y…

—¿Y qué?

—Y no lo sé. Descubrir qué es lo que siento.

Se aclara la garganta.

—Ah, eh… ¿y qué sientes?

Lo miro con los ojos entrecerrados.

—Te lo contaré cuando lo descubra.

—De acuerdo. —Sonríe—. Pero sigues queriendo acompañarme a la galería el domingo, ¿no? Tengo una sorpresa para ti.

—Sabes que odio las sorpresas.

—Esta te va a gustar. —Le brillan los ojos.

Antes de que pueda responder, la tableta pita y aparece una lista de posibles coincidencias. Los dos nos centramos en la pantalla.

—Solo cuatro marcas distintas —observa Holden—. No está mal.

Apenas lo oigo, estoy demasiado ocupada mirando el segundo nombre que aparece en la lista: botas de montaña Rendon. Es la misma marca que llevaba Katrina Jensen en la cafetería del instituto.

24

Señalo la pantalla.

—Katrina tiene esas botas.

—Es una marca muy conocida —indica Holden—. ¿No las tiene mucha gente del instituto?

—Sí, pero no mucha gente del instituto tiene los medios y el motivo para chantajearme.

—A ver si encontramos una imagen de cómo es exactamente la suela de las Rendon. —Examina el menú de TreadAware hasta dar con una base de datos con imágenes y huellas. Abre una imagen de la parte inferior de la bota. Esta es de un estilo muy distinto a las que le he visto a Katrina, pero está claro que el diseño del tacón coincide con el de mi fotografía.

Golpeteo con el pie en la moqueta sin parar. Tengo el cuerpo lleno de energía nerviosa al pensar que al fin vamos a poner fin a esta locura.

—Es ella, Holden. Tiene que ser ella.

Deja la tableta en la mesita.

—Puede que sí, pero no podemos acusar a alguien sin pruebas.

—¿Y si voy a hablar con ella? Y le digo que sé lo que está haciendo. A lo mejor puedo hacerla razonar.

—Suponiendo que ella es Desconocido, ¿eso es lo que quieres? ¿Hacerla razonar? —pregunta con incredulidad—. ¿Después de lo que le ha hecho a Julia?

—Quiero comprender por qué está haciendo esto y no quiero que nadie más resulte herido. Eso es lo que más me importa. Sé que tiene problemas en casa, a lo mejor necesita ayuda.

Se aparta unos mechones de la cara.

—¿Y si es peligrosa, Embry?

—Lo sabré por su respuesta. Si parece peligrosa, te prometo que iré directa a la policía.

—Bien, pero voy contigo. —Su voz es firme.

—No es necesario, puedo hablar con ella mañana en el instituto.

Se cruza de brazos.

—Aun así, puedo ir. Me dijeron que no fuera a clase, no especificaron que no pudiera entrar en el edificio.

—Tienes que llevar a Sam y a Beau al veterinario, ¿recuerdas? Estaré a salvo, te lo prometo.

—Seguro que Julia también pensaba que estaba a salvo —murmura, pero no va a echarse atrás en lo que respecta a ayudar a Sam y tampoco va a decirme qué puedo y qué no puedo hacer. Ese no es su estilo.

21 de diciembre

Desafortunadamente, Katrina no aparece en el instituto el viernes. Le escribo un mensaje a Holden después de clase para decirle que voy a ir a buscarla al Fintastic.

Holden: Espera a que salga del trabajo. Estaré en casa sobre las 09:30.

Yo: Es muy tarde. Si no tiene turno de cierre, puede que se haya marchado para esa hora.

Holden: ¿Sabes acaso si está trabajando?

Yo: No, pero merece la pena intentarlo. No voy a ir a ninguna parte sola con ella, te lo prometo.

Holden: Sigue sin gustarme. ¿Cómo vas a volver a casa después de hablar con ella? Podría seguirte.

Empiezo a escribir que puedo arreglármelas en un enfrentamiento callejero con Katrina Jensen, pero entonces me acuerdo de que Julia me dijo que era posible que hubiera comprado un arma. Pero Katrina no me dispararía, menuda locura. *No menos que envenenar a Julia.*

Yo: Iré en el coche de mi madre.

Holden: Bueno. Después ven a verme a la gasolinera. Parece que va a llover, puedes llevarme a casa. ;)

Yo: Ja, sabía que esto no tenía nada que ver con mi seguridad. 😉

Holden: Sabes que sí, ¿no? Me importas, Embry. No quiero que te pase nada.

Tú también me importas, pienso, pero no se lo digo. No puedo. A mi madre le importaba mi padre y mira cómo salieron las cosas. Y los padres de Holden…, él decía que eran muy felices y ahora apenas se hablan. Me gusta cómo están las cosas con él, no quiero fastidiar eso a menos que tenga que hacerlo.

Yo: Eres muy dulce.

Holden: Tú también, aunque te guste fingir que no.

Yo: Lo que tú digas. ¿Ha ido bien en el veterinario?

Holden: Sí. Van a dejar a Beau allí toda la noche para darle antibióticos intravenosos, así que dejé a Sam en el albergue de Tillamook y ha alquilado una cama para esta noche.

Yo: Bien, te escribiré antes de ir a la gasolinera.

Holden: De acuerdo. Ten cuidado.

Yo: Lo tendré.

El aparcamiento del Fintastic está casi tan lleno como siempre cuando dejo allí el coche de mi madre sobre las 08:30 p. m. Salgo y cierro las puertas, a pesar de que no tengo pensado quedarme mucho. Echo un vistazo rápido al aparcamiento para asegurarme de que el hombre de la chaqueta de cuero no está por la zona. Nop, solo estamos una pareja mayor y yo aquí fuera con este frío. La grava cruje bajo mis botas cuando me dirijo a la puerta del restaurante.

Me detengo fuera para echar un vistazo por las ventanas. Frannie está de pie en el mostrador del café y del té helado. Está preparando la cubertería de plata para mañana, moviendo las manos de forma metódica con la mirada perdida. Observo unos segundos mientras estira una servilleta de color granate, coloca un cuchillo, un tenedor y una cuchara en el centro, dobla las esquinas de la servilleta y luego la enrolla hasta formar un cilindro apretado.

Detrás de ella veo a Katrina moverse con una bandeja de comida. Dios, no sé qué voy a decirle exactamente ni cómo va a responder ella, pero esta locura tiene que acabar de una vez.

Le sostengo la puerta a la pareja de ancianos que ha atravesado el aparcamiento resbaladizo, el hombre apoyado en un bastón. El ambiente cálido del Fintastic me envuelve cuando entro en el restaurante detrás de ellos. Frannie levanta la mirada, como si estuviera vinculada al abrir y cerrar de la puerta. En su rostro aparece una mirada incrédula. Sabe que no he venido aquí a comer yo sola.

El hombre y la mujer que hay delante de mí se dirigen a los servicios y Frannie se acerca a la puerta.

—Embry, ¿qué pasa?

—Hola, Fran —la saludo—. Solo quiero hablar con Katrina un momento.

Mi amiga hace una mueca.

—Buena suerte, lleva toda la noche con un humor de perros. Además, yo no haría ningún comentario sobre su ojo.

—¿Su ojo? ¿Por qué?

Frannie va a responder, pero en ese momento se abre de nuevo la puerta y aparece una pareja de mediana edad que vive a la entrada de Puffin Hill. Me lanza una mirada de disculpa y se acerca a ellos para acompañarlos a su mesa.

Katrina está trabajando de nuevo en la zona trasera, donde mi madre y yo nos sentamos la otra noche. En este momento, solo tiene una mesa con clientes, una familia de cuatro, así que está ocupada recogiendo todos los saleros y pimenteros en una bandeja para rellenarlos. Se da la vuelta cuando me acerco.

De inmediato descubro a qué se refería Frannie. Katrina lleva una capa gruesa de maquillaje, pero es obvio que tiene un ojo morado. Parece como si alguien le hubiera dado un puñetazo. Me acuerdo de lo que dijo Julia sobre su padrastro, que era violento con su madre.

—Si quieres sentarte aquí, lo siento —me dice—. No puedo atender más mesas esta noche.

—No voy a comer, he venido para preguntarte una cosa.

—Ah, ¿sí? —Me dedica una mirada curiosa—. Pues rápido, tengo trabajo.

Miro detrás de mí, a la familia.

—Yo, eh… ¿podemos hablar solas en alguna parte? —Cuando digo las palabras, me doy cuenta de que no estoy haciendo exactamente lo que le prometí a Holden que haría.

—No —responde sin más—. Mira, Embry, sea lo que sea, suéltalo. No estoy aquí para soportar tus tonterías melodramáticas.

Sigo intentando averiguar cómo formular las frases.

—¿Qué te ha pasado en el ojo? —pregunto para ganar tiempo.

—Estás de broma, ¿no? —Se mueve hacia la siguiente mesa y pone el salero y pimentero en la bandeja—. Me he caído. Me he dado un golpe contra la pared. Elige tú.

—Me he enterado de que tu padrastro…

—Detente. Las dos sabemos que no te importa una mierda y mi madre se ha caído con más fuerza que yo, sabes a lo que me refiero, ¿no? Tengo que hacer mi trabajo para volver a casa con ella.

—Sí me importa —aclaro mientras Katrina añade otra pareja de salero y pimentero a la bandeja—. Espero que al menos hayas llamado a la policía. Pero he venido para preguntarte por el vídeo, el que han enviado en el instituto y en el que aparecemos Holden y yo.

Katrina se echa a reír.

—¿Esa eras tú? Pensaba que era la zorra rica, pero ¿por qué no me sorprende? Deberías probar buscando tu propio chico alguna vez en lugar de robárselo a otra persona.

—Mira, no sé lo que pasó entré Luke y tú, pero, fuera lo que fuese, terminó meses antes de que nosotros dos comenzáramos a salir.

—Tienes razón. Aunque me resulta curioso que Luke y yo estuviéramos juntos todo un verano y rompiera conmigo porque decía que era demasiado joven para él. Y luego empezara a salir contigo unos meses después, cuando tenemos la misma edad.

—¿Por eso me has estado amenazando? ¿Porque piensas que te robé a Luke?

—¿Amenazándote? —Su rostro se retuerce en una mueca—. ¿De qué estás hablando?

—Sé que fuiste tú quien nos grabó a Holden y a mí —explico con tono firme—. Y quien me ha estado enviando mensajes. Julia podía haber muerto.

—Vamos, no, yo no los grabé a Holden y a ti. Ya te he dicho que ni siquiera sabía que eras tú. Y a menos que el sarcasmo mate, tampoco le he hecho nada a tu querida mejor amiguita. —Mira detrás de mí, hacia la familia—. Por favor, vete antes de que tu estúpida visita consiga que me despidan. Necesito este trabajo. —Deja la bandeja con los saleros y los pimenteros en la mesa más cercana y me adelanta.

—¿Necesitan que les traiga algo más? —pregunta con tono dulce a sus clientes, como si todo fuera bien y yo no acabara de acusarla de intento de asesinato.

La madre pide un *brownie* con triple capa de crema de cacahuate para compartir con los niños, y Katrina se acerca a la computadora para hacer el pedido. Teclea rápidamente en la pantalla y luego echa un vistazo por encima del hombro y endurece la expresión cuando ve que no me he movido.

—Vete —articula con los labios antes de entrar en la cocina.

Siento emociones encontradas cuando la veo desaparecer. Parecía sinceramente sorprendida cuando le dije que era la chica que salía en el vídeo con Holden. Si ella fue quien envenenó a Julia y me pidió que le robara el bolso, ha fingido como una profesional. Pero luego pienso en cómo ha atendido la mesa, la amabilidad en su voz, más bien impuesta, para conseguir la mejor propina. A lo mejor lo de ser falsa se le da bastante bien.

Regresa unos minutos después con un solo plato y cuatro cucharas. Apoya el *brownie* en medio de la mesa y deja una pequeña libreta de cuero con la cuenta al lado del postre. A continuación, regresa donde estoy yo.

—Por favor, vete, Embry —me pide—. No sé quién está difundiendo mentiras sobre mí, pero solo son eso, mentiras.

—He encontrado la huella de una bota en el hotel Sea Cliff, donde estaba la persona que nos grabó a Holden y a mí —admito—. Era una bota de montaña Rendon y sé que tú tienes un par.

—¿Y qué? ¿Esa es tu gran prueba? La mitad de los chicos del instituto tiene botas de montaña Rendon. Probablemente hasta tu querida mejor amiguita tenga un par.

—Tengo razones para pensar que el ataque de alergia de Julia en el instituto no fue un accidente —continúo—. Y Julia no se envenenó sola.

—¿Estás segura? —pregunta Katrina—. Recibió un montón de atención, ¿eh?

—Sí, pero han pasado más cosas. Y sé cosas de Julia que tú no sabes. Ella no habría difundido ese vídeo en el que salimos Holden y yo, sobre todo considerando que la mayoría de las personas pensaban que la chica era ella. —*Aunque… si no quería que la gente supiera que era homosexual, difundir ese vídeo habría sido una forma estupenda de ocultar la verdad.* Le pido a mi voz interior que se calle. Julia es mi amiga. Ella no es Desconocido. Katrina solo me está confundiendo.

—A lo mejor planea contarle a todo el mundo que eres tú. O puede que solo quisiera asustarte. —Alcanza los últimos salero y pimentero—. Las personas como ella no son amigas de personas como nosotras a menos que tengan un motivo.

—Estás equivocada. Julia y yo somos amigas desde hace años.

—Te utiliza, solo eres una compañera a la que lleva de un lado para otro para sentirse mejor con ella misma.

—Vuelves a equivocarte —repito y la voz me tiembla un poco—. Más bien al contrario, yo la he usado a ella.

—Lo que tú digas. —Se coloca bien la bandeja cargada con los saleros y los pimenteros en el brazo y pasa por mi lado—. Ya hemos acabado, no te molestes en esperarme, porque voy a estar en la cocina unos treinta minutos. Si sigues aquí, saldré por detrás.

Desaparece y yo me vuelvo hacia la puerta del restaurante. No sé si creerle, supongo que era una tontería pensar que confesaría varios delitos en medio del Fintastic, pero esperaba sentir algo y averiguar si ella era Desconocido.

Frannie levanta la mirada de su puesto en el mostrador cuando paso por su lado.

—¿Qué tenías que decirle?

—Nada importante. —Miro a mi alrededor—. ¿Toda tu familia ha tomado la noche libre menos tú?

Se ríe sin ganas.

—Algo así, pero no me importa. A veces me gusta estar sin ellos, ¿sabes?

—Ya, supongo que no puedes disfrutar mucho de la soledad cuando vives y trabajas con la misma gente.

—Está claro. —Esboza una sonrisa—. Espero que pases unas buenas Navidades, Embry.

—Igualmente. —Me acerco y le doy un abrazo impulsivo. No sé si ella y yo seguiremos siendo tan buenas amigas cuando se entere de que he roto con su hermano, pero espero que no se lo tome muy mal.

Le envío un mensaje rápido a Holden y voy a la gasolinera a recogerlo. Me detengo en el aparcamiento que hay detrás de los surtidores y vuelvo a reproducir la conversación con Katrina en mi cabeza mientras espero a que Holden salga de trabajar.

Cuando entra y se sienta en el asiento del copiloto, le hago un resumen rápido de lo que ha sucedido, después salgo del aparcamiento y me dirijo a su apartamento.

—Katrina tiene razón —observa—. Mucha gente del instituto tiene un par de botas de montaña Rendon.

—Pero no tiene razón sobre Julia. Le gusta la atención, pero no tanto.

Holden asiente.

—Estoy de acuerdo. Puede que Julia se haya enfadado de verdad contigo por haberle mentido, pero ella no intentaría meterme en problemas después del favor que le hice.

Suspiro y detengo el coche de mi madre en la plaza que hay fuera del edificio de Holden.

—Qué frustrante. Julia y Luke son las dos personas que tienen motivos de verdad para estar enfadados conmigo, pero ninguno de ellos puede ser Desconocido.

—¿Cómo ha ido con Luke, por cierto? —pregunta—. ¿Terminaste la carta?

—Sí, la envié anoche, pero aún no me ha respondido.

—¿Crees que te llamará cuando la reciba?

—Eso espero. —Me dan náuseas cada vez que me imagino a Luke leyendo el correo electrónico—. ¿Qué tal la pierna? —me intereso, ansiosa por cambiar de tema.

—Sobreviviré. —Bosteza—. Está fea, pero ese líquido se ha asentado durante la noche y hoy me duele menos.

—Me alegro de que algo vaya mejor —murmuro—. Tengo la sensación de que no he hecho ningún progreso en lo que respecta a averiguar quién es Desconocido.

—A lo mejor tu cerebro necesita tomarse el fin de semana libre —sugiere—. Cuando estás demasiado inmerso en algún tema, es duro ver las cosas con claridad.

—Puede ser. —Pero en mi interior no tengo claro si cuento con tiempo para tomarme libre el fin de semana. Desconocido sigue ahí fuera y quién sabe qué está planeando ahora.

23 de diciembre

Llega la mañana del domingo y no he recibido ningún mensaje nuevo de Desconocido. Tampoco tengo respuesta de Luke. O bien está demasiado enfadado para hablar conmigo o aún no ha regresado de su misión. Espero que sea lo segundo.

Mi madre está en el sofá viendo un programa de televisión en el que Gordon Ramsay visita restaurantes en quiebra y los ayuda a cambiar la situación. Me pregunto si busca trucos para el Oregon Coast Café. Veo por la ventana de casa a Holden aparcar el coche de su madre en la entrada.

—¿A dónde vas? —pregunta mi madre cuando me dirijo a la puerta.

—Holden y yo vamos a una exposición de fotografía en una galería de arte de Cannon Beach —contesto.

—¿Es una cita? —Ladea la cabeza con una sonrisa en los labios.

Se me revuelve el estómago al pensar en ello.

—No, como amigos.

Alcanza el bolso y saca un billete de veinte dólares.

—Solo por si necesitas pagar algo. Te lo debo por los turnos que has hecho últimamente en el restaurante.

Estoy a punto de decirle que puedo usar el dinero que me envió mi padre, pero entonces me acuerdo de que se lo di a Sam.

—Gracias. Volveré a casa a tiempo para nuestros planes de siempre.

Me revuelve el cabello.

—Cielo, no tienes que pasar todas las noches de los domingos conmigo. Sal con tu amigo, vive un poco, pásatelo bien.

—Las fiestas de los domingos por la noche son divertidas —aclaro—. Y, además, Holden tiene que trabajar después, así que no te creas que te puedes librar de *nuestra* cita.

—De acuerdo, elegiré una película mientras estás fuera.

—Por favor, no.

—Solo por eso, voy a dejar que Betsy elija la película. —Se echa a reír.

La perra está en la cocina, comiendo de su cuenco. Cuando oye su nombre, deja de comer lo suficiente para ladrar con el fin de mostrar su acuerdo.

Pongo los ojos en blanco y abro la puerta. Holden está en el porche con unos vaqueros, un chubasquero negro y el pelo ingobernable detrás de las orejas. Tiene las llaves del coche en la mano.

Mi madre se levanta.

—Hola, Holden —lo saluda y asiente cuando ve el vehículo—. ¿No vais en moto?

Mi amigo levanta la mirada al cielo.

—Las predicciones no son buenas y sería arriesgado. Hay una hora de trayecto para ir y otra para volver. A mí no me importa conducir la moto con lluvia, pero no quiero que Embry pesque una neumonía.

—Chico listo —responde ella—. Que os lo paséis bien y conduce con cuidado. Llámame si me necesitas, Emb. Tengo dos pedidos de galletas que hay que hornear para un par de clientes de última hora, creo que iré mañana temprano a prepararlas.

—Buena idea. Acuérdate de que los médicos te han dicho que es importante que te tomes al menos un día a la semana libre. —Me acerco para darle un abrazo rápido. Luego sigo a Holden; el día está nublado y hace frío—. ¿Tu madre no necesita el coche? —le pregunto.

—Hasta esta noche no. —Abre la puerta del acompañante para que entre y luego se dirige al lado del conductor. Gira la llave en el contacto y el motor cobra vida.

Me pongo el cinturón de seguridad y reclino un poco el asiento mientras retrocede hacia la carretera.

Conduce hasta el extremo de mi calle y gira hacia la autovía. Continuamos por la ventosa carretera, pasamos junto al Fintastic y salimos del pueblo. Esta vez nos dirigimos al norte, hacia el estado de Washington, en lugar de al sur, hacia el centro comercial *outlet*.

Llegamos a un claro y luego pasamos por un terreno de explotación forestal lleno de tocones y ramas secas. En un cartel pone PLANTACIÓN EN 2017. Apenas veo unos diminutos árboles asomando del suelo. Busco la cámara, pero para cuando consigo sacar el móvil ya hemos pasado el terreno.

—¿Es extraño que la deforestación me parezca bonita? —pregunta Holden.

—Puede. —Meto de nuevo el teléfono en el bolso—. Pero un terreno amplio despejado en medio de un bosque resulta majestuoso, sobre todo cuando lo están replantando.

—Cierto. Es reforestación, no deforestación. Pequeños árboles naciendo de los restos de los antiguos.

—Me gusta —digo—. Esperanza para el futuro.

Cannon Beach es un pueblo pequeño que solo tiene un puñado de calles. Holden y yo encontramos la galería Dragon Fire en Hemlock Street, al otro lado de la escuela de cocina de Cannon Beach. Se detiene en el aparcamiento y los dos salimos del coche. Me toma de la mano mientras andamos en dirección al edificio, un gesto que es al mismo tiempo confortante y confuso. Holden no es mi novio, ¿por qué actúa como tal últimamente?

La pregunta se me olvida cuando entramos en la galería cálida y acogedora. Tomo aire e inhalo el olor a canela y cardamomo. Este es mi lugar feliz, rodeada de obras preciosas. Las paredes están pintadas con colores vibrantes y el suelo de madera que hay bajo mis pies resplandece. Unas vitrinas de cristal contienen pequeñas esculturas y joyas hechas a mano. De fondo suena una grabación con las voces de lo que parecen monjes cantando.

—¡Bienvenidos! —Nos recibe una mujer muy amable con un vestido de flores. El pelo negro le llega hasta la mitad de la espalda—. Soy Anaba —se presenta—. Aquí tenéis un folleto que explica las obras de arte y nuestra instalación actual. Si tenéis alguna pregunta sobre alguna de las obras, avisadme.

—Gracias —le digo. Abro el folleto. La mayoría de las obras de arte de la galería son de artistas del noroeste pacífico, muchos de los cuales son nativos americanos. Hay una apertura circular en un muro que conduce a una segunda sala, que es donde se encuentra la exposición de fotografía. Hay fotos colgadas en las cuatro paredes y también en unas columnas triangulares que hay dispersas por la sala.

Sabía que la exposición se llamaba «Mar y cielo», pero no me había fijado en los detalles de la obra de la fotógrafa. Ha creado una colección de fotografías de playas y litorales rocosos a diferentes horas del día. Cada localización tiene fotos que muestran el amanecer, la tarde, el anochecer y la noche. Las primeras son de lugares cercanos a casa, encuentro incluso algunas de Three Rocks, pero conforme nos adentramos más en la sala, veo fotografías de litorales de distintos estados e incluso de países diferentes.

Me quedo parada un buen rato delante de una foto de los fiordos de Nueva Zelanda.

—¿Te lo puedes imaginar? —le pregunto a Holden—. ¿Puedes imaginarte lo que sería viajar al otro lado del mundo?

—Claro, y algún día no tendrás que imaginarlo. Podrás ir a cualquier lugar que desees, hacer estas mismas fotografías. Y si necesitas un ayudante… aquí me tienes a mí. —Se da una palmada en el pecho y le sonrío.

—Eres un buen amigo.

—Amigo… claro —señala con voz suave—. ¿Eso quiere decir que ya has descubierto cuáles son tus sentimientos?

—Bueno, dadas las circunstancias, nunca he considerado que nosotros dos pudiéramos ser algo más que amigos.

—¿Y ahora que las circunstancias han cambiado?

—Todavía tengo que hablar con Luke —le recuerdo—. Espero que me llame pronto.

—¿Y cuando habléis?

—No lo sé —respondo con sinceridad—. Una parte de mí piensa que, si tuviéramos una relación, podría acabar alejándote de mí igual que hice con Luke. Tal vez lo mejor es que sigamos siendo amigos, de ese modo no me arriesgo a perder a otra persona que me importa.

—A lo mejor ya somos algo más que amigos y no quieres admitirlo porque te asusta. —Enarca una ceja.

Le doy un golpe en las costillas.

—Una de las cosas que siempre me ha gustado más de ti es que nunca me presionas.

—Ay. Me callaré para que disfrutes de la exposición, pero piensa en ello, ¿de acuerdo?

Se queda en silencio, pero me sigue de exhibidor en exhibidor. Debería molestarme, pero no es así. Me gusta tenerlo cerca. Me pregunto cómo sería ser su novia, ¿seguiría siendo así: sencillo y relajado? ¿O eso cambiaría las cosas? Solo porque las relaciones de nuestros padres no hayan funcionado, no significa que estemos condenados al fracaso, ¿no?

Intento imaginarme un futuro sin él y no puedo. No hablo de casarme con él y todo eso, me refiero al próximo semestre, a dentro de un año. Da igual lo que me imagine, Holden siempre está ahí. Estudiamos juntos y damos paseos en su moto, encontramos lugares donde poder estar juntos cuando nuestras madres no están. Hablamos y reímos y somos nosotros mismos, no hay nada que esconder. A lo mejor eso es el amor. Caigo en la cuenta de que no conozco a nadie que esté enamorado, no desde que murieron mis abuelos. Están los padres de Julia, supongo, pero su relación siempre me ha parecido más bien de negocios.

Maldita sea, ¿estoy enamorada de Holden? Sabía que mis sentimientos estaban intensificándose, pero quizás imaginaba que en algún momento podría tomar una decisión: quererlo o no quererlo. No esperaba que las cosas se me fueran de las manos.

Cuando llegamos al último expositor de la sala, veo cuatro fotografías hechas en la India y en cada una de ellas aparece un templo en una playa. De fondo, en las fotografías del amanecer y la tarde, unos pescadores echan redes de unos botes largos mientras las mujeres y los niños buscan almejas en la arena.

—¿Qué te hace sentir esta fotografía? —me pregunta.

—Que sucede en otro mundo, en una época anterior a la nuestra —respondo—. Debería sentir tristeza. La gente, incluso los niños, está trabajando duro, pero todos parecen felices.

—Me encanta la foto de la medianoche. —Señala la esquina inferior izquierda—. Mira, hay una pareja de aves que ha salido ahora que los humanos se han marchado.

En efecto, si me fijo, atisbo las diminutas siluetas en la foto oscura. Puede que si Holden no las hubiera mencionado, las hubiese pasado por alto.

Volvemos a la sala principal de la galería donde Anaba está explicando a una pareja mayor algo sobre las joyas que hay en una vitrina. Espero hasta que ha terminado para preguntarle si puedo hacer fotografías.

—Por supuesto —responde—. Solo te pido que no uses el flash y que te asegures de dar crédito al artista si subes algo a Internet.

Asiento. No quiero publicar nada de esto, solo quiero hacer algunas fotos para guardarlas para mí y no olvidarme nunca de este día.

Cuando salimos de la galería, Holden y yo vamos a comprar algo para comer en un lugar llamado Perfect Pancake. Sirven todo tipo de comidas para desayunar, incluidos treinta y cinco tipos de crepes, y también sándwiches para almorzar. Me recuerda a los desayunos copiosos que mi abuela solía prepararnos a mi madre y a mí cuando yo era pequeña.

La camarera nos ubica junto a la ventana con vistas al aparcamiento. Pido crepes *red velvet* con crema de queso y Holden pide crepes con nueces pecanas y sirope de arce. Comemos prácticamente en silencio. No puedo dejar de pensar en la exposición de la galería, en que Holden veía cosas en algunas fotografías que yo pasaba por alto. A lo mejor hay pistas que he pasado por alto a la hora de identificar a Desconocido. Vuelvo a leer todos los mensajes en el teléfono.

—¿Estás bien? —Holden rebaña un poco de sirope del plato con el último trozo de crepe que le queda.

—Sí, solo estaba releyendo los mensajes de Desconocido. No puedo evitar pensar que se me está escapando algo, algún tipo de información básica que haga que el resto de las piezas encajen.

—No es tan fácil.

—Ya, pero no dejo de pensar que, si Desconocido hubiera querido de verdad el bolso de Julia, lo habrías visto recogiéndolo de la papelera. Y esto habría terminado.

—Es verdad. —Se mete el último trozo de crepe en la boca y mastica lentamente—. A lo mejor el siguiente mensaje nos ofrece una oportunidad mejor para tenderle una trampa.

—Eso espero. —Por mucho que odie la idea de que haya más mensajes, me gusta la de tenderle una trampa.

Un BMW negro para en el aparcamiento del restaurante. El corazón se me acelera hasta que compruebo que la conductora es una mujer. No es el mismo coche que he visto en Three Rocks.

—Oye, ¿tuviste suerte con la matrícula? —le pregunto a Holden.

—Mierda, se me ha olvidado. La tengo anotada en un trozo de papel en mi dormitorio. Llamaré a mi amigo cuando volvamos, te lo prometo.

—Estupendo. No sé cómo podría estar relacionado con todo esto un hombre de mediana edad en un BMW, pero si descubro quién es, al menos puedo descartarlo. —Miro la hora cuando guardo el teléfono en el bolso. Es un poco más tarde de la 01:00 p. m.—. ¿Es hora de volver?

Esboza una sonrisa traviesa.

—Aún no, tengo otra parada en mente.

—No tenías por qué hacer todo esto. —El corazón me martillea en el pecho. Tengo esa extraña sensación que siento cada vez que Holden me toca, solo que esta vez es por la mirada que tiene en el rostro. Parece tan... *feliz.*

—Te dije que tenía una sorpresa. Considérala tu regalo de Navidad.

Me muerdo el labio inferior.

—Pero yo no te he comprado nada.

Se encoge de hombros.

—Este también es mi regalo. No he ido a ningún lugar aparte de Portland en una temporada por culpa del instituto y el trabajo. Ha estado bien salir.

—Sí —coincido—. Gracias.

La camarera nos deja la cuenta y la tomo antes de que Holden pueda buscar el dinero en los bolsillos de los pantalones.

—Pago yo, ya que tú has conducido y todo eso.

Su sonrisa mengua un poco.

—No. No te he pedido que salgas conmigo para que pagues tú.

—No estamos en 1950. Además, considéralo tu regalo de Navidad.

—De acuerdo, puedes pagar la mitad si quieres.

—Gracias. —Abro el bolso y tomo el dinero que mi madre me ha dado.

Holden recibe el billete de veinte dólares de mi mano extendida y me da uno de diez. Nos acercamos a la caja registradora para pagar y después él vuelve a la mesa para dejar unas monedas de propina.

Me instalo una vez más en el coche y veo el paisaje pasar a nuestro alrededor. Siento curiosidad por dónde vamos. Bajo la ventanilla para hacer algunas fotografías del pueblo. El ambiente está húmedo, pero hasta ahora las nubes no han hecho más que rugir amenazadoramente.

Me sorprendo cuando Holden se detiene en un claro del parque nacional Ecola. Nunca he estado aquí, pero la mayoría de los parques nacionales de la costa son sobre todo para hacer senderismo y pícnics. Acabamos de comer, así que...

—¿Vamos a hacer senderismo? —pregunto—. No sé cómo se me va a dar con estas deportivas.

—Senderismo muy limitado —aclara—. Lo harás bien. —Pasamos con el coche por al lado de unos baños y un par de refugios para hacer pícnic y nos detenemos en el aparcamiento del fondo, al lado de varios vehículos.

—El senderismo limitado es muy popular hoy, ¿eh?

Holden sonríe, pero no dice nada. Salimos del coche y lo sigo por un corto sendero hasta una pequeña plataforma cuadrada cercada. Hay una familia de cuatro miembros junto a la barandilla. El sol se ha escondido tras las nubes espesas, pero sigue habiendo luz y el padre tiene un brazo levantado para hacer visera con la mano y evitar la claridad en los ojos. Una niña de unos seis años tiene la barbilla apoyada encima de la verja de madera mientras su hermana mayor, de unos diez o doce años, le hace una foto con el teléfono.

Holden se acerca al lado contrario de la plataforma y observa el horizonte. Lo sigo, mirando el mar. Debajo de nosotros, una pareja de surfistas con trajes de neopreno da brazadas sobre la tabla en el océano.

—¿Vamos a ver a los surfistas? —De vez en cuando hay surfistas en Three Rocks, aunque no es habitual en invierno porque el agua está muy fría.

Holden toma un par de prismáticos del bolsillo del piloto y de pronto entiendo por qué estamos aquí.

—¿Ballenas? —grito.

—Shh. —Esboza una sonrisa—. Vas a espantarlas.

La niña de seis años cruza la plataforma. Señala el océano, aproximadamente en la posición de las once en punto.

—Mi mamá ha dicho que ha visto un chorro allí.

—La parte de arriba de la cabeza de la ballena, en realidad —corrige la mujer—. Ven aquí, Serena, no molestes a esta bonita pareja.

Noto una sensación extraña en el estómago al oírla referirse a Holden y a mí como una pareja. ¿Me gusta? ¿No me gusta? ¿Cómo puede ser que no lo sepa? Ajeno a los sentimientos encontrados que batallan en mi interior, Holden me tiende los prismáticos.

—Prueba. Avísame si ves algo.

Miro el mar y lo examino de arriba abajo, de izquierda a derecha. No estoy acostumbrada a usar prismáticos y acabo cerrando el ojo derecho para ver con claridad. Durante casi un minuto entero, Holden y yo nos mantenemos en silencio total. Oigo unos murmullos suaves de la familia, pero no entiendo ninguna palabra. Estoy demasiado concentrada en el mar, examinando cada ola, cada salpicadura de agua. Veo gaviotas en la superficie y un remolino oscuro que creo que es un león marino moviéndose alrededor de una formación de rocas. Pero ninguna ballena. Estoy a punto de devolver los prismáticos a Holden cuando veo un chorro de agua.

—¡Allí! —señalo—. A las diez en punto. —Observo el lugar exacto con atención, esperando a que aparezca la ballena, que su amplio lomo emerja sobre la superficie del agua, pero cuando sucede, no es la cresta redondeada del lomo de la ballena, sino la aleta caudal, toda la forma de la aleta, perfecta, con lo que soñaba cuando era una niña.

A mi lado, noto el aliento cálido de Holden en la oreja.

—La he visto —musita—. Guau, creo que es la segunda cosa más bonita que he visto en todo el día.

—¿Ah, sí? —Resoplo.

—Justo por detrás de los crepes de nueces pecanas que he almorzado.

—Tonto —murmuro.

—¿Qué? ¿Primero tenías que ser más sexy que la Mona Lisa y ahora también quieres ser más bonita que las crepes? Tienes un verdadero problema de vanidad, Embry Woods.

Reprimo una sonrisa.

—Tienes razón. No estoy siendo razonable. Esas crepes eran excepcionalmente sexys.

Me abraza por detrás.

—Por suerte para ti, me gustan las chicas vanidosas y poco razonables.

Presiono la cabeza contra su pecho.

—En serio, Holden, ha sido un día increíble. Gracias.

Se inclina y me da un beso en la mejilla.

—De nada.

Siento calor en todo el cuerpo. Durante unos segundos, vuelvo a pensar en lo de ser más que amigos. La idea me aterra, pero parte de la razón por la que nunca pensaba en ello es porque no podía imaginarme traicionando de esa forma a Julia, por lo menos hasta que no se fuera a la universidad. Y, sí, sé que es una estupidez que me parezca bien traicionarla en privado y no públicamente, pero tampoco me parecía bien hacerlo en privado, simplemente lo hice y después fui demasiado cobarde para enmendarlo, hasta que se convirtió, literalmente, en una cuestión de vida o muerte.

Pero ahora que sé que Julia no alberga sentimientos románticos por Holden, me resulta menos imposible que él y yo podamos estar juntos de verdad, una vez que hable con Luke, por supuesto.

Holden me deja en mi casa sobre las cuatro de la tarde. Se marcha a la gasolinera, y mi madre y yo vamos a Tillamook, donde compramos una pizza grande en el Upper Crust y un envase de helado en la lechería.

Volvemos a casa y nos preparamos para nuestra fiesta del domingo por la noche. Mi madre coloca la pizza en la mesita después de darle a Betsy una severa advertencia. Yo traigo algunos de sus dulces del armario de la cocina para que la perra no se sienta excluida. Las tres nos acomodamos en el salón y mi madre pone el último episodio de *Modelos de bomberos sexys*. Esta semana, los tenientes de bomberos Zander y Gray (sigo intentando enterarme de si son sus nombres de pila o los apellidos) se enzarzan en una pelea en el trabajo por Alicia Ramos, una de las paramédicas de la estación de bomberos. Esto complica la situación cuando los dos tienen que trabajar juntos para rescatar un vehículo que se ha salido a medias de un puente y está en peligro de precipitarse sobre un río helado. Ramos se coloca a un lado con una camilla mientras Zander y Gray estabilizan el coche con cuerdas y poleas. El pelo largo y oscuro de ella cae en cascada sobre sus hombros de una forma que estoy bastante segura de que la mayoría de los paramédicos encontraría inconveniente para el trabajo.

—¿A quién apoyas? —le pregunto a mi madre—. ¿Equipo Zander o equipo Gray?

Ella chasquea la lengua.

—Yo apoyo a Alicia. Sabe que quiere ir a la escuela de Medicina, ¿verdad? No tiene tiempo para ninguno de esos dos.

—Bien por ella. —Incluso la gente en la ficción tiene más objetivos concretos para el futuro que yo.

Cuanto termina el programa, mi madre pone *Brigada 49*, que estoy segura de que no es el tipo de película que elegiría Betsy. Cuando vamos por la mitad, mi teléfono vibra con un mensaje de texto.

Sonrío para mis adentros cuando lo alcanzo. No sé qué es lo que espero exactamente. Tal vez un mensaje dulce de Holden diciéndome que sigue pensando en mí, o un mensaje correcto de Julia en el que me avisa de que deberíamos hablar. Pero lo que recibo es otro mensaje de Desconocido y esta vez quiere que robe un arma.

Me quedo mirando las palabras sin pestañear.

> Desconocido: Es hora de que tomes tu siguiente decisión. No debería costarte mucho, ya que eres buena bajo presión.
>
> Desconocido: 1. Roba el arma de la guantera de Katrina Jensen y déjala en el Pot Hole. Su coche está en el aparcamiento del Fintastic. 2. Si no haces esto, mataré a alguien a quien quieres. Y esta vez te prometo que no estarás allí para arreglar la situación.
>
> Desconocido: Tienes dos horas. Elige bien.

Leo de nuevo el mensaje. ¿Por qué Desconocido me impone tareas que involucran a personas con las que he estado recientemente? Estaba de compras con Julia cuando recibí el mensaje en el que me decía que le robara el bolso. Y ahora, dos días después de enfrentarme a Katrina en el Fintastic, ¿me exige que le robe el arma?

—Cielo, ¿estás bien? —me pregunta mi madre—. Te has quedado blanca como el papel.

—¿Qué? —Levanto la vista de la pantalla—. No, estoy bien. Es solo que… necesito un poco de aire. Creo que voy a llevarme a Betsy a dar un paseo rápido.

Mi madre frunce el ceño.

—Está muy oscuro fuera. Ten cuidado.

—Sí, lo tendré.

Tomo una bocanada de aire. Noto los pulmones hinchados, o tal vez marchitos, lo que sea que les pase a los pulmones cuando te cuesta respirar. ¿Por qué razón iba a querer Desconocido que robara un arma? ¿Julia tiene razón? ¿Me va a pedir que dispare a alguien? ¿Y a por quién irá si digo que no?

Mi madre se quita el pañuelo morado que se pone en la cabeza para estar en casa.

—El pelo está empezando por fin a crecer —comenta con orgullo, pasándose una mano por el cráneo.

—Qué… —Me he quedado totalmente en blanco y no encuentro la palabra que quiero usar—. Estupendo —termino. Mi madre me lanza otra mirada extraña. Tengo que salir de aquí antes de perder la cordura.

Me guardo el teléfono en el bolsillo y alcanzo el abrigo, que tengo en el respaldo del sofá.

—Betsy —la llamo—. ¿Quieres salir?

En lo que se refiere a captar la atención de un perro, «¿Quieres salir?» tan solo secunda a «¿Quieres un dulce?». El collar de Betsy tintinea cuando se levanta de su cama y atraviesa corriendo el salón. Se detiene delante de mí y se sienta sobre las patas traseras.

—Buena chica. —Tomo la correa de un perchero de la pared y la ato al collar—. Volveremos pronto —le digo a mi madre. Antes de que responda, salgo a la calle fría y cierro con un portazo.

El corazón me late el triple de rápido a cada paso que doy y, gracias a Betsy, prácticamente estoy corriendo. Tengo que ir a la policía, no me cabe duda. Robarle el bolso a Julia era una cosa, pero no pienso introducirme en ningún coche. Ni siquiera sabría cómo hacerlo. *Pero Holden sí*, susurra una vocecita. No me importa. No pienso hacer el tonto con un arma. Bastantes personas han resultado heridas ya. No tengo ningún motivo para creer que Desconocido no va a intentar matar a alguien, aunque siga sus instrucciones.

Tomo el teléfono y empiezo a escribir un mensaje para Holden, pero entonces me detengo. Cada vez que le he dicho que quería acudir a la policía, ha intentado disuadirme. Al principio tenía razón, ninguno de los dos sabíamos si el primer mensaje era solo una broma. Pero tendría que haberlo confesado todo en lugar de robarle el bolso a Julia. Tengo que resolver esto en mi cabeza antes de involucrarlo a él. Hallar un modo de que no pueda disuadirme de hacerlo.

Intento decidir qué contar exactamente a la policía mientras Betsy y yo caminamos por la calle principal del pueblo y pasamos junto a la oficina de correos, Tacos & Burgers, la heladería y el Oregon Coast Café. El restaurante tiene un aspecto muy triste con las luces apagadas y la pequeña pizarra en la que pone CERRADO colgada de la puerta.

Seguimos andando. Las hojas secas caen y caen sobre las calles. Las olas del mar rompen en la distancia. El sabor salado flota en el ambiente.

Nos detenemos al final de la calle. Betsy jala con fuerza de la correa, quiere ir a la playa. Piensa que quiere ir al agua, pero eso es solo porque no se acuerda de lo congelada que está.

«De acuerdo, de acuerdo», gruño cuando intenta arrancarme el brazo del cuerpo.

Tomamos el camino asfaltado del aparcamiento hacia la arena. Betsy empieza a correr y me esfuerzo por seguirle el ritmo. Recorremos el camino hasta el muro del acantilado y después regresamos al aparcamiento. Betsy patea algo en la arena y de pronto empieza a cavar. La arena vuela por todas partes.

«Eh, ¡para!», le pido.

Desentierra orgullosa su tesoro, un cangrejo muerto, y lo levanta con la boca.

«No, qué asco».

Le quito el cangrejo de los dientes y ella vuelve la cabeza hacia el agua, esperanzada, como si pensara que vamos a jugar a lanzar cosas y capturarlas.

«Hoy no, pequeña». Lanzo el cangrejo al agua, pero sujeto con fuerza la correa de Betsy. Jalo de ella hasta un leño grande que ha arrastrado el mar. «Vamos a tranquilizarnos unos minutos».

Me siento encima del leño. Betsy se tumba junto a mis pies y apoya la barbilla cálida en las botas. Me inclino, poso los antebrazos en los muslos y me froto las sienes.

«Solo quiero que esto termine», murmuro. Pero no es cierto. Quiero saber quién es Desconocido, quiero entender por qué me está haciendo esto. Sencillamente, no puedo creer que alguien a quien conozco pudiera pedirme que robe una pistola o amenace con matar a alguien.

Y si no es alguien que conozco, ¿quién podría ser? La única persona que me viene a la mente es el hombre misterioso de la gorra y la chaqueta de cuero color café que ha estado acechando en el pueblo. Pero ni siquiera sé quién es. Como dijo mi madre, puede tratarse de una coincidencia. A lo mejor no era él quien caminaba aquella noche por mi barrio. ¿Qué puede motivar a un completo desconocido a hacerme daño?

Las lágrimas aparecen de la nada, despacio al principio y luego se convierten en sollozos atormentados. Muchas lágrimas por muchas razones: por Luke, Holden, Julia y el incendio. Por Desconocido y las cosas que he hecho. Porque me aterra la idea de entregarme y me destroza tener que implicar también a Holden.

Pero voy a hacerlo. Tengo que hacerlo. Se acabaron las excusas.

Tomo el teléfono y le envío un mensaje rápido a Holden.

Yo: ¿Nos vemos esta noche? ¿Donde siempre?
Holden: Tengo que hacer un mandado rápido después del trabajo. A las 10:00 p. m., ¿de acuerdo?
Yo: Perfecto.
Holden: ¿Estás bien?
Yo: No, he recibido otro mensaje. Menudo asco.
Holden: Lo siento, estaré allí a las 10:00.
Yo: Hasta luego.

Voy a guardar el teléfono en el bolsillo cuando oigo un ruido detrás de mí. Pasos. Suaves y lentos, como si alguien intentara acercarse a mí sigilosamente. Miro a Betsy. Tiene la barbilla apoyada en las botas, ajena a todo. Levanto el teléfono como para hacer una fotografía de la luna y activo la cámara delantera para ver qué hay detrás de mí. Como esperaba, hay un hombre en el camino del aparcamiento. Se me hiela la sangre al comprobar que tiene unos prismáticos y que están dirigidos hacia donde estamos Betsy y yo.

El corazón se me detiene cuando veo lo que lleva puesto: una gorra y una chaqueta color café.

No sé qué hacer. Una parte de mí desea darse la vuelta, correr hacia él y exigirle que me explique por qué me está siguiendo. El resto de mí quiere fingir que no lo he visto, quedarse tranquila sentada, tentarlo y que, con suerte, se acerque. Si puedo hacerle una foto, tal vez la pueda subir a Google imágenes y buscar quién es. A lo mejor es un investigador de una compañía de seguros por lo del Sea Cliff.

Betsy es la que toma la decisión por mí. Cuando el hombre se acerca por el camino, la perra levanta la cabeza. Hago zoom con la cámara, pero sigo sin distinguir sus rasgos. Betsy se incorpora y empieza a ladrar. Salta por encima del leño y sale corriendo hacia el camino.

El hombre se da la vuelta y huye. Betsy y yo lo perseguimos.

—¡Espera! —grito—. ¿Quién eres?

El hombre gira hacia Main Street y desaparece en un callejón al otro lado del mercado. El siguiente edificio es el motel Three Rocks. Probablemente se esté alojando ahí, pero no van a darme los nombres de sus clientes.

Me dispongo a darme la vuelta cuando veo quién está detrás del mostrador de recepción. Es mi vecina Cori Ernest. Probablemente no me ayude, pero vale la pena intentarlo.

Amarro la correa de Betsy en el poste de metal de una señal de prohibido aparcar y entro en el recibidor del motel. Cori está sorbiendo de un vaso de cartón con una tapa puesta.

Me acerco a ella.

—Hola, necesito su ayuda.

Me mira con una ceja arqueada en un gesto de curiosidad.

—¿Qué pasa?

—Estoy buscando a un hombre. Chaqueta de cuero color café, gorra. ¿Se está alojando aquí?

—Cariño, aunque supiera qué ropa llevan los clientes, que no lo sé, no podría ofrecerte esa información.

—Por favor —suplico—. Estoy metida en problemas. Creo que ese hombre nos ha estado siguiendo a mi madre y a mí. Solo quiero saber su nombre. ¿Puede decirme eso? Prometo que no le contaré a nadie que me lo ha dicho.

Cori aprieta los labios.

—Si alguien os ha estado siguiendo, tienes que contárselo a la policía. Que vengan los agentes aquí y les daré toda la información que deseen.

Voy a protestar, pero me doy cuenta de que no va a ceder. Ha sido una estupidez venir a preguntarle. El reloj que hay detrás del mostrador marca las 09:40 p. m. Debería llevar a Betsy a casa antes de encontrarme con Holden porque no es seguro pasear con la perra por las rocas resbaladizas del Pot Hole.

—De acuerdo, siento molestarla. Gracias de todos modos.

Salgo del motel y permito que Betsy me lleve a paso ligero por Main Street. Reducimos la velocidad cuando llegamos a la autovía. Me enrollo la correa en la palma con varias vueltas para que no pueda escaparse si se asusta con algo. Las luces de Navidad del cementerio bañan toda la zona con un resplandor fantasmal. Intento no pensar que mi madre puede acabar aquí si el cáncer regresa. Ella cree que lo ha vencido, yo debería tener la misma fe.

Entro en casa con Betsy y cierro la puerta con cuidado. Le quito la correa y le echo un cuenco extra de comida. Después vuelvo a la playa. Cuando he recorrido la mitad del camino, empieza a llover de nuevo. Camino con cuidado por las rocas y los guijarros hacia el Pot Hole con unos minutos de retraso.

Cerca de las olas, veo a dos personas caminando por la arena. Se dirigen al pueblo. Entorno los ojos en un intento de averiguar quiénes son, pero las nubes espesas bloquean la mayor parte de la luz de la luna y no distingo nada aparte de las sombras.

Cuando me aproximo al Pot Hole, veo la figura de Holden en la apertura de la cueva. Hace un gesto con una mano, casi como si estuviera hablando con alguien. Cuando me acerco, oigo su voz: sí, está hablando con alguien, pero no veo una segunda figura. La otra persona debe estar dentro del Pot Hole. El viento se lleva la mayoría de sus palabras y no oigo las respuestas. Espero un par de minutos por si veo con quién está hablando, pero nadie sale de la cueva.

Holden examina la playa y me quedo paralizada, pensando que tal vez no me vea en medio de las maderas y los peñascos, pero casi lo siento físicamente cuando me encuentra. Me hace un gesto con la mano y subo por las rocas resbaladizas, espero ver a alguien a su lado en la cima al llegar. Pero no hay nadie más.

El viento le aparta el cabello de la cara y se rodea el torso con los brazos.

—Maldición, hace frío, y creo que se me han mojado las botas.

Bajo la mirada. Tiene las botas empapadas. Detrás de él, el agua chapotea adelante y atrás en la cueva. No está lo bastante alta para que la vea, pero la oigo.

—La marea está subiendo rápido.

—Síp. Aunque no te lo creas, aquí se está más seco. —Se sube el cuello de la camisa de franela para cubrirse la nuca.

Un rayo atraviesa el cielo e ilumina el agua picada y agitada del Pacífico. La espuma blanca pinta las cimas de las olas verdes grisáceas. En la distancia, una boya danza con movimientos agresivos y la luz roja de precaución proyecta una mancha de color escarlata en la oscuridad.

La mayoría de las personas describen el mar con palabras como «bonito» e «hipnotizador», pero cuando vives en un pueblo costero, tiendes a utilizar adjetivos como «poderoso» y «mortífero».

Las gotas de lluvia caen en mis mejillas y parecen uñas diminutas. Me apoyo en la pared del acantilado y me subo la bufanda alrededor de la boca y la nariz.

—¿Con quién estabas hablando? —pregunto y la voz suena un tanto ahogada por la tela—. Me ha parecido verte hablando con alguien hace unos minutos.

Holden ladea la cabeza.

—¿Por teléfono? Me ha llamado mi madre para decirme que la policía ha localizado el lugar desde el que se envió el correo electrónico. Parece que alguien lo mandó desde una computadora pública del laboratorio del centro de estudios superiores. La detective Reyes está averiguando si hay imágenes de las cámaras de seguridad de ese día para echar un vistazo.

—¿Creen que tendrán? —El corazón se me acelera al pensar que al fin sabremos quién me está chantajeando.

—No lo sé, pero esa información podría bastar para descartarme a mí. Ese día pasé por casa de mis abuelos de camino al instituto. Su vecino estaba allí para pedirle prestada una herramienta a mi abuelo. Pueden contarle a la policía que yo no estaba en el centro de estudios superiores a la hora en la que se envió el correo.

—Qué bien —exclamo—. Entonces, ¿estabas hablando por teléfono? Pensaba que había alguien aquí contigo.

Holden niega con la cabeza.

—Solo quedo contigo aquí, Embry.

Miro detrás de él una vez más, hacia la cueva. El nivel del agua aumenta cada vez que se acerca una ola. Si hubiera alguien ahí, ya habría escapado por el otro lado, por la playa de Azure. Supongo que he malinterpretado lo que he visto.

¿Por qué me iba a mentir Holden? No lo haría, a menos que estuviera involucrado. Pero eso es una locura. Holden ha sido la persona que me ha apoyado en todo este lío. Y él es tan culpable como yo. Tengo que dejar de ver amenazas allá donde miro. Fue en parte por eso por lo que me metí en este lío, por no confiar en nadie, por tener demasiado miedo a contar la verdad.

—Este me parece ahora nuestro lugar —continúa—. Desde que achicharramos el anterior.

Me estremezco al escuchar sus palabras.

—Nuestro lugar es una cueva natural que se pasa la mitad del día inundada y siempre huele a pis. —Levanto un brazo para evitar que una repentina cortina de lluvia me caiga en los ojos—. Qué romántico.

—No puedo evitar que los fumadores de maría adolescentes de Three Rocks disfruten drogándose con el aire fresco del océano. —Suelta una risita—. Hablando de eso, no vas a adivinar a quién he visto salir de aquí cuando he llegado.

—¿A quién?

—A la pequeña O'Riley.

—¿A Frannie? Ni hablar, ella no fuma hierba. —No obstante, al decir esto me acuerdo de sus ojos rojos en el instituto. Sé que ha estado discutiendo con su madre, pero a lo mejor esa solo es parte de la razón.

—No se ha quedado para hablar, pero estaba con Matt Sesti, ese chico que trabaja contigo. Todo el mundo sabe que es la persona a la que hay que acudir si necesitas hierba pero no conoces a alguien mayor que te la compre. Si no estaban fumando, entonces no quiero saber qué estaban haciendo aquí juntos.

Frunzo el ceño.

—Matt tiene unos veintiún años. No puede estar tonteando con una chica de dieciséis. —Intento recordar las sombras que vi caminando por la playa. Podrían ser Frannie y Matt. Podrían ser muchas personas.

—Tú solo tienes diecisiete, ¿no me has dicho que alguna vez te propuso una cita?

—Sí, pero yo tengo *casi* dieciocho.

—Bueno, este escondite viene muy bien para ciertas cosas. Aunque ¿quién puede culpar a la chica por fumar un poco de maría cuando pertenece a esa familia? Probablemente sea un entorno de mucho estrés. —Tose—. Por cierto, ¿me has dicho que has recibido otro mensaje?

—Sí, quería enseñártelo en persona. —Le paso el teléfono, todavía pensando en Frannie, preguntándome qué problemas puede tener con su madre que hayan hecho que empiece a consumir drogas.

—Dios mío, ¿por qué quiere que robes un arma?

—No lo sé, pero voy a hablar con la policía. Esta noche. Si quieres, podemos enseñarle esto a tu madre primero, que nos aconseje sobre lo que deberíamos hacer, si necesitamos un abogado.

—¿Y *tu* madre qué?

—Ya está dormida, pero se lo contaré todo mañana.

—¿Estás segura de que quieres hacer esto? Podríamos acabar los dos en la cárcel…

—Lo sé. Pero no quiero arriesgarme. Esta persona intentó matar a Julia. Si no acudo a la policía y le pasa algo a otra persona, me quedaré con la duda de si podría haberlo evitado.

—Pero hiciste lo que quería con Julia. A lo mejor sabía que estaría bien y solo intentaba asustarte.

—Sí, pues misión cumplida.

Holden mira la pantalla de mi teléfono.

—Aún queda tiempo. Le he echado gasolina al coche de Katrina antes, tal vez pueda colarme. Después podríamos intentar atrapar a Desconocido. Escondernos al lado del Pot Hole y comprobar quién viene a recoger la pistola.

Un escalofrío me recorre la columna. De nuevo Holden está intentando disuadirme de hacer lo correcto. Probablemente solo esté mirando por los dos, pero ¿y si no? ¿Y si tiene un motivo oscuro por el que no quiere que hable con la policía? *Deja de ponerte paranoica, Embry.* Inhalo una bocanada de aire y la expulso.

—No, no y no. Ninguno de nosotros va a forzar el coche de nadie para entrar ni va a robar un arma. Estoy harta de dejar que Desconocido me chantajee —afirmo—. Además, si acudimos a la policía y explicamos cómo están relacionados el vídeo del correo electrónico y lo que le pasó a Julia, tal vez descubran quién es Desconocido antes de que intente hacer daño a nadie más.

—Entiendo cómo te sientes. Solo me gustaría que hubiera algún modo de delatar a este tipo sin confesar un delito mayor… —Vuelve a mirar los mensajes y compone una mueca—. Olvídalo. Si te hace sentir mejor, creo que deberías ir a la policía.

Asiento. Se me llenan los ojos de lágrimas al considerar la gravedad de mi decisión.

—Estoy asustada, Holden —musito, pero entonces vuelvo a pensar en las palabras de mi madre. Esto es algo que puedo controlar. Solo tengo que ser valiente.

Holden me acerca a él y me rodea con los brazos.

Noto su corazón latiendo en mi oreja. El golpeteo lento y firme me tranquiliza.

—Yo también —admite—. Mi madre se va a enfadar conmigo. No tengo ni idea de cómo vamos a pagar los daños. Pero bueno, ya lo resolveremos. Lo resolveremos… de algún modo. Lo importante es que ese hombre no haga daño a nadie más.

La lluvia ha disminuido y el viento ha cesado. Ahora me siento más calentita que cuando venía hacia aquí. El ambiente está lleno de niebla y le confiere a la playa un aspecto velado fantasmal. Presiono la cara contra el pecho de Holden y me embriago con el aroma a jabón, la humedad de su camisa de franela contra mi piel. Quiero cerrar los ojos, pero de pronto noto un movimiento. Veo una sombra por la visión periférica, una sombra dentro del Pot Hole.

Alguien nos está observando.

28

Me aparto de los brazos de Holden y me lanzo hacia la apertura del acantilado.

—¡Embry! —grita él.

Alimentada por la adrenalina y la necesidad arrolladora de enfrentarme a Desconocido, prácticamente vuelo por el agujero y desciendo por la inclinación hasta la cueva. El agua me llega a la cintura.

—¿Embry? ¿Qué haces? ¿Estás…? —El resto de las palabras de Holden se las lleva el viento, pero estoy segura de que incluían algo como «loca» o «demente».

Ninguno de esos términos me define, pero lo harán si no descubro quién me está atormentando y por qué. Cuando ajusto la vista a la oscuridad, vuelvo a notar movimiento por la visión periférica. Giro la cabeza justo a tiempo de ver lo que me parece una sombra dirigiéndose hacia la salida de la playa de Azure. Sigo al chico chapoteando en el agua, ¿o es una chica?

—¡Espera! —grito—. Solo quiero hablar contigo.

—¡Embry! —Oigo a Holden lanzarse al agua detrás de mí—. Vuelve, nos vamos a ahogar.

Noto el miedo en su voz, pero no lo entiendo. Está paranoico. El agua ni siquiera me llega al pecho. Sigo adelante, solo un par de metros más y saldré por el otro lado de la cueva, con suerte a tiempo de ver a quien nos estaba espiando.

Oigo un ruido sordo cuando una ola particularmente feroz rompe contra las rocas. Después una avalancha, un rugido, y me doy cuenta de mi error. La cueva se está llenando de agua... muy rápido. En unos segundos me cubrirá la cabeza.

—Mierda —murmuro mientras corro hacia la apertura que da a la playa de Azure. Me resbalo en una roca y me sumerjo por completo. El impacto del agua helada en la cara me deja sin respirar. Me arden los ojos y tengo que cerrarlos con fuerza y nadar hacia lo que me parece que es la salida. Me pregunto dónde estará Holden. ¿Habrá salido a tiempo?

La corriente empuja mi cuerpo hacia la apertura y me escupe a la noche. Me esfuerzo por salir a la superficie y mi cabeza emerge de las olas. Me había olvidado de que la playa de Azure está totalmente cubierta cuando sube la marea. Estoy solo a unos ocho metros de la orilla, pero ahora mismo la orilla es un muro resbaladizo de roca.

Las estrellas titilan entre las nubes grises proporcionando muy poca luz. Hago todo lo que puedo para avanzar por el agua contra el ir y venir del océano, tomo una bocanada enorme de aire y miro a mi alrededor en busca de Holden. No lo veo por ninguna parte.

La corriente me aleja hacia el fondo. El peso de la ropa de invierno empieza a jalar de mí hacia la profundidad. Una ola me sumerge. El agua helada está ahora por todas partes, se me empieza a adormecer todo el cuerpo.

—¡Holden! —grito, desesperada, pero la voz suena como el balido de una oveja moribunda.

Vamos, Embry, no puedes morir aquí. No puedo. Mi madre me necesita. *Céntrate en las cosas que puedes controlar... Siempre hay algo.*

Aprieto los dientes mientras me quito las pesadas botas de lluvia y el abrigo.

—¡Embry! Aquí. —La voz de Holden suena muy lejana, como un eco de un vídeo, de la radio. La niebla se retuerce a mi alrededor como si fuera una venda. No puedo nadar hacia él porque no tengo ni idea de dónde está.

—Holden —gimo. Me esfuerzo por mantenerme a flote, pero ni siquiera sé si estoy moviendo los brazos y las piernas. La niebla que me rodea se ha vuelto más espesa. La imagino penetrando en mis ojos y orejas, nublando mi cerebro. ¿Estoy lejos de la orilla?

Las olas me llevan a un lado y después al otro. Todo se retuerce. Todo se ralentiza. Ya no sé dónde está la tierra. Ya no sé cómo me llamo.

—¡Embry! —grita Holden.

Es cierto. Embry. Como Ember, pero distinto. Mi madre me contó que copió el nombre de un testigo de Jehová que vino a nuestra casa un día con su hija. La niña se llamaba Embrie. A mi madre le gustaba cómo sonaba, pero prefería la «y» en lugar de «ie».

—Seal Rock —indica alguien.

Alguien no, Holden. Hago un esfuerzo por recordar qué es Seal Rock. Otra ola me pasa por encima de la cabeza. No sé por qué, pero el agua está menos fría ahora. Me pesan los párpados y todo mi cuerpo parece un ancla gigante que pesa hacia abajo. Necesito dejarme llevar para después flotar en las nubes. Cierro los ojos. Mi cuerpo empieza a hundirse. Mi mente extiende las alas y se prepara para volar. Pero entonces me golpeo la cabeza con algo dentado y duro.

Abro los ojos.

—Seal Rock —susurro.

Seal Rock es una roca grande y angulosa cuando baja la marea. Cuando la marea sube es solo un pequeño estante de cal que sobresale del agua. Me aferro a ella con los dedos todavía adormecidos y que apenas puedo mover.

Holden aparece de entre la niebla y su pelo es una cascada de negrura contra su piel pálida. Tiene todavía puestas las botas y la camisa de franela, que está abierta y deja ver el polo empapado debajo.

—Aguanta. —Extiende el brazo en mi dirección—. Dame la mano.

Tardo unos segundos en apartar los dedos congelados de la piedra. Holden jala de mí; prácticamente soy un peso muerto y no puedo ayudarlo. Me rescata del océano helado y me sube a la roca, donde el aire todavía más frío me cala la ropa mojada y me congela la piel.

De forma instintiva, me acurruco en posición fetal.

—No, tienes que levantarte, Embry. —Holden señala el saliente rocoso—. Si llegamos al otro lado de la roca, podemos volver a la playa de Azure, pero tenemos que ir antes de que la marea inunde el resto.

—No hay playa. Solo hay un muro de roca.

—Ya, pero hay un camino. Empieza en el extremo del acantilado. Solo tenemos que subir.

—¿Solo? —La niebla es cada vez más espesa. Veo formas ante mis ojos. Triángulos. Corazones. Lenguas de fuego. Hoteles en llamas. Un óvalo que me recuerda las placas de identificación. Las placas de identificación de Luke. Me acurruco todavía más—. A lo mejor me merezco esto —murmuro.

—No, ni hablar —replica—. Vamos a salir de aquí. —Me sujeta por debajo de las axilas y jala de mí para ponerme de pie—. Al otro lado de la roca. Ya.

Me parece un viaje imposible, pero me castañetean los dientes demasiado para responder, así que dejo que me lleve medio a rastras medio en brazos adonde se encuentra un dedo estrecho de formaciones de roca resbaladiza que conduce hasta la costa.

—¿Quieres que camine a la velocidad de un rayo ahora? —pregunto y las piernas me tiemblan solo de pensarlo—. Voy a caerme.

—No tienes que estar de pie. Puedes arrastrarte. O volver al agua si quieres, pero no te vayas a soltar hasta que no estés lista para nadar hasta el acantilado.

Asiento y me pongo de rodillas. Despacio, me arrastro hacia la costa. Las olas me arrasan, las gotas de lluvia me taladran la piel. La niebla sigue mofándose de mí con imágenes. Hay un álbum, como el que me hizo Julia. También una tumba, aunque no sé de quién es.

En el borde de Seal Rock, Holden y yo aún tenemos que nadar unos ocho metros hasta la tierra y después, no sé cómo, alzarnos unos dos metros y medio hasta el fondo del camino cubierto de lodo que recorre de lado a lado Cape Azure.

—Vamos a morir —le digo a Holden.

—No vamos a morir. Estabas en el equipo de natación. Esto no es nada, puedes hacerlo.

Me lanzo al agua helada. En la cabeza me danzan visiones de mi madre mientras avanzo hacia el acantilado. Igual que sabía la cara que pondría si me arrestaran, también sé cómo se pondrá si me ahogo. Brazada. *Yo soy la razón por la que mi madre está sola.* Brazada. *Yo soy la razón por la que mi madre es pobre.* Brazada. *Si no me tuviera a mí, no tendría que trabajar tan duro. Dormiría mejor, comería mejor.* Brazada. *A lo mejor yo soy la razón por la que contrajo cáncer.*

Todos esos pensamientos que me abordan como rayos son suficiente para hacer que deje de nadar, para que empiece a hundirme en el mar. Es como si todas las piezas que he estado ocultándome a mí misma de pronto encajaran. Pero entonces: *Puedo compensarla.*

Puedo mejorar las cosas para ella, algún día, de algún modo. Pero solo si vivo. Piezas nuevas. Esperanzas nuevas.

Toco con los dedos el lado resbaladizo de Cape Azure. Encuentro un hueco en la roca, me aferro a él y levanto la mirada hacia el camino. Holden aparece a mi lado.

—¿Ahora qué? —pregunto.

Holden engancha el pie en la fisura del acantilado. Entrelaza los dedos y los alza.

—Ahora te doy impulso.

Le miro las manos y luego, por encima de la cabeza, el inicio del sendero. Es imposible.

—¿Y quién te da impulso a ti?

—Coloca los malditos pies en mis manos antes de que nos ahoguemos los dos.

Lo hago. Me alza. Me aferro a un árbol que crece en el camino y consigo arrastrarme hasta un charco de lodo. Holden aparece a mi lado unos segundos más tarde.

Vuelvo a acurrucarme en posición fetal.

—Lo... lo sien... siento —digo. Me castañetean los dientes—. La he... fasti... fastidiado.

Holden se ríe.

—Sí, eso mismo.

—Te juro que vi a alguien observándonos desde dentro del Pot Hole.

—¿Llevaba un traje de neopreno y aletas?

—Solo vi una sombra y después un movimiento.

—¿Pudo ser una foca?

Las focas normalmente no vienen a la playa de Three Rocks, pero supongo que cualquier cosa es posible.

—No lo sé, a lo mejor me estoy volviendo loca.

—No pasa nada, la cordura está sobrevalorada. —Me aparta el cabello mojado del rostro—. Vamos a subir por este acantilado para poder cruzar la colina y llevarte a casa.

—Mierda. —Desde que dejé el equipo de natación, he perdido resistencia. Este es el tipo de camino que me habría esforzado por completar cuando estaba en plena forma. Solo puedo dar unos pasos antes de tener que detenerme para descansar.

Pero entonces una ráfaga de viento agita los árboles y me doy cuenta de que tengo las orejas y la nariz totalmente adormecidas. Me soplo en las manos para calentar la nariz, pero no puedo hacer nada por las orejas.

—Estoy congelada. —Me toco los lóbulos de las orejas con los dedos y paso las manos por la suave piel.

—Yo también. Pero has conseguido llegar hasta aquí —dice Holden—. Sigue moviéndote. Céntrate en lo bien que te vas a sentir cuando te des un baño calentito.

—Dios mío. El paraíso. —Continúo por el sendero con los calcetines empapados, intentando no pensar en que también los pies se me están quedando dormidos.

Despacio, Holden y yo subimos por el acantilado. Experimento un alivio momentáneo cuando la cima aparece ante nuestros ojos, pero entonces recuerdo todo lo que tenemos que caminar aún. Tenemos que llegar hasta el Sea Cliff y después bajar Penguin Hill. No, un momento, no es Penguin. ¿Cómo se llama? Mierda, ¿por qué no me acuerdo?

Sin previo aviso, me tropiezo y extiendo los brazos para no caer de bruces. Otra vez tengo la cabeza nublada. Hundo las rodillas en medio del sendero.

—Necesito descansar unos minutos —musito—. Necesito…

Ni siquiera puedo terminar la frase. La tierra que hay bajo la tela de mis vaqueros mojados está seca y, comparada con el agua, me parece increíblemente cálida. Me tumbo por completo en el suelo. Necesito dormir. Oigo que Holden dice algo, pero no entiendo las palabras. Sea lo que sea lo que intenta decirme, va a tener que esperar. Solo un pequeño descanso. Solo unos minutos. Solo...

24 de diciembre

Me despierto debajo de una manta eléctrica. Holden está sentado al borde de la cama con un libro cerrado en las manos.

—Dios mío. —Exhala un suspiro de alivio—. Estaba a punto de llamar al 911.

Me presiono las sienes con la punta de los dedos.

—¿Qué ha pasado?

—Te desmayaste en la cima del sendero.

—Solo me acuerdo de que me puse de rodillas en la tierra. —Me incorporo sobre los codos y miro a mi alrededor—. ¿Estoy en tu apartamento? ¿Cómo he llegado hasta aquí?

—Te he traído yo.

Abro mucho los ojos. Holden no es débil, pero mido más de un metro setenta y peso unos cincuenta y cuatro kilos; además, la ropa empapada seguramente haya añadido unos diez kilos más a mi peso.

—Ya te veo —comenta— intentado averiguar cómo te he traído hasta aquí con mi trasero enclenque. No tienes que ser un supersoldado Capitán América para trasladar en brazos a una chica. Trabajo en paisajismo en verano, eso te ayuda a fortalecer.

Me siento, me llevo una mano al pecho y miro la pequeña habitación. El suelo es un caos de libros, algunos de ellos con las cubiertas rasgadas o arrancadas del todo. Seguro que Holden los ha conseguido en una tienda de segunda mano de Tillamook. Hay un escritorio con más libros y un puñado de bocetos encima, algunos de árboles, otros con mares y algunos diseños de formas libres. Una esquina del suelo está cubierta por un plástico y encima hay un caballete vacío.

Vuelvo a mirar a Holden y el libro que sostiene.

—¿Estabas leyendo?

—Te estaba leyendo a ti, en realidad.

—¿Qué leías?

—*La metamorfosis*.

—¿De qué trata?

—De un vendedor ambulante que se despierta de pronto un día y es una cucaracha. Su familia se muestra asqueada con él y lo encierran en su habitación, donde acaba muriendo.

—Inspirador. —Reprimo un bostezo—. Estoy muy decepcionada por no haber hecho lo mismo en sueños.

Se encoge de hombros.

—Tiene algo que me resulta reconfortante.

—Hablando de algo reconfortante, esta manta es el paraíso. —Me recuesto y me subo la manta hasta la barbilla—. ¿Por qué llevo tus pantalones cortos?

—Tuve que quitarte la ropa mojada para poder calentarte, pero no quería que al despertar te sintieras expuesta o algo así.

—Gracias. —Vuelvo a echar un vistazo por debajo de la manta—. Son muy cómodos. ¿Qué hora es?

—Un poco más de las cuatro de la mañana —responde.

—¡Mierda! —El corazón me martillea en el pecho—. ¿Llevo dormida cuatro horas?

—Más de tres, tardé un rato en llegar a casa.

—Necesito ir a la comisaría. —Todavía tengo el cerebro nublado y me cuesta unos segundos calcular cuánto tiempo ha transcurrido desde que recibí el último mensaje. Demasiado. Desconocido podría haber atacado ya a alguien. Salgo de debajo de las sábanas y me pongo de pie. Las rodillas me tiemblan y Holden tiene que agarrarme por el torso para evitar que me caiga de bruces en el suelo.

—Guau —exclama—. Tranquila. Estás recuperándote de una hipotermia, Embry. Puede que tengas que ir al hospital.

—Ni hablar. —Mi madre tiene un seguro de salud para las dos, pero es de deducible alto y no lo cubre todo. Pienso en toda esa pila de facturas que había en el respaldo del sofá—. Necesito mi ropa y me quitaré del medio.

—Eh… Normalmente lavamos y secamos la ropa en la casa de mis abuelos. Tienen lavadoras y secadoras en el sótano del edificio, pero no quería dejarte aquí sola tanto tiempo. Puedo llevarla ahora o, si tienes prisa, puedo prestarte algo mío.

—Si puedes buscar algo que me vaya, sería estupendo.

Holden rebusca en el armario y se acerca con unos pantalones deportivos y un polo de manga larga.

—Te diría que te llevases mi abrigo, pero el olor podría matarte.

—Solo son un par de calles, con esto bastará.

Saca una bola de tela blanca del bolsillo.

—Y esto.

—Calcetines secos, madre mía. Gracias. Todavía tengo los pies fríos. Supongo que no tendrás unas deportivas que puedan servirme.

—¿Qué talla tienes?

—Un treinta y nueve, pero si son grandes no me importa. Solo las necesito para caminar hasta casa.

—Creo que mi madre tiene más o menos esa talla. Espera.

—Desaparece y regresa un par de minutos más tarde con unas deportivas rosas y negras—. Tiene un cuarenta y no le importará que te preste estas. Vístete y yo meteré tu ropa en una bolsa de plástico.

Cierra la puerta al salir y me cambio rápidamente intentando no hacer mucho caso al hecho de que el polo huele a él. Los pantalones son demasiado largos y tengo que darle un par de vueltas a la cintura para que los bajos no arrastren por el suelo. Los calcetines son más grandes y más gruesos que cualquier calcetín que me haya puesto nunca, pero me sientan estupendamente en los pies y las piernas.

Me doy un momento para mirar mi reflejo en el espejo de la cómoda. Tengo la cara rosa. No sé si es por haber estado tan helada antes o por el calor de la manta. El pelo es un lío de nudos. Paso unos treinta segundos intentando peinarlo con los dedos, pero desisto. Me lo estrujo para eliminar el exceso de agua y lo dejo suelto.

Salgo de la habitación, esperando en parte encontrar a Holden merodeando en el pasillo, pero está en el salón.

—Antes de que se me olvide. —Me entrega una bolsa de plástico con el teléfono, la batería y unos quince paquetes de gel de sílice, de los que vienen con las vitaminas y los frascos de ibuprofeno.

—¡Mi teléfono! ¿Cómo lo has encontrado?

—Lo vi cuando te metiste en el Pot Hole. No sé si volverá a funcionar, pero dale unas horas, después ponle la batería e intenta encenderlo.

Sacudo la bolsa.

—¿Gel de sílice?

—Síp, las empresas lo usan para absorber la humedad. Con los móviles, es como el arroz, pero mejor. Y sin ensuciarlo. Siempre guardo los paquetes porque los uso para evitar que algunas de mis herramientas se oxiden durante la temporada de lluvias.

—Gracias. Supongo que si no funciona estaré un tiempo sin teléfono.

—¿Quieres que te lleve a la comisaría?

—¿Lo harías?

—Claro. De todos modos, querrán que declare cuando tú les cuentes la verdad. A lo mejor llaman por radio a mi madre y le piden que vaya para que pueda tomarme declaración.

Asiento. Es tan desalentador pensar que culpen a Holden por el incendio como lo es pensar en mi madre y en mí. Pero después de ver a Julia tan próxima a la muerte el otro día, empiezo a ver las cosas claras. Estoy preparada para hacer lo que haga falta para asegurarme de que nadie más resulte herido. Solo espero que no sea demasiado tarde.

Unos minutos más tarde, me subo a la parte de atrás de la moto de Holden y nos dirigimos a Tillamook. El trayecto me recuerda a cuando fuimos a Lincoln City a por el plan B: dos personas que habían arruinado las cosas a lo grande y que solo querían que todo volviera a ser como siempre.

Holden deja la moto en el aparcamiento que hay detrás de la comisaría. Desmonto y me quito el casco. Encima de mi cabeza, las nubes se arremolinan. Varios copos de nieve revolotean bajo las luces fluorescentes del aparcamiento.

—No recuerdo la última vez que nevó —señala Holden. Coloca los dos cascos en uno de los manillares.

Normalmente, la nieve me parece algo mágico, pero ahora mismo estoy exhausta, física y mentalmente. Bostezo.

—Yo no recuerdo la última vez que estuve despierta tan temprano.

—¿Estás preparada para hacer esto? —Holden me estudia con sus ojos azules oscuros.

—Nop —respondo—. Pero estoy preparada para que esto termine.

—Entiendo. —Me toma las manos y las aprieta con suavidad. Se acerca y posa sus labios sobre los míos—. Pase lo que pase, estamos en esto juntos.

—Juntos —repito.

Atravesamos el aparcamiento tomados de las manos y entramos en la cálida comisaría. Nos acercamos al mostrador, donde Holden le pregunta al sargento que está allí si está su madre.

—La agente Hassler está de patrulla ahora mismo —responde el sargento—. Regresará a la comisaría sobre las seis a menos que se retrase con algún asunto.

Solo queda una hora, pero me parece toda una vida.

—Esto no puede esperar —observo—. Queremos hacer una declaración.

El sargento nos mira a Holden y a mí alternativamente.

—¿Una declaración sobre qué?

Tomo aire.

—Alguien me ha estado chantajeando. Creo que puede haber intentado matar a una de mis amigas.

Los ojos del sargento se agrandan levemente. Me indica un asiento y me dice que un agente llamado McKenna saldrá para tomarme declaración en unos minutos. Sé quién es el hombre del que habla porque el agente McKenna paró a Julia en una ocasión por ir a ochenta kilómetros por hora en una carretera de cincuenta cuando yo iba con ella: mi amiga consiguió librarse de la multa flirteando con él.

Me siento en una silla de plástico dura justo al lado de la puerta de la comisaría. Holden se pasea por la zona con las manos metidas en los bolsillos. El agente McKenna sale al recibidor unos diez minutos después con una laptop bajo el brazo. Ha engordado unos kilos y se ha dejado bigote desde que paró a Julia el año pasado, y ahora se parece al tipo con sobrepeso de *Superpoli de centro comercial*. Me contengo para no hacer una mueca cuando me da un apretón de manos firme, pero sudado.

—Señorita Woods, ¿no? —pregunta—. Sígame, por favor.

—Embry está bien. Y Holden también viene conmigo. Él también está involucrado.

McKenna asiente.

—Hola, Holden. Vamos adentro.

Seguimos al agente por una zona abierta con varias mesas que da a un pasillo estrecho en la parte trasera de la comisaría. Abre la puerta de una pequeña sala con una mesa y cuatro sillas. Aún no he decidido dónde voy a sentarme cuando otro policía asoma la cabeza por la puerta.

—Siento interrumpir —dice—, pero ¿eres Embry Woods?

—Sí.

—¿Tu madre es Claire Woods?

—Sí, ¿por qué? —Me tiembla la voz. A mi lado, Holden coloca una mano en la parte baja de mi espalda.

El agente mira a Holden.

—No quiero alarmarte, pero necesito que vengas conmigo.

—Demasiado tarde. Dígame qué pasa, Holden también puede escucharlo.

—¿Qué pasa, Hutchens? —pregunta McKenna—. Iba a tomarle declaración.

—Claire Woods está en el hospital de Tillamook. Ha recibido un disparo.

Se me nubla la vista. El agente Hutchens extiende el brazo y me sujeta cuando empiezo a tambalearme.

—Tranquila. Respira. —Sigue hablando, pero no entiendo lo que está diciendo. Las palabras son amables y reconfortantes, pero se desordenan en mi cerebro.

—¿Está viva? —pregunto. *Por favor, por favor, por favor.*

—Sí. Según el informante, la propietaria de la tienda Compra Mucho había salido a correr temprano y encontró a tu madre sangrando a un lado de la carretera. Reaccionó cuando llegaron los médicos. Eso es todo lo que sé. Puedo llevarte al hospital en mi coche.

Asiento rápidamente.

—Gracias.

—Te veo allí —me dice Holden, tomándome de la mano—. Estoy aquí para lo que sea, ¿de acuerdo?

—Sí. —Le doy un apretón en los dedos. Se me cae una lágrima y me acaricia la curva de la mejilla de camino al suelo. Me limpio los restos. Sigo al agente Hutchens hasta su coche patrulla. Fuera, ha empezado a nevar, pero no siento los copos. No siento el aire frío. Lo único que siento es el latido de mi corazón, la presión en el pecho, como si fuera un tambor, cuando vuelvo a imaginar cómo sería mi vida sin mi madre.

Hutchens abre la puerta del acompañante para que entre. En otras circunstancias, el interior de un coche policial me parecería interesante, pero ahora todo es un borrón. Busco a tientas el cinturón de seguridad y me lo pongo con manos temblorosas.

Hutchens enciende la calefacción al arrancar. Cuando llegamos al borde del aparcamiento, acciona la sirena y sale a la carretera que conduce al hospital. Toma las curvas casi tan rápido como Julia con su coche. Tengo un millón de preguntas, pero Hutchens no me va a oír con la sirena puesta y, de todos modos, la voz se me ha quedado atascada en el fondo de la garganta. Me cuesta respirar. No dejo de imaginar a mi madre sangrando en la carretera. Miro el reloj del tablero, son las 05:38 a. m. ¿Qué hacía en la calle tan temprano? Recuerdo vagamente que mencionó algo sobre ir temprano al trabajo para terminar los pedidos de galletas.

Me vuelvo hacia la ventanilla y parpadeo para que las lágrimas no caigan. Aprieto las manos formando dos puños y me clavo las uñas en la piel. Mientras los copos de nieve impactan contra el cristal, mi miedo se transforma en algo parecido a la rabia.

Desconocido ha cruzado la línea.

Cuando llegamos a urgencias, una enfermera nos informa de que aún están evaluando a mi madre y que no podré verla hasta dentro de unos minutos. Me vuelvo hacia Hutchens.

—¿Sabe qué ha pasado? ¿Tienen alguna idea de quién le ha disparado?

—Mi compañera tomó declaración a la señorita Morales, la propietaria del Compra Mucho, pero aún no he hablado con ella. Yo interrogaré a tu madre cuando pueda responder a algunas preguntas.

Si es capaz de responderlas, quiere decir.

Se abren las puertas de la sala de espera de urgencias y entra Holden con el pelo oscuro salpicado de nieve. Corre hasta donde yo me encuentro.

—¿Alguna noticia?

—Aún no.

Los tres nos sentamos juntos en la sala de espera. Me arde el teléfono en el bolso. Me dan ganas de empuñarlo y enviar un millón de mensajes feroces a Desconocido. Hacer daño a mi madre después de todo por lo que está pasando. ¿Qué tipo de monstruo hace algo así? Pero entonces me acuerdo de que el teléfono está en una bolsa de plástico llena de gel de sílice. No se ha podido secar todavía.

Así pues, reprimo la rabia y el miedo y me quedo mirando el televisor pequeño de pantalla plana que hay en una pared. Hay puesto un canal de noticias en el que aparecen los titulares internacionales. Las noticias más importantes son tragedias: un escape nuclear en Japón, un terremoto en Italia, un coche bomba en Siria. Yo no quiero saber nada de esto. ¿Cómo puede seguir funcionando el mundo con tanto dolor y tragedia en todas partes?

Miro a Holden, que tiene la vista fija en la televisión. Puede que nos parezcamos en muchos sentidos, pero también somos distintos. Holden nunca se esconde de la verdad. Él asimila la violencia sin decir nada, con la mandíbula tensa mientras el presentador de las noticias hace un recuento de los heridos.

Hutchens golpetea con uno de los zapatos negros en el suelo del hospital. Hojea una revista de naturaleza y luego un folleto titulado «Tú y tu azúcar en sangre». Se levanta del asiento.

—Voy a ver si me entero de algo.

—Voy con usted —decido. Intento olvidarme de la imagen de una preciosa iglesia gótica desmoronándose con el terremoto de Italia.

Enseguida nos repele la recepcionista: nos dice que en cuanto terminen la evaluación inicial de mi madre, un enfermero o un médico saldrá para informarnos.

—Intenta no preocuparte —sugiere—. Si no estuviera estable, ya habría salido alguien a decirnos algo.

—Qué tranquilizador. —Suspiro.

—Ánimo. —Hutchens vuelve a los asientos y se detiene un momento para mirar un par de peces de colores que nadan en una pecera de cristal.

—No tiene que quedarse con nosotros —le digo—. Le agradezco que me haya traído, pero Holden puede llevarme a casa. Puede irse a hacer lo que tenga que hacer, si quiere.

—Tengo que esperar y tomar declaración a tu madre, pero no he comido mucho en este turno, así que creo que voy a acercarme a comprobar si la cafetería está abierta.

—Tómese su tiempo.

—¿Quieres que te traiga algo?

Sacudo la cabeza con movimientos bruscos. No sé cuándo fue la última vez que comí, pero estoy completamente llena: de miedo, de rabia, de vergüenza, de arrepentimiento. No hay espacio para nada más ahora mismo.

Cuando Hutchens desaparece, doy una vuelta por la sala de espera. Hay otras cinco personas aparte de Holden y de mí. Tres parecen pacientes: una mujer mayor con un bote de oxígeno, un hombre con la nariz roja y un paquete de pañuelos de papel, y una chica unos años mayor que yo que está tumbada de costado sobre varias sillas. Está tapada con una manta lisa blanca que probablemente sea del hospital. Recuerdo que los enfermeros taparon a mi madre con esas mantas después de la operación.

Miro una selección de revistas, pero no hay nada que pueda interesar a nadie menor de treinta años. Acabo sentándome delante de la pecera, observando las burbujas del filtro, que remueven la arena del fondo y flotan alrededor de un castillo de cerámica.

Holden se acerca y se sienta a mi lado.

—Es muy bonita —señala—. Y creo que son peces de agua salada.

—Sí. —No estoy segura de por qué lo sé, pero lo sé.

—¿Embry Woods? —pregunta una voz aguda.

Me levanto de la silla.

—Sí, soy yo.

De pie en la puerta que conecta la sala de espera a urgencias hay una mujer con un uniforme de cirugía verde oscuro y una placa con un nombre enganchada en el bolsillo del pecho. Me hace una señal para que me acerque.

—Ven, cielo —me pide. Se mete un bolígrafo en el recogido de pelo gris—. Soy Margaret, la enfermera de tu madre.

—Te espero aquí —me indica Holden—. Para que estés a solas con tu madre.

—Gracias. —Le dedico una sonrisa de agradecimiento.

Margaret presiona una placa que hay en la pared y las puertas de madera que dan al departamento de urgencias se abren. La sigo adentro.

—¿Se va a poner bien mi madre? Aquí tienen todos los informes sobre su tratamiento para el cáncer, ¿no?

—Sí, está todo en la computadora —responde.

—¿Está despierta? ¿Cómo se encuentra? La policía no me ha contado siquiera dónde le han disparado.

—Recibió un disparo y la bala le atravesó limpiamente la pierna. Sinceramente, fue más un rasguño que un impacto de verdad. Mucha sangre, pero ningún daño en los músculos ni otras estructuras.

—Eso es bueno, ¿no?

—Sí, significa que no va a necesitar cirugía. Puede que ni siquiera tenga que pasar la noche aquí, pero creo que los médicos quieren dejarla en observación para vigilar la hemorragia debido a algunos de los medicamentos que está tomando. —Abre una puerta en la que se lee TRAUMA. Hay tres camas dentro. Dos de ellas están vacías y mi madre se encuentra en la más cercana a la pared.

Empieza a temblarme el labio inferior cuando veo que está sentada. Aparte de tener aspecto de cansada, parece estar bien; está leyendo el mismo folleto sobre la sangre que estaba ojeando Hutchens en la sala de espera. Tiene la pierna derecha vendada desde la rodilla hasta la mitad de la espinilla.

—Le he traído visita, señorita Woods —informa Margaret—. Estaré en el puesto de enfermería, presione el botón de llamada si me necesita.

—¡Embry! —El rostro de mi madre se derrite con una sonrisa. Deja el folleto en la cama—. No, no llores, cielo. Estoy bien.

Intento reprimir un sollozo, pero es demasiado tarde. Las lágrimas caen de mis ojos. Me acerco corriendo a la cama y ella aparta la manta para que pueda sentarme a su lado.

—Estaba muy preocupada —musito.

—Lo siento, cariño. Se me acabó la batería y no me dejaron un teléfono hasta que no terminaron de mirarme la pierna. Intenté llamarte, pero me saltó directamente el contestador. ¿Tú también te has quedado sin batería?

—Se me ha mojado el teléfono. Es una larga historia, pero creo que volverá a funcionar. ¿Y tú cómo estás? ¿Viste quién te disparó?

Niega con la cabeza.

—No sé ni siquiera de qué dirección venía la bala. Fue muy extraño. Sentí el dolor en la pierna antes incluso de oír el disparo. Al principio no conecté los dos sucesos. El ruido procedía de la playa y el viento lo silenció un poco. Pensé que a lo mejor había encallado un barco. Después me di cuenta de que estaba sangrando. No pude llamar a nadie porque el teléfono estaba apagado, así que estaba intentando volver a casa cuando me desmayé. Y entonces Lourdes me encontró.

Le rodeo el cuello con los brazos y apoyo la frente en su hombro. Las lágrimas siguen cayendo de mis ojos.

—Dios, estaba muy asustada. Pensaba que iba a perderte. —Levanto la cabeza y me limpio la cara con una mano, pero es inútil, las lágrimas siguen mojándola.

—Estoy bien, Emb —me asegura—. De verdad. Los médicos dicen que saldré de aquí a tiempo para ver cómo te homenajean en la fiesta de esta noche. Ya sabes, vas a ser la primera de nuestra familia en recibir un premio Rocky.

—Mamá, ¿de verdad tengo que ir? Premiarme por ser tan estúpida para entrar en un edificio en llamas sería un ejemplo terrible para los niños.

Mi madre chasquea la lengua.

—Qué mal se te da aceptar cumplidos. Lo has heredado de mí, por si te lo estabas preguntando. A tu padre le encantaba que lo alabaran.

Sus palabras me recuerdan un miedo diferente que últimamente me ha estado asediando desde un rincón en mi cabeza, desde que recibí la tarjeta de Navidad con el dinero.

—Hablando de mi padre —empiezo con cautela—. Sé sincera, ¿por qué me has estado presionando para que hable con él después de todos estos años?

—Porque es tu padre y está mostrando un interés real en conocerte.

—¿Ahora? ¿Cuando tengo casi dieciocho años?

—Bueno, renunció por escrito a sus derechos. Probablemente piense que ahora puede acercarse a ti sin preocuparse por cómo responderé yo.

—Menudo héroe. —Resoplo—. ¿Y si no te creo? ¿Y si pienso que te preocupa que regrese el cáncer? Estás animándome a hablar con él para que no me quede sola si te pasa algo, ¿verdad?

Mi madre suaviza el semblante. Me toma de la mano.

—Te mentiría si te dijera que no se me ha pasado por la cabeza.

—Pues deberías haberme dicho eso. —Resoplo—. Deja de ocultarme cosas para intentar protegerme. Te aseguro que eso solo lo empeora.

—Tienes razón —admite—. Hasta ahora todos los exámenes han salido bien, pero mi oncólogo fue muy realista al hablarme de las posibilidades de que el cáncer se extienda o de contraer un cáncer distinto algún día. Me siento bien, esperanzada incluso, pero mi preocupación número uno es asegurarme de que, pase lo que pase, tú estés bien.

—Qué curioso. —Aspiro aire por la nariz.

—¿Qué es curioso?

—Mi preocupación número uno es que *tú estés bien*.

—No es trabajo tuyo cuidar de mí —replica con tono firme.

—Tengo una opinión distinta.

Mi madre me envuelve en un abrazo.

—No quería ocultarte nada, es solo que no deseaba preocuparte. Y, siendo justa con tu padre, se ha puesto en contacto conmigo varias veces y me ha preguntado si creía que estarías dispuesta a encontrarte con él. Y también me pidió permiso antes de enviarte la tarjeta y el dinero.

—Bien, pensaré lo de hablar con él. Y yo también tengo que ser sincera contigo. También te he guardado secretos y tengo miedo… —Se me rompe la voz—. Tengo miedo de que uno de ellos pueda ser la razón por la que te han disparado.

—¿Qué? Embry, esto no es culpa tuya. Probablemente fuera una bala perdida de unos chicos estúpidos que estaban intentando disparar a las gaviotas o algo por el estilo.

Niego con la cabeza. Estoy llorando otra vez. El peso de todo me está aplastando.

—Siento no habértelo contado, pero me han estado chantajeando. Los mensajes amenazaban con hacer daño a alguien a quien quiero, así que pensaba ir a la comisaría anoche, pero entonces las cosas se complicaron y no pude ir hasta esta mañana. Y luego me enteré de que estabas aquí.

—¿Chantajeándote? —pregunta—. Cielo, ¿de qué estás hablando?

Antes de que me dé tiempo a responder, llaman a la puerta y el agente Hutchens entra.

—¿Señora Woods? —pregunta.

—Señorita Woods —corrige mi madre.

La miro a ella y al agente de policía, al mismo tiempo frustrada y aliviada por la interrupción. Me limpio rápidamente los ojos.

Hutchens acerca una silla a la cama y se sienta para estar al mismo nivel que mi madre. Carraspea.

—Soy el agente Alan Hutchens, del departamento del *sheriff* del condado de Tillamook. Me han asignado su caso. Tenemos a un equipo peinando la playa en busca de alguna prueba del arma o de la persona que le ha disparado, pero nos gustaría que declarara cualquier cosa que haya podido ver.

—Por supuesto —responde mi madre—. Aunque no sé si voy a resultarles de utilidad. No vi mucho.

Hutchens asiente.

—Hablaremos con todo aquel que viva o trabaje en esa zona para preguntarles si vieron algo.

—Me voy para que habléis. —Contengo un bostezo—. Voy a buscar una taza de café.

—De acuerdo —afirma mi madre—. Probablemente solo tardemos unos minutos.

Regreso a la sala de espera justo cuando Holden vuelve de la cafetería con un café en cada mano.

—He pensado que necesitabas un poco de energía. —Me tiende un vaso de cartón con un par de sobrecitos de azúcar y leche sobre la tapa.

—Gracias. Me has leído la mente.

—Bueno, sé que no has dormido mucho —replica bostezando. Él ha dormido todavía menos que yo.

Me siento en la misma silla de antes y echo el azúcar y la leche al café. Muevo el vaso adelante y atrás un par de veces para que se mezcle todo. Le doy un sorbo vacilante a la espera de comprobar cómo me sienta el café con todas las emociones que se entremezclan en mi interior. Mi estómago vuelve a parecer una secadora sacudiendo zapatos y ropa en su interior y lo último que quiero es vomitar en medio de la sala de espera de urgencias.

—¿Cómo está tu madre? —Holden le da un sorbo a su café.

—Bien. La bala le atravesó la pierna, así que no necesita cirugía. La enfermera me ha dicho que ha sido más bien un rasguño.

—Qué alivio. ¿Vio algo?

—No, apenas se veía nada por la hora y cree que el disparo vino de la playa. Ya sabes lo oscuro que está todo allí. El agente Hutchens le está tomando declaración.

El teléfono de Holden vibra en su bolsillo. Lo toma y mira la pantalla. Le da con el dedo.

—¿Sí? —Se queda un instante callado—. Ya veo. Estupendo. ¿Sabe cuándo? —Se levanta y se pasea por la sala—. Me alegro de que esto termine pronto. Gracias por informarme. —Cuelga y se vuelve hacia mí—. Era la detective Alina Reyes, del departamento del *sheriff* del condado de Tillamook.

—¿Y?

—Parece que el laboratorio de informática tiene una cámara en la parte delantera de la sala que podría ofrecernos una imagen clara de la persona que envió el correo. Están trabajando para conseguir las imágenes de seguridad ahora mismo. Cuando las consigan, me llamarán para que vaya y las vea, para ver si reconozco a alguien. —Se agacha y me toma las manos—. Embry, esto casi ha terminado. Cuando tengan esos vídeos, podremos identificar a Desconocido.

—¡Qué bien, Holden! Estamos muy cerca. ¿Cuánto tardará la policía en conseguir las imágenes de seguridad? —pregunto.

—Me ha dicho que a lo largo del día de hoy. O, como muy tarde, el día después de Navidad.

—Espero que sea hoy. —Me acomodo en la silla y exhalo un suspiro de alivio—. Necesito que esto termine ya. Quiero que encierren a ese psicópata donde no pueda hacer daño a nadie.

—¿Significa eso que quieres esperar a que la policía consiga las imágenes para hablar con ellos? —Se sienta a mi lado de nuevo.

—Tal vez deberíamos. —Bajo la voz—. Pero sigo queriendo contar la verdad. Desconocido ha hecho cosas horribles, pero no ha provocado el incendio. Necesito aceptar mi responsabilidad.

Holden asiente.

—*Los dos* tenemos que aceptarla.

Cuando el agente Hutchens termina de hablar con mi madre, me levanto del asiento y me dirijo a la puerta de urgencias. Siempre y cuando la enfermera esté fuera de la habitación, pretendo retomar la conversación por donde la habíamos dejado. A lo mejor hay alguna cláusula en la ley que protege el negocio de una persona cuando está en mitad de un proceso. A lo mejor podemos declararnos en bancarrota y no perder la casa. No sé mucho sobre leyes y no sé si eso es posible, pero lo que sí sé es que debería haberle contado la verdad a mi madre desde el principio.

No obstante, cuando vuelvo a la habitación, la veo tendida de lado, cerrando los ojos y bostezando.

—Creo que me han dado unos medicamentos bastante fuertes —murmura.

Maldita sea. Parece que el mundo entero conspira en contra de que haga lo correcto.

—¿Quieres que te deje descansar? —pregunto—. Supongo que podemos hablar más tarde.

—¿No te importa? Se me ha olvidado de qué estábamos hablando, pero me parece que era importante. —Frunce el ceño.

Suspiro por dentro. No sé si es por el cansancio o los analgésicos que le han dado, pero no está en condiciones de mantener una conversación seria.

—No era gran cosa, te dejaré dormir.

—Deberías ir a casa y dormir tú también.

—No quiero dejarte sola. A lo mejor puedo echarme un rato en la sala de espera.

—Alguien tiene que cuidar de Betsy —indica—. Estaré bien aquí. Puedes venir a recogerme después o mañana. Necesito que llames a varias personas que hicieron pedidos de galletas de Navidad y les informes que no voy a poder tenerlos listos. No me ha dado tiempo a acabar algunos de los de última hora.

Por mucho que no desee irme del lado de mi madre, tampoco quiero quedarme sin ninguno de los clientes del restaurante. No podemos permitírnoslo.

—Yo puedo acabar los pedidos. Creo que Matt y Kendra están trabajando hoy y probablemente no haya mucha gente, solo las

personas que vayan a recoger las galletas, así que puedo ir y tener-
las listas en unas horas.

—Eres mi salvavidas. —Vuelve a bostezar.

Asiento, a pesar de que no es verdad.

—Más me vale ir a sacar a Betsy, como bien dices. —Al menos
salvaré nuestra moqueta.

—Te llamaré cuando me vayan a dar el alta. —Apoya la espalda
en la almohada—. Lo siento, pero de pronto mis párpados parecen
yunques.

—No pasa nada. Descansa. —Me dirijo a la puerta y me detengo un instante para darme la vuelta—. Te quiero, mamá.

Pero ya está dormida.

Holden me lleva a casa en moto y me acompaña dentro. Sigo
agotada por casi haberme ahogado y por la hipotermia, y ni siquiera
sé cómo él puede seguir en pie cuando no ha dormido.

Dejo que Betsy salga y los dos nos quedamos en la cocina, mirándola por la ventana trasera.

—Vamos —dice Holden cuando la perra entra—. A descansar.
—Me empuja hasta mi habitación.

Niego con la cabeza.

—Tengo que ir al restaurante. Le he dicho a mi madre que me
voy a encargar de algunos pedidos de galletas de última hora.

—Bueno, pero aún no ha abierto. Tienes un par de horas para
dormir. Te despertaré a las diez.

—De acuerdo. —Tengo la piel de la cara tirante por el mar y el
pelo recogido en un moño húmedo. Debería ducharme e intentar
desenredarlo, pero estoy demasiado cansada.

Sigo a Holden a mi habitación y me tumbo en la cama. Él se
mete bajo las sábanas, a mi lado. Apoyo la cabeza en su pecho y le
rodeo la cintura estrecha con un brazo. Él me acaricia suavemente

la espalda, con los dedos por debajo de la camiseta para tocarme la piel desnuda.

Aunque estoy exhausta, noto una oleada de placer por sus caricias. Me parece mal sentirme tan bien ahora mismo, pero, al mismo tiempo, me vendría estupendamente un descanso de la realidad. A lo mejor no puedo arreglar las cosas, pero sí puedo escapar de ellas, al menos durante un rato. Me junto mucho a Holden y él sigue explorando mi piel con los dedos.

Con una mano, me levanta la barbilla para que nos miremos. Sus ojos son como el océano durante una tormenta. Le acaricio con los dedos los huesos de la cara. Él me acaricia los labios con los suyos. Suavidad. Calor. La mañana infernal empieza a desvanecerse cuando la boca de Holden vuelve a encontrarse con la mía.

Me arqueo contra su cuerpo y vuelvo la cabeza para dejar al descubierto el cuello. Deseo esto, lo deseo a él, y mucho. Pero entonces veo la mesita de noche, el álbum de fotos que me regaló Julia. Me pongo tensa. ¿Cómo puedo hacer esto cuando tanta gente ha resultado herida? ¿Cómo puedo siquiera pensar en hacer esto? No está bien.

—¿Qué pasa? —me murmura Holden al oído—. ¿Qué es?

—¿Alguna vez te preguntas si somos malos el uno para el otro?

—¿Por qué? ¿Porque el sexo entre los dos hizo arder literalmente un edificio? Fue un accidente, Embry. ¿Cuándo vas a dejar de culparte?

—No fue solo un accidente. Entramos en una propiedad privada. Bebimos alcohol de forma ilegal. Podríamos ir a la cárcel.

—Sí, pero nada de eso afecta a cómo nos sentimos el uno con el otro. Nada ha cambiado, excepto que ahora sí podemos estar juntos. Ahora por fin puedo decirte que te quie...

—Para. —Me aparto de su lado. Me tiembla todo el cuerpo—. ¿Cómo puedes decir que no ha cambiado nada? Casi matamos a una persona. Te están investigando por pornografía infantil. Un acosador trastornado está amenazando a la gente que quiero. Podrías haber resultado herido de gravedad cuando volvimos al Sea Cliff. Mi madre está en el hospital. —Me siento en la cama—. Y nada de eso habría sucedido si nos hubiéramos mantenido alejados el uno del otro.

Holden se pasa las manos por el pelo.

—Evitar los riesgos y alejarte de la gente no es la respuesta. ¿Has entendido eso ya?

Me estremezco. Puede que tenga razón. A lo mejor no lo estoy apartando de mi lado porque sea malo para mí. Tal vez estoy haciéndolo porque me da miedo lo que pueda pasar si se queda. Casi me dice algo que lo habría cambiado todo. Sigo sin comprender si lo que siento por él es amor, pero escucharlo a él admitirlo no me va a ayudar. Solo añadirá más presión.

—No sé si puedo soportar más riesgos en este momento —suelto.

—De acuerdo —responde en voz baja—. Entonces, ¿quieres que me vaya?

—No, pero no puedo dejarme llevar contigo mientras Desconocido sigue ahí fuera.

—Me parece bien.

—Me preocupa que, si Desconocido descubre que mi madre está bien, vaya a por otra persona.

—Tu madre está ahora mismo protegida y Julia probablemente esté con sus padres. Por mi parte, puedo arreglármelas si ese idiota viene a buscarme. Pero supongo que Luke ya está en el pueblo, ¿no? ¿Le has contado algo de esto?

—¿Qué? —Me incorporo. Escuchar el nombre de Luke de los labios de Holden me corta como un cuchillo. Aún no he recibido respuesta a mi correo electrónico de ruptura—. Por lo que yo sé, sigue en Afganistán, ¿por qué dices que está en el pueblo?

—Estoy bastante seguro de que vi su coche cuando estaba trabajando en la gasolinera ayer.

—¿Y no lo mencionas hasta *ahora*? —Luke conduce un Mitsubishi rojo descapotable con unos neumáticos enormes y una placa que dice ORILEY4. No entiendo mucho de coches, pero incluso yo lo reconocería, por lo que si Holden asegura que lo ha visto, probablemente sea así.

Se encoge de hombros.

—Estaba preocupado por si nos arrestaban. Y luego se me olvidó cuando estuvimos a punto de ahogarnos y después supimos que habían disparado a tu madre.

—¡Maldición, Holden! —chillo—. Si está aquí, tengo que avisarle. Puede que sea la próxima víctima de Desconocido. —Busco la bolsa de plástico con el gel de sílice en el bolso. Pongo la batería en el móvil y la pantalla se ilumina. Envío un mensaje rápido a Luke.

Yo: Hola. Si estás en Three Rocks, llámame, por favor. Es importante. Puede que estés en peligro.

Me quedo mirando la pantalla unos treinta segundos y luego dejo el teléfono en la mesita de noche.

—Si Luke está de verdad aquí, ¿por qué no me ha llamado ya?

—¿No rompiste con él por correo electrónico?

—Sí, pero era una carta buena. Honesta. De disculpa. Si la ha leído, sé que me habría llamado. Estoy casi segura…

—Puede que no conozcas a Luke tan bien como crees.

Me muerdo el labio.

—¿Qué intentas decir? ¿Que él podría ser Desconocido? ¿Qué Luke le disparó a mi madre? ¿Hizo daño a Julia? No, ni hablar.

312

Pero entonces pienso en las veces que he visto a Luke enfadarse cuando un coche le ha bloqueado el paso o deprimirse cuando uno de sus equipos deportivos ha perdido. Si descubrió que estaba acostándome con Holden antes de que le escribiera ese correo, ¿podría haber llegado hasta el punto de perseguir a gente inocente solo para hacerme daño? No me parece posible, pero sé que a veces la guerra cambia a las personas. Además, Holden me dijo que vio a Frannie comprando maría y eso tampoco me habría parecido posible.

Decido escribir también un mensaje a Frannie.

Yo: Una pregunta extraña: Luke no ha podido volver a casa, ¿no? Un amigo cree haber visto su coche en el pueblo. ¿Sigue en el extranjero?

Espero unos minutos, pero ella tampoco responde.

—Debería ir a la casa de los O'Riley para comprobar si Luke ha vuelto de verdad. Asegurarme de que está bien.

—Seguramente estén todos dormidos —indica Holden—. Como deberías estarlo tú. Luke es un tipo duro, puede cuidarse solo. Vamos a descansar un par de horas. Tal vez cuando nos despertemos, tengas una respuesta. Puede que la policía también haya conseguido las imágenes de seguridad.

—Supongo que tienes razón. Pero es imposible que Luke sea Desconocido. Él nunca me haría daño de esa forma. Nunca.

No sé a quién intento convencer, si a Holden o a mí misma.

Fiel a su palabra, Holden me despierta a las diez en punto. Lo primero que hago es mirar el teléfono. Sigo sin tener respuesta de Luke o de Frannie. Llamo a mi madre para comprobar cómo está, pero no contesta. Llamo al puesto de enfermería y la enfermera me informa que está durmiendo, pero que está bien.

Me dirijo al restaurante y paso por la zona donde dispararon a mi madre. La policía no ha querido cortar el tráfico en Main Street, pero han colocado una cinta de seguridad por todo el arcén de la carretera y varios metros de hierba. Me pregunto si habrán encontrado alguna prueba, si tendrán alguna idea de quién puede ser la persona que le disparó. Con suerte, cuando tengan las imágenes de las cámaras del centro de estudios superiores, todo encajará.

Matt y Kendra están trabajando en el restaurante. Los dos se han enterado de que mi madre está en urgencias y me atiborran a preguntas sobre lo que ha sucedido. Les digo que está bien, pero que la policía aún no tiene mucha información. Después me pongo manos a la obra, a hornear, glasear y empaquetar el resto de los pedidos de galletas.

Sobre el mediodía, Matt me pregunta si puedo cubrirlo unos minutos para que se pueda fumar un cigarrillo.

—Claro —respondo.

Aún me siento un poco mal por haber sido tan grosera con él la última vez que me pidió una cita. Va por su abrigo y sale por la puerta trasera a la zona de reparto donde él y otros trabajadores suelen salir a fumar. Cuando la puerta se está cerrando, veo que hay una chica esperándolo. *Bien*, pienso. Pero entonces se vuelve y le veo el rostro. Es Julia.

El corazón se me acelera en el pecho. ¿Qué hace Julia con Matt?

Kendra me comunica que hay pedido de dos Raymond Carver y rápidamente tomo pan de masa fermentada y le pongo encima carne asada, queso suizo y mostaza especiada. Dejo los sándwiches en la plancha para que se tuesten. A continuación, me dirijo a la parte de atrás del restaurante y pego la oreja a la puerta. Pero es una puerta de metal y no oigo nada. Entro en el almacén y me subo a una pequeña banqueta para mirar por la ventana que hay cerca del techo. El cristal es delgado y oigo partes de la conversación. Parece que están discutiendo.

—Me dijiste que lo tendrías para esta noche —se queja ella.

—Te dije que a lo mejor. No pagaste el envío rápido.

Julia abre el bolso y saca un pequeño fajo de billetes.

—Toma.

Matt se guarda el dinero.

—Lo intentaré, pero esto no es Amazon. —Arroja la colilla al asfalto y la pisotea con la bota. Se vuelve hacia la puerta del restaurante.

Me bajo de la banqueta y vuelvo a la cocina para terminar los sándwiches Raymond Carver y luego añado pepinillos como guarnición. Se los paso a Kendra por la ventanilla, que me mira extrañada.

—¿Estás quemando galletas? —pregunta.

—Mierda. —Se me había olvidado por completo que había metido dos bandejas de galletas en el horno antes de que Matt saliera a fumarse un cigarro. Abro el horno y el olor a galletas quemadas inunda la cocina.

—Qué asco. —Matt se acerca a la zona de preparación apestando a tabaco—. ¿No puedes hacer dos cosas al mismo tiempo sin fastidiarla con una?

Hago caso omiso de su insulto, arrojo las galletas a la basura y quito la bolsa del cubo.

—Eh, ¿he visto a Julia Worthington contigo? —pregunto.

—Puede. ¿Celosa?

—Lo dudo. —Frunzo el ceño—. Me ha dado la sensación de que estaban discutiendo. ¿Qué pasa?

—Tranquila, Woods, no estoy acosando a tus amiguitas. Solo hablábamos de negocios.

—¿Qué tipo de negocios? —Le hago un nudo a la bolsa de basura.

Se aclara la garganta.

—Yo no te pregunto a ti sobre *tus* negocios, ¿o sí?

—Mantente alejado de Julia —le advierto—. Y no *hagas tus negocios* en la puerta del restaurante de mi madre. Esto es lo único que tiene. Si descubren a alguien con drogas aquí, podría meterse en problemas.

—No estoy traficando con drogas aquí.

—Me ha parecido escuchar otra cosa —replico con desdén.

—Pues has escuchado mal. Si tanto te interesa, le he vendido a tu amiga pastillas adelgazantes, pero nada ilegal. Puedes comprarlas en Internet. Solo le preocupaba que sus padres le revisaran el correo si las pedía ella misma.

Maldigo entre dientes. Julia y su obsesión con estar perfecta con su vestido de Nochevieja. Espero que no esté tomando hierbas tóxicas que haya encontrado en alguna página web turbia. ¿Puede alguien tan inteligente ser tan estúpida con ciertas cosas? Supongo que todos tenemos problemas.

—¿Y qué pasa con Frannie O'Riley? —pregunto—. Alguien me ha dicho que los vio a los dos juntos.

Matt sonríe.

—Si me está comprando algo, te aseguro que no lo hace en el restaurante.

—Es una buena niña. No deberías venderle nada.

Se encoge de hombros.

—No estoy en posición de juzgar. —Devuelve la atención a Kendra cuando esta pide dos sándwiches más. Yo voy a la parte de atrás con la bolsa de basura.

Odio pensar que Frannie pueda estar consumiendo drogas, pero conozco lo suficiente la naturaleza humana como para saber que decirle a alguien que no haga algo solo conseguirá que quiera hacerlo con más ganas. Aun así, voy a preguntarle la próxima vez que la vea. Si la descubren con drogas, podría figurar en su expediente y arruinarle el futuro.

No quiero que se sienta como me siento yo ahora, como si hubiera cometido un error que voy a pagar el resto de mi vida.

Al pensar en Frannie me acuerdo de nuevo de Luke. Holden tiene que estar equivocado en lo que respecta a su coche. No es posible que haya vuelto a casa y no me haya dicho nada. Arrojo las galletas quemadas al contenedor y miro el teléfono. Frannie me ha respondido.

Frannie: No está aquí. He tomado su coche un par de veces con mi padre. Acabo de sacarme el carné.

Tiene sentido. Le envío un mensaje rápido a Holden para decirle que probablemente viera a Frannie conduciendo el coche de

Luke y me pongo a preparar de nuevo las galletas que acabo de quemar.

Sobre la una y media, he terminado todas las galletas con el glaseado y tan solo me queda empaquetarlas.

Le digo a Matt que voy a descansar un rato y me preparo un Sally Struthers: tres tipos de queso hechos en Tillamook sobre una tostada texana recién horneada. Me observa mientras me hago el sándwich, pero no dice nada. Cuando se ha derretido el queso y la parte externa del pan está dorada, lo coloco en un plato y me echo un vaso de agua para acompañarlo. Me siento en una mesa vacía que hay delante.

Cuando termino de comer, empaqueto los últimos pedidos y llamo a los clientes para que sepan que pueden recoger las galletas. Empiezo a limpiar mientras Kendra atiende a unos cuantos clientes más y recibe a las personas que vienen a recoger sus galletas. A las tres y media, llamo a mi madre para comunicarle que han recogido todos los pedidos excepto uno.

—Eres la mejor, Emb —me dice—. Literalmente. —Y a continuación—: Los médicos dicen que el sangrado ha cesado y que puedo tomar antibióticos orales, así que puedo volver a casa cuando tengas tiempo para recogerme. ¿Has pensado en lo que te vas a poner esta noche?

—Mamá, olvídate de esa estúpida fiesta. Prefiero disfrutar de una Nochebuena tranquila a solas contigo.

—Pero le confirmé al alcalde que estarías allí. Sería una desfachatez no cumplir.

—Solo es un jubilado que interpreta gratis el papel de alcalde. No le importará.

—Vamos a ir —insiste—. Podemos escaparnos antes de la obra de teatro si quieres, pero no podemos saltarnos tu homenaje.

—La obra es la mejor parte —murmuro. Me acuerdo de cuando Frannie dijo que su madre estaba intentando reclutar a un bebé de Tillamook para representar al niño Jesús—. Está bien, te recogeré sobre las cinco y cuarto. Creo que les voy a decir a Matt y a Kendra que se vayan a casa. Esto está desierto ahora mismo. Yo me quedaré hasta que recojan el último pedido de galletas.

—Buena idea. Seguro que los dos prefieren estar en otro lugar en Nochebuena. No es necesario que se queden hasta el cierre si estás segura de que no los necesitas.

Cuelgo el teléfono y le doy la buena noticia a Matt y a Kendra.

—¿Seguro que no te importa quedarte sola? —Kendra se muerde una uña—. Mi madre no sale de la lechería hasta las seis, puedo quedarme si me necesitas.

—No pasa nada, vete a casa y disfruta de las fiestas con tu familia.

Matt y Kendra terminan rápido las últimas tareas y recogen sus cosas de la parte de atrás.

—Recuerda lo que te he dicho —murmuro cuando Matt se dirige a la puerta con las llaves del coche colgando de la mano.

—Tranquila, Woods. Es Navidad —responde—. Intenta disfrutar un poco, ¿de acuerdo? Pareces a punto de cumplir los setenta.

—Ya, claro. Cuidado al volante. —Lo último que quiero es que más personas acaben en urgencias.

—¡Felices fiestas! —Kendra me da un abrazo y sale a la calle. Las campanitas suenan cuando cierra la puerta.

Termino de limpiar la cocina, meto los platos sucios en el lavavajillas y le paso un trapo a las encimeras. La puerta vuelve a repiquetear e imagino que se trata del cliente del último pedido de galletas. Salgo y me encuentro a una pareja mayor delante del mostrador.

Los he visto por aquí antes, creo que se mudaron a principios de año a una casa que está en la calle de Julia.

—Hemos venido a recoger nuestras galletas de Navidad —indica la mujer—. Están a nombre de Kriss.

Meto la caja de galletas en una bolsa de papel con asas. El hombre pide un chocolate caliente para llevar. Mezclo la leche caliente y el chocolate negro derretido en una taza y le echo encima una cantidad generosa de crema. Me deja una propina de cinco dólares.

Cuando el hombre y su esposa salen al frío de la calle, mi teléfono vibra en el bolsillo del delantal. Lo tomo y veo que tengo un mensaje.

Desconocido: Deberías haber hecho lo que te pedí. Ha muerto alguien y es por tu culpa.

Ya te gustaría, pienso, y doy gracias en silencio por si Dios está escuchándome. Estoy a punto de guardar el teléfono en el bolso, pero me quedo a medio camino. A lo mejor si consigo que Desconocido siga hablando, se equivoca y dice algo que pueda usar para identificarlo.

Yo: Siento decepcionarte, pero Julia está bien y mi madre también. No se te da muy bien matar a la gente.
Desconocido: No estoy hablando de Julia ni de tu madre.

Antes de que pueda responder, el teléfono vuelve a vibrar. Otro mensaje. Este incluye una imagen: una foto de una placa militar manchada de sangre.

Me tiemblan tanto las manos que el teléfono cae y se estampa en el suelo. No puede ser lo que creo que es. Recojo el teléfono y amplío la imagen hasta que leo el nombre que aparece en la pequeña placa de metal: Lucas O'Riley.

—No —susurro—. No es posible. —*Es falso, es falso, tiene que ser falso.* Desconocido no ha podido encontrar a Luke. Frannie acaba de decirme que sigue en Afganistán. Está a miles de kilómetros de aquí. Sea quien sea, está confundiéndome.

Me meto en la lista de contactos y llamo a Luke. No responde. Cuelgo y pruebo con Frannie. Tampoco ella responde. Lo intento por segunda vez. *Vamos, maldita sea.* Que alguien me responda al teléfono.

Al tercer intento, Frannie contesta.

—¿Embry? —su voz suena vacilante, insegura, como si pensara, por algún motivo, que otra persona la podría estar llamando desde mi teléfono.

—Sí, soy yo. Perdona por insistir tanto, pero necesito que me digas que Luke está bien.

—Un momento. ¿Qué? Los del ejército acaban de venir a casa. ¿Cómo te has podido enterar ya? —Se le rompe la voz en mil pedazos y caigo en la cuenta de que no es que estuviera vacilante cuando pronunció mi nombre, estaba desconsolada.

—¿Que si me he enterado de qué, Fran? Está bien, ¿verdad? —pregunto con voz ronca—. A lo mejor no has hablado con él. Pero es porque está en una misión. Eso no significa nada malo, ¿no? Lo sabrías si... hubiera pasado algo.

—Embry, no quiero mentirte, pero mi madre ha dicho que no se lo contemos a nadie. En Nochebuena, no. Ha dicho que esperemos hasta después de las vacaciones, hasta que tengamos toda la información...

—¿Información sobre qué? —Prácticamente estoy gritando ahora.

—Es horrible, lo peor que podría pasar, y si no te lo cuento yo, me temo que vas a enterarte de otro modo y… —Toma aire—. Pero no quiero que te sientas como me siento yo ahora porque ni siquiera sé qué voy a hacer y…

—Más lento, Fran. Dímelo, ¿qué ha pasado?

—Se ha ido —susurra—. Luke está muerto.

Me llevo una mano al pecho.

—¿Cuándo? ¿Cómo?

Frannie inspira profundamente.

—Aún no conozco los detalles. Ahora mismo hay alguien del ejército hablando con mis padres, pero me han echado de la habitación y... —Sus palabras se desintegran en sollozos.

Se me llenan los ojos de lágrimas. Tiene que ser un error. Desconocido no ha podido encontrar a Luke al otro lado del mundo. A menos, por supuesto, que sí regresara a casa para sorprender a todo el mundo, como Holden pensaba.

—¿Estás absolutamente segura de lo que has escuchado? ¿No es posible que lo hayas malinterpretado? —Mi cerebro no puede procesar la idea de que Lucas O'Riley, el héroe del pueblo, médico del ejército, el chico que se ofreció a casarse conmigo solo para que mi madre y yo pudiéramos tener una vida más fácil, esté muerto.

—Embry, le han traído a mis padres una bandera doblada.

Trago una bocanada de bilis y me siento en una silla para evitar desmayarme. El tictac del reloj de la pared suena como si fueran truenos. El interior del restaurante se vuelve un poco borroso.

—¿Embry? ¿Estás ahí?

—Perdona, sí. Solo estoy impactada. ¿Puedo ir a tu casa? Estoy en el trabajo, pero puedo cerrar antes. De todos modos, no hay nadie.

—No lo sé. —Sorbe por la nariz—. Mi familia va a necesitar tiempo para aceptar la noticia. No estoy segura de que sea buena idea que vengas esta noche.

—Ah, de acuerdo. —Ahora también me tiemblan las piernas. Todo mi cuerpo se sacude. Cierro los ojos con fuerza y los abro de nuevo. Sigo aquí. Me muerdo el labio inferior. Nop, no es un sueño.

—Te llamaré cuando tengamos más información. Mientras tanto, por favor, no se lo cuentes a nadie. Mis padres no van a decir nada hasta después de Navidad. No quieren estropear las fiestas a nadie.

—Ya, claro. —Noto un sabor salado. Probablemente me haya mordido tan fuerte que me he hecho sangrar—. Llámame en cualquier momento, por la mañana o por la noche. Para lo que sea.

Vuelve a sorber por la nariz.

—Gracias, Embry.

—Te quiero, ¿sabes? Estaré pensando en ti.

—Sí, lo mismo digo. —Frannie cuelga y me quedo mirando la pantalla del teléfono unos minutos. Cuando Luke se unió al ejército, siempre supe que existía la posibilidad de que muriera, pero nunca creí de verdad que pasaría, y menos ahora. Cambio el cartel de la puerta del restaurante de ABIERTO a CERRADO y regreso a la silla.

Tengo el estómago revuelto y me duele el pecho. Me doblo, apoyo la cabeza en la mesa y dejo que las lágrimas caigan. Al principio son silenciosas, lágrimas de sorpresa, pero conforme transcurren los minutos, pasan de la sorpresa a la pena y a una ira ardiente y horrible. Desconocido ha hecho esto por alguna maldita razón que aún no comprendo.

Noto como si una boa constrictor me estrujara el corazón. Quiero atacar, romper algo. Alcanzo el teléfono y escribo un mensaje.

Yo: ¿Cómo has podido? Julia, mi madre ¿y ahora Luke? ¿Por qué los has atacado a ellos? Son las mejores personas que conozco.

Desconocido: Y, aun así, les has mentido a todos, ¿no?

No respondo de inmediato. Puede que, técnicamente, no haya mentido, pero sí que he ocultado la verdad.

Desconocido: Te dije que alguien tenía que morir.

Yo: Pero ¿por qué?

Desconocido: Para que entendieras que las acciones tienen consecuencias.

Yo: Pero ¿por qué Luke? ¿Cómo lo has encontrado?

Rezo por que la respuesta no sea suficiente. Frannie ha estado comportándose de una forma extraña últimamente. Si de verdad le ha estado comprando drogas a Matt, puede que esté equivocada con esto. A lo mejor todo es un horrible malentendido.

Desconocido: Puedo encontrar a cualquiera.

«Hijo de puta». Estampo el puño en la mesa. Un dolor agudo me recorre los brazos. Vuelvo a golpear la madera, una y otra vez. Me imagino quedándome aquí sentada hasta que tenga las manos ensangrentadas y la mesa sea una pila de astillas.

Desconocido: Deja de comportarte como una cría. Esto no ha acabado.

Me quedo mirando la pantalla con la boca abierta. Me levanto de la silla y abro la puerta del restaurante. La calle está vacía excepto por una pareja mayor que sale del motel que hay junto al mercado. Me dedican una mirada extraña antes de apresurarse por la acera. Me puedo imaginar el aspecto que tengo ahora mismo.

Regreso al teléfono y escribo:

Yo: ¿Puedes verme?
Desconocido: Puede. O puede que solo te conozca.
Yo: Pues es mejor que conozcas esto: esto sí ha acabado. Me niego a seguir jugando. Has ganado, por el momento. Pero la policía te encontrará.
Desconocido: Esto no es un juego. Los juegos son divertidos. ¿Crees que esto me parece divertido? Es una venganza. Tus elecciones hacen daño a la gente. Y no hemos terminado.
Yo: Vete a la mierda. Hemos acabado.
Desconocido: Acabaremos cuando yo lo diga. ¿Crees que no puedo atacar a tu madre o a tus amigos antes de que la policía me encuentre? ¿Estás dispuesta a arriesgar sus vidas?
Yo: ¿Por qué? ¿Por qué no te detienes? Luke está muerto. ¿No es suficiente?
Desconocido: Porque no has sufrido lo suficiente.

No estoy de acuerdo. Las lágrimas se precipitan por mis mejillas y no me molesto siquiera en limpiarlas. He perdido a mi mejor amiga, casi pierdo a mi madre. Luke ha muerto porque un psicópata quiere vengarse de mí y nada volverá a estar bien.

Yo: He sufrido mucho. Voy a contárselo todo a la policía. Voy a ayudarlos a encontrarte. Vas a pagar por lo que has hecho.

No contesta. Espero que sea porque empieza a darse cuenta de que está quedándose sin tiempo, de que hablo en serio y la policía va a descubrirlo.

Desconocido: ¿En serio vas a contar la verdad?
Yo: Sí. Estoy deseando hacerlo. De hecho, voy a hacerlo ya. A lo mejor le cuento la verdad a todo el pueblo esta noche en la fiesta de Nochebuena.
Desconocido: No tienes agallas.
Yo: No me conoces tan bien como piensas.
Desconocido: Puede ser. Te reto. Ve a la fiesta, plántate delante de todo el pueblo y cuéntales lo que hiciste aquella noche.
Desconocido: Si lo cuentas todo, me entregaré.
Yo: ¿Por qué ibas a hacer eso?
Desconocido: Porque yo también quiero que esto acabe.
Yo: ¿Y por qué te creería?
Desconocido: Porque hasta ahora no te he mentido, ¿no?
Yo: Me has engañado para que ponga en peligro a mi mejor amiga. Hice lo que querías e intentaste matarla de todas formas.
Desconocido: Qué frustrante, ¿verdad? La sensación de que alguien resultará herido hagas lo que hagas.

No respondo enseguida. Fue frustrante. Desconocido me ha propuesto elecciones imposibles, o al menos eso es lo que yo pensaba. Pero la verdad es que todo este tiempo ha habido una elección correcta: la de confesar todo lo que sucedió en el Sea Cliff, aceptar mi responsabilidad, contar la verdad. No quería hacer eso porque haría daño a mi madre, a Holden y a Julia, y también me haría daño a mí. Pero eso no significa que no fuera la elección correcta.

Desconocido: Nos vemos esta noche.
Yo: ¿Vas a estar allí? ¿En la fiesta?
Desconocido: No me la perdería por nada.
Yo: ¿Y te entregarás cuando yo hable?
Desconocido: Me entregaré si tú también lo haces.
Yo: Bien. Quiero mirarte a los ojos cuando la policía te detenga.

Me limpio las lágrimas de las mejillas, voy a buscar el abrigo al pasillo de atrás y cierro con llave la puerta del restaurante al salir.

Tengo que prepararme para una fiesta de Nochebuena.

Cuando llego a casa, dejo a Betsy salir para que haga sus cosas y le relleno el cuenco de la comida y el agua. Entro en mi habitación y pienso en qué debería ponerme. Elijo unos pantalones de vestir negros y un jersey gris oscuro. Me parece un conjunto apropiado para mi funeral.

Se me llenan los ojos de lágrimas cuando me acuerdo de que Luke tendrá un funeral real pronto. Me parece mal comparar la vergüenza y la humillación que voy a sufrir con la muerte cuando Luke está muerto de verdad porque no confesé antes. Sí, voy a confesar un delito y a imponer a mi familia una deuda de miles de dólares. Puede que incluso vaya a la cárcel, pero no me iré para siempre, como él. Miro varias fotos que tengo de Luke en la galería del teléfono.

«Soy una persona horrible», digo. «Merecías a alguien mejor que yo».

Cuando suelto el teléfono, veo la hora que es. Mierda, se me ha olvidado que tenía que recoger a mi madre del hospital. No puedo ni pensar en conducir en este estado. Tomo una vez más el teléfono y llamo a Holden.

—Tengo que pedirte un favor —le suelto cuando responde—. ¿Puedes ir a recoger a mi madre al hospital? Le dije que iría a las cinco y cuarto, pero no estoy en condiciones para conducir. O espera y la recoges un poco más tarde. Si puedes entretenerla y no llegar hasta un poco después de las seis, no tendrá que ver lo que voy a hacer en la fiesta de Nochebuena.

—Puedo ir a buscarla si estás segura de que no le importará venir conmigo. Pero ¿a qué te refieres con que no estás en condiciones para conducir? ¿Y qué tiene que ver la fiesta con esto?

Deseo respetar los deseos de Frannie de no compartir la noticia sobre Luke, pero es demasiado para guardarla dentro de mí.

—Luke ha muerto —digo con voz ronca.

—¿Qué? ¿A qué te...?

—Está muerto, Holden. Desconocido gana. Y ahora la única forma que tengo de acabar con esto es contar toda la verdad esta noche, delante de todo el mundo. Tengo que hacerlo. No puedo permitir que nadie más muera. Lo siento si esto te afecta a ti por el incendio y...

—A la mierda el incendio —exclama—. A la mierda el dinero. No me importa nada de eso. No pueden quitarnos lo que no tenemos. Pero ¿por qué dices que Luke está muerto? ¿Estás segura?

—Desconocido me ha mandado una foto de la placa de Luke. Se leía su nombre en el metal.

—A lo mejor lo ha hecho con Photoshop. O puede que Luke sea Desconocido.

—No, no es posible. Desconocido lo ha matado.

—Sé razonable, Embry. Dijiste que no había vuelto a casa. ¿Cómo puede un acosador de Three Rocks, Oregón, encontrar a Luke en Afganistán?

—No lo sé, pero me lo ha confirmado su propia hermana. Frannie desconoce aún los detalles, pero me ha contado que el ejército ha entregado a sus padres una bandera doblada. A lo mejor sí regresó y nadie lo sabe, o puede que Desconocido lo haya encontrado de alguna forma. No lo sé. Maldición, Holden, ¿qué tiene de *razonable* nada de lo que ha pasado esta semana? —Reprimo un sollozo—. Solo quería que supieras que le voy a contar la verdad a todo el mundo. Para que estés preparado.

—¿Estás segura de que no prefieres volver con la policía y contarle toda la historia *a ellos*?

—No, estoy harta de escoger el camino fácil. Además, Desconocido dice que si confieso delante de todo el pueblo, él también lo hará. —La voz me sale ronca—. Necesito que esto acabe, Holden.

—¿Y confías en Desconocido?

—No —respondo con tristeza—, pero tengo que hacer esto de todos modos.

—De acuerdo. Dile a tu madre que la recogeré a las cinco y media. Puedo ir en moto a Tillamook y recoger el coche de mi madre en el aparcamiento de la comisaría. Apareceré con diez minutos de retraso y haré lo que pueda para entretener a tu madre y que no lleguemos hasta al menos las seis. Y luego estaré aquí, por si necesitas hablar.

Le cuelgo y llamo a mi madre. Responde al tercer tono.

—Hola, mamá —saludo con voz alegre impostada—. Un ligero cambio de planes. Hay un par de clientes de última hora, así que me voy a retrasar un poco y le he pedido a Holden que te recoja él.

—Espero que no venga en moto —dice ella.

—No, irá en el coche de su madre. Llegará sobre las cinco y media.

—Un poco justo para la fiesta de Navidad. ¿Sigues intentando escabullirte? —me pregunta de broma.

Si tú supieras.

—No, estaré allí. Te guardaré un sitio.

Cuando cuelgo, mi vista se va de nuevo al álbum de fotos. Me gustaría hablar con Julia, recordarle que es preciosa y que no necesita tomar pastillas de Internet para perder peso. Pero creo que no tenga derecho a ponerme en contacto con ella. Tengo que darle espacio, dejar que ella acuda a mí si quiere que volvamos a ser amigas. Alcanzo el álbum y paso las páginas; nos veo con los vestidos del baile y en el encuentro de natación. Me detengo en la fotografía en la que salimos las dos en el parque nacional de Cape Azure con su padre. Hay algo en esta foto que me molesta, pero no sé qué es. La examino de izquierda a derecha, de arriba abajo, buscando cualquier cosa que pueda haber pasado por alto la primera vez que la miré. ·

Reprimo un gemido cuando llego a la parte de abajo de la foto. Julia lleva unas botas rosas y grises con unos bonitos lazos rosas enrollados alrededor de las pantorrillas. Las he visto por Internet.

Son unas botas de montaña Rendon.

Me digo a mí misma que esto no significa nada. Como dijo Katrina, mucha gente lleva esas botas de montaña. No obstante, noto un hormigueo en la nuca que me recuerda que Julia tiene la mayor de las motivaciones para ser Desconocido. La llamo por teléfono sin saber qué le voy a decir. Solo quiero oír su voz. Si me habla, sabré que no es posible que ella sea Desconocido. Lo sentiré.

Me salta el contestador. Por desgracia, no encuentro consuelo en su saludo alegre. Cuelgo sin dejar ningún mensaje. Pienso en escribirle a Holden, pero seguramente ya vaya de camino para recoger a mi madre.

«Supongo que si es ella lo descubriré pronto», murmuro, pero no puede ser. Sencillamente no puede ser. Igual que mi cerebro no se imagina un futuro sin Holden, tampoco puede comprender un presente en el que Julia haya matado a Luke solo para castigarme.

Tomo las llaves y me dirijo a la puerta.

La fiesta tiene lugar en el gimnasio del centro comunitario de Three Rocks, que han transformado en un país de las maravillas invernal, al menos por hoy. Las paredes están cubiertas de copos de nieve de papel y las puertas, adornadas con guirnaldas rojas y verdes.

Hay un escenario elevado en un extremo de la sala con una pantalla gigante detrás. La señora O'Riley la usa para proyectar fondos digitales en la obra de teatro en lugar de usar los clásicos sets pintados. El corazón se me acelera al imaginarme ahí de pie, en ese escenario, contándole a todo el mundo la verdad. La gente dice que tienes que imaginar que tienes éxito para reducir la ansiedad, pero lo único en lo que yo puedo pensar es en el silencio arrollador que seguirá a mi confesión impactante. Y luego, desprecio mucho desprecio y vergüenza, todo el pueblo grabando con sus iPhones. Debería estar aterrada, pero me siento anestesiada. A lo mejor no va tan mal como imagino. Puede que resulte liberador.

La sala ya está casi llena, a pesar de que he llegado quince minutos antes. Me siento al fondo del pasillo. Se me acercan varias personas antes de que empiece la fiesta para preguntarme por Luke o felicitarme por mi heroísmo la noche del incendio. Cada vez que alguien menciona a Luke, se me revuelve el estómago.

No están la mayoría de mis compañeros de clase, ya que Tillamook tiene su propia fiesta de Nochebuena, pero hay unos quince chicos que conozco del instituto en el público, incluido el amigo de Holden, Zak, y Katrina Jensen. No veo a Julia ni a sus padres en ninguna parte. Me pregunto si se quedará en la oscuridad, al fondo de la sala, para escuchar mi confesión antes de ofrecer la suya. Sigo sin creerme que Desconocido pueda ser ella. Si me odiase tanto como para intentar matar a mi madre, como para matar a Luke, lo sabría. No puede mantener una emoción como esa en secreto. Es imposible que pudiera hacerme eso.

Mantengo la vista fija en la puerta y agradezco cada minuto que pasa sin que lleguen mi madre y Holden. Sé que se enterarán de esto, pero prefiero que ninguno de los dos presencie lo que está a punto de pasar.

A las seis en punto aparece un foco en el centro del escenario. El alcalde recorre el pasillo y sube al círculo de luz. Le da dos golpecitos al micrófono.

—¡Felices fiestas! Bienvenidos, habitantes de Three Rocks y de pueblos vecinos —comienza.

Me remuevo en el asiento. Aparte de Katrina, quien probablemente haya venido directo del trabajo, y posiblemente un niño Jesús de Tillamook, dudo que haya nadie que no sea del pueblo. Conozco los nombres del setenta por ciento de las personas que hay en esta sala. Seguro que todos conocen el nombre de Luke. Lucas O'Riley, jugador de hockey, socorrista, soldado, héroe de Three Rocks. Cuando les diga que estuve en el Sea Cliff con otro chico, la mayoría de las mujeres probablemente me odien solo por eso, por tener a alguien tan honrado y bueno y no sentirme satisfecha con él.

—Es para mí un verdadero placer ver a tantos de mis electores reunidos para celebrar las fiestas —continúa el alcalde—. Sé que los niños de Three Rocks disfrutan representando la obra de teatro cada año y estuve viendo el ensayo de anoche. Dejad que os diga que esta noche vais a contemplar un espectáculo increíble.

No tienes ni idea, pienso.

El alcalde mira a la multitud.

—Pero antes de que comience la obra, como es costumbre en nuestra localidad, me gustaría homenajear a varias personas especiales con nuestros premios oficiales de Three Rocks, los Rocky.

El público aplaude. Se iluminan teléfonos entre la gente, puede que para hacer fotografías, aunque seguramente sea para comprobar el Facebook o el correo electrónico. Ojalá todo el mundo se desconectara para mi presentación. Me pongo a golpetear con el pie, nerviosa. El alcalde empieza llamando a una mujer anciana de Three Rocks que rescató a un bebé que se había quedado en el interior de un coche en Tillamook el pasado mes de agosto. La mujer rompió una ventanilla con el bastón y después llamó al 911. Me clavo las uñas en las palmas cuando la mujer sube al escenario para recibir el premio. El público vuelve a aplaudir.

A continuación, el alcalde reconoce el mérito de nuestro equipo local de *girl scouts* por haber iniciado una recaudación de dinero para luchar contra el hambre infantil en Yemen. La líder del grupo y dos de las *scouts* suben al escenario para aceptar el premio. Una de las *girl scouts* pide un micrófono. Lee unas estadísticas sobre la guerra en Yemen y cómo esta afecta a millones de personas, incluidos cientos de miles de niños. Termina pidiendo una donación para otra recaudación de dinero. Las personas que hay en las primeras filas empiezan a rebuscar en los bolsos.

El alcalde se aclara la garganta.

—Y nuestra última ganadora del premio Rocky de esta noche, Embry Woods, que ayudó a un joven a escapar del incendio del hotel Sea Cliff. Embry, sube aquí.

Me levanto y me dirijo a la parte delantera de la sala con el corazón tan acelerado que me da miedo desmayarme antes de llegar al escenario. En realidad, prefiero eso a lo que está a punto de suceder. *Hazlo.* Bien, lo único que tengo que hacer es subir y mirar a más de la mitad del pueblo, admitir que soy una mentirosa y una delincuente que se acostó con el chico con el que estaba saliendo mi mejor amiga mientras mi novio estaba arriesgando su vida por nuestra libertad, y ahora está muerto por mi culpa. Después todo mejorará. O eso espero.

Siento el estómago como si estuviera lleno de gusanos que se retuercen. Lo único que puedo hacer es ofrecer al alcalde una sonrisa con los labios apretados cuando me da el trofeo. Estoy segura de que si abro la boca vomitaré aquí mismo, en el escenario. La temperatura es muy elevada debajo de este foco y de pronto tengo el cuerpo entero empapado en sudor. En este momento se abre la puerta del centro comunitario y entra una brisa fresca. La gente del público se cruza de brazos y mete las manos en los bolsillos, pero para mí es deliciosa. Estiro el cuello para ver quién ha llegado tarde. ¿Es Desconocido? ¿Mi madre? Apenas atisbo la silueta de dos personas caminando por el pasillo.

Por un fugaz momento considero la opción de huir, de pasar por al lado de los recién llegados y correr hasta esa puerta abierta, escapar a otro pueblo donde pueda empezar de nuevo. Pero no puedo hacerle eso a mi madre. No puedo hacérselo a nadie a quien Desconocido pueda castigar por mi cobardía. Tomo aire y me vuelvo hacia el alcalde. Allá vamos.

—¿Puedo decir algo? —pregunto.

—Por supuesto. —El hombre señala al público.

Acepto el micrófono de su mano y miro a la gente. Parece un escuadrón de fusilamiento compuesto por madres y niños pequeños. *Mierda, esto va a ser una pesadilla.* Justo cuando pienso que las cosas no pueden empeorar, me doy cuenta de que es mi madre quien acaba de llegar. Está en el pasillo lateral y no está sola. Se encuentra con un hombre al que he visto antes, un hombre con una chaqueta color café. No lleva la gorra esta noche y lo reconozco enseguida.

Es mi padre.

A parto la mirada de mis padres y recae en Lourdes, la mejor amiga de mi madre. Nop, tampoco la voy a mirar a ella. Vuelvo a probar. Katrina Jensen me observa con curiosidad, con los labios finos curvados en una sonrisa. Tercer error. Fijo la vista en un punto del suelo que hay a varios metros delante de mí.

—Allá va —comienzo—: Yo no soy una heroína como estas personas. —Señalo a la mujer del bastón y a las *girl scouts*—. Ellas han hecho cosas estupendas. Valientes. Yo no. La razón por la que entré en el Sea Cliff aquella noche no fue para salvar una vida. Fue para evitar que acabara una. —Tomo aire—. Yo provoqué el incendio.

La gente murmura. Estudio las caras impactadas y de desaprobación, buscando a Desconocido. *Vamos, ¿dónde estás? Me prometiste que estarías aquí.* El foco que me alumbra parece aumentar su intensidad. Levanto la mirada al puesto de control de medios audiovisuales y me pregunto si la persona encargada de las luces y el sonido es una sádica. El alcalde se pone rojo. Extiende el brazo para quitarme el micrófono, pero no he terminado. Dejo el premio Rocky en el atril.

—No merezco un premio. Merezco ir a la cárcel. Me colé en el Sea Cliff para ver a un chico. Teníamos velas. Estábamos bebiendo.

No provoqué el incendio a propósito. Volqué una de las velas cuando nos estábamos besando. Sé que lo que hice es un delito y que ocultarlo lo convierte en un delito todavía peor. Lo siento —termino con congoja. Me arriesgo a mirar a mi madre. Su cara es una mezcla de tristeza y compasión—. Voy a entregarme a la policía.

Le paso el micrófono al alcalde, que sigue ruborizado.

—Bueno —dice—. Gracias por su honestidad, señorita Woods.

Justo cuando pensaba que las cosas no podían ir peor, el vídeo de aquella noche en el que salimos Holden y yo empieza a reproducirse en la pantalla gigante que hay detrás del escenario. Estamos los dos en el sofá, besándonos. Me bajo los vaqueros hasta los tobillos. Los padres les tapan los ojos a sus hijos. Me arde la cara y el alcalde se lleva una mano a la boca. Me doy la vuelta y miro el puesto de control audiovisual de nuevo. Hay una sombra en el cristal, observándome. Desconocido.

El alcalde le grita a alguien que quite el vídeo. En la pantalla, Holden y yo estamos en plena acción. Golpeo la mesa con el pie y la vela cae al suelo, encendiendo la moqueta. Se oye un gemido colectivo del público. No puedo creerme que Desconocido haya sentido la necesidad de poner este vídeo. Esto no formaba parte de nuestro trato. Vuelvo a mirar el puesto de control. La silueta ha desaparecido.

«Mierda». Paso entre la multitud en dirección al recibidor del centro comunitario. Desconocido no me ha traído aquí para que confesemos los dos. *No has sufrido lo suficiente*. Solo quería humillarme.

La escalera que conduce a la segunda planta está vacía. Corro hasta la puerta. Una figura con una sudadera gris cruza la calle en dirección al aparcamiento de la playa. Corre a toda velocidad por la rampa.

Me esfuerzo al máximo para seguirlo, pero cuando llego a la arena, la figura no está en ninguna parte. Hay al menos dos escaleras con acceso a la playa privada que ha podido tomar y que llevan a dos niveles distintos de Puffin Hill. Elijo la que está más cerca y corro, pero en ese momento oigo a mi madre gritar mi nombre.

Miro a un lado y a otro, al aparcamiento por donde está cojeando mi madre y a las escaleras que llevan a Puffin Hill. Sea cual sea el camino que ha elegido Desconocido, lo he perdido... por el momento. Es mejor que vuelva y me asegure de que mi madre está bien.

Nos encontramos al final de las escaleras que dan al aparcamiento.

—Lo siento, mamá —comienzo—. Sé que la he fastidiado a lo grande.

—¿Estás bien? —me pregunta.

—No, tengo que descubrir quién ha puesto ese vídeo. Es la persona que me ha estado chantajeando.

—La señora O'Riley lo sabrá, ¿no? ¿No es ella quien contrata al personal de apoyo?

—Sí, pero dudo seriamente que esté aquí esta noche. Los O'Riley están... lidiando con temas familiares. —Quiero contarle a mi madre lo de Luke, pero ya he traicionado la confianza de Frannie contándoselo a Holden.

—Entonces, deberías dejar que la policía se encargue —señala ella—. El chantaje es un delito.

—Sí, ya lo sé. —Estoy enfadada conmigo misma por dejar que Desconocido se escape, pero si voy a la policía habrá más posibilidades de atraparlo—. ¿Y tú estás bien? —le pregunto—. ¿Cómo tienes la pierna?

—Me duele, pero me han dado analgésicos en el hospital, sobreviviré.

Noto movimiento en la calle. Hay un par de siluetas fuera del centro comunitario de Three Rocks.

—Ese era mi padre, ¿no? ¿El de la chaqueta color café? ¿O me lo he imaginado? Es del todo posible que me haya vuelto loca en los últimos días.

—No, sigue dentro —me indica—. Ha pensado que no querrías verlo ahora.

—No sé si quiero volver a ver a nadie.

—Sé lo que se siente. —Me rodea con un brazo y me ofrece un abrazo.

—¿Por eso no me estás gritando?

—Me gustaría escuchar la historia completa antes de ponerme a gritar. Aunque te diré que no comprendo por qué no me contaste la verdad sobre el incendio.

—Iba a decírtelo, te lo juro. Al principio no, porque me daba miedo que el coste de las reparaciones del Sea Cliff nos dejara en bancarrota. Pero entonces empezó todo este lío y me di cuenta de que debería haberme limitado a contar la verdad, pero eso fue esta mañana en el hospital y nos interrumpieron, y luego parecías tan cansada...

Mi madre suspira.

—Embry, tendrías que haber acudido a mí mucho antes.

—Lo sé. La he fastidiado mucho. No quiero que mis errores te hagan daño. —Se me escapan las lágrimas de los ojos—. Tengo la sensación de que te voy a arruinar la vida todavía más ahora que cuando nací.

—¡Embry! —Su voz está empañada de preocupación y eso solo me hace sentir peor, porque soy yo la que debería estar preocupada—. ¡Tú no arruinaste mi vida!

—No pasa nada. La abuela me contó toda la historia de lo que pasó. —Hago un intento poco entusiasta de limpiarme las lágrimas—. Sé que todo el mundo empezó a tratarte mal por mi culpa.

—Todo el mundo empezó a tratarme mal por cosas que hice yo —aclara—. Tu padre y yo. Tú solo fuiste un testigo inocente, cariño. Por favor, dime que lo sabes.

Me doy la vuelta y miro el mar.

—Me cuesta no creer que tu vida sería mucho mejor sin mí.

—No —replica ella con tono empático—. Tú me salvaste, Embry.

Niego con la cabeza.

—No tienes que decir eso. Sé que las cosas habrían sido más sencillas si… —Me quedo sin voz.

Mi madre me sujeta por los hombros y me gira para que la mire.

—Más sencillas puede ser, pero no mejores. Tú fuiste quien hizo que todo el dolor mereciera la pena. Si no te hubiera tenido a ti, la tristeza me habría devorado viva. —Me toma la cara entre las manos y me limpia las lágrimas con los pulgares—. Tú me salvaste —repite—. Incluso este verano, tú me diste una razón para seguir luchando, para no abandonar la esperanza.

—¿De verdad? —Nunca lo había pensado de esa forma, que mi nacimiento hubiera sido algo bueno.

—De verdad. Tú lo fuiste todo desde el momento en que me enteré de tu existencia. Nunca lamenté traerte a este mundo, ni por un solo segundo.

Le rodeo el cuello y la abrazo con fuerza.

—Te quiero. Eres la mejor madre del mundo.

—Lo intento. Y cualquier problema en el que estés metida, conseguiremos resolverlo juntas. Conseguimos sobrevivir sin la abuela. Conseguimos vencer al cáncer. También podemos enfrentarnos a esto, ¿de acuerdo?

Asiento, aunque no estoy segura de creerle. Es decir, creo que podremos averiguar cómo resolverlo, pero no sin perder algo importante para ella, como el restaurante o la casa. A menos que la familia Murray deje que les pague la deuda en los próximos cien años.

Frunzo el ceño.

—¿Dónde está Holden? Le pedí que fuera a recogerte a Tillamook.

—Sí, recibí tu mensaje, pero tu padre llegó antes y, como Holden no había llegado a las seis menos cuarto, me fui con él. Dejé un mensaje para Holden en el mostrador de urgencias.

—Voy a escribirle, por si te está buscando. Si no te parece mal, necesito un momento a solas.

—Claro, ¿nos vemos en casa?

—¿Estará mi padre?

—Si tú no quieres, no. No debería haberlo invitado a la fiesta sin preguntarte. Pero es que estaba tan emocionado ante la idea de verte recibir un premio. Pensé que podría permanecer oculto al fondo, verte y luego marcharse sin que tú te enteraras.

—Ya, supongo que le he arruinado la ilusión.

Mi madre me revuelve el cabello.

—Está claro que no es la presentación que él esperaba, pero no está en posición de juzgar.

—Cierto.

Me da un abrazo.

—Ten cuidado —me pide—. Seguiremos hablando cuando llegues a casa.

—De acuerdo. —La miro mientras se aleja cojeando por las escaleras.

Mi madre desaparece de mi vista y me vuelvo hacia el mar. Camino hasta el agua y luego al extremo de la playa, al Pot Hole. La marea está subiendo, la cueva empieza a llenarse de agua. Por un momento, me imagino entrar por la apertura oscura, dejar que las olas me arrastren y me lleven al océano, o quedarme atrapada en la cueva y ahogarme. Lo he hecho todo mal en los últimos meses.

Pero no puedo rendirme. Y menos ahora, cuando casi soy libre. Le he contado la verdad a todo el mundo y la policía debería poder identificar a Desconocido en las imágenes de seguridad del centro de estudios superiores. Se ha acabado, o lo hará pronto.

Y, en ese momento, mi teléfono vibra con un mensaje.

Desconocido: Buen trabajo con el alcalde.

Me tiemblan los dedos mientras respondo con rapidez.

Yo: Me alegro de que lo hayas disfrutado. Esperaba que te unieras a mí en el escenario, pero tendría que haber sabido que te echarías atrás y romperías tu promesa.

Desconocido: No voy a echarme atrás. Me voy a entregar, pero primero tengo una sorpresa para ti.

Yo: Paso. He hecho lo que has querido, así que déjame en paz a mí y a la gente que me importa.

Desconocido: ¿No quieres saber quién soy?

Yo: Si te digo que sí, ¿me lo vas a contar?

Desconocido: No, pero estaba pensando que podríamos quedar en algún lugar, hablar cara a cara. ¿No tienes preguntas?

Yo: Paso de nuevo. Estoy intentando ser menos destructiva conmigo y todo el que me rodea.

Desconocido: ¿Desde cuándo?

Yo: Desde que mi mejor amiga y mi madre acabaron en urgencias.

Desconocido: ¿No quieres saber cómo conseguí llegar hasta tu novio?

Yo: No era mi novio. Y no, a menos que me enseñes a devolverle la vida por obra de magia.

Desconocido: Bueno, no exactamente, pero aún puedes salvarle la vida a su hermana menor.

El siguiente mensaje es una foto de Frannie. Está sentada en una silla, en una habitación. Conozco esa habitación. Es el recibidor del hotel Sea Cliff. Si miro de cerca, compruebo que tiene las manos y los tobillos atados, y una cinta en la boca. Tiene los ojos muy abiertos por el miedo.

Yo: ¿Qué diablos es esto? Teníamos un trato. Me prometiste que no harías daño a nadie más.

Desconocido: No le haré daño... siempre y cuando tomes la decisión correcta.

Desconocido: 1. Ven al Sea Cliff sola. Si lo haces, mataré a un asesino. 2. Si no vienes o si traes a la policía, mataré a una chica llamada Frannie.

Desconocido: Tienes quince minutos. Elige bien.

Yo: ¿Matarás a un asesino? ¿Qué significa eso? ¿Vas a suicidarte?

Desconocido: Supongo que, si quieres saberlo, te veré pronto.

Yo: Vete a la mierda. Voy a llamar a la policía.

Desconocido: Es tu decisión, pero es imposible que la policía llegue al Sea Cliff sin que yo lo sepa. Si veo una simple luz azul en Puffin Drive o a un agente acercándose a la puerta, estrangularé a Frannie O'Riley con la placa de su hermano.

Yo: Eres un maldito retorcido.

Desconocido: Trece minutos. Tic tac.

Me guardo el teléfono en el bolsillo.

«¡Maldición!», grito. «¡Maldición, maldición, maldición!». Le doy una patada a la piedra que tengo más cerca y los guijarros vuelan por la playa.

Desconocido tiene razón en lo que respecta a la policía. Solo se puede acceder a la cima de Puffin Hill por Puffin Drive, a menos que los agentes escalen por el lateral del acantilado, y eso no va a pasar.

Me dirijo a las escaleras más cercanas, que pertenecen a un bloque de apartamentos compartidos que se encuentran en mitad de la colina. Me detengo en el camino, me agacho y acaricio con los dedos las piedras suaves de la playa. Encuentro una con un borde afilado que me cabe perfectamente en la mano. No es un arma, pero es mejor que nada. Desconocido nunca ha amenazado mi vida, solo la de los demás, así que, con suerte, no la necesitaré. Lo único en lo que puedo pensar es en rescatar a Frannie y luego entregarme. Contar la verdad duele, duele con Julia, duele con Luke, y también en la fiesta de esta noche. Pero también produce alivio. Por mucho que me aterre entregarme a la policía, sé que es lo correcto. Cuando llego a los escalones de madera, caigo en la cuenta de que hay otra persona con la que necesito ser honesta esta noche. Me detengo a medio camino en las escaleras y marco el número de teléfono de Holden.

—Embry —responde con voz jadeante—. Qué bien que hayas llamado. ¿Está bien tu madre? La enfermera me dijo que se marchó con un hombre desconocido.

—Sí, era mi padre. Una larga historia. Mira, voy de camino al Sea Cliff. Desconocido tiene a Frannie. No estoy segura de qué va a

347

pasar, pero no puedo permitir que la mate. Solo quería decirte que te quiero.

—¿Qué? —pregunta, claramente sorprendido.

—Te quiero, Holden. Por eso he estado tan rara últimamente. Estaba intentando aceptar lo que siento y lo que significa. No voy a decir que es suficiente, ni que deberíamos estar juntos. Solo digo que he pasado toda mi vida ocultando algunas partes de mí misma. Tenías razón con lo de mis problemas con el abandono, pero no solo me da miedo que la gente me abandone físicamente. Me da miedo que se alejen emocionalmente, que si dejo que los demás vean cómo soy, decidan que no merezco su amor. Pero tú me haces sentir que sí merezco el amor y ya no puedo seguir mintiendo. Te quiero. Creo que llevo queriéndote un tiempo. Por fin todo el mundo sabe la verdad. Y ahora voy a acabar con esto.

—Yo también te quiero —responde—. Pero ¿estás en casa ahora? Tengo que enseñarte un par de cosas. La primera es sobre la matrícula por la que me preguntaste. Está registrada a nombre de…

—¿Patrick Ryder?

—Sí, ¿cómo lo…?

—Es mi padre —aclaro—. Una larga historia. Sea lo que sea lo otro, tendrá que esperar. Solo me quedan nueve minutos para llegar.

—¿Has llamado a la policía?

—Ya sabes que no puedo hacerlo. Es imposible que lleguen a la cima de Puffin Hill sin que Desconocido los vea. Si ve a policías, coches policiales o luces parpadeantes en la colina, Frannie puede morir.

—Yo sigo en Tillamook, pero puedo llamar a mi madre y decirle…

—No, Holden. Desconocido la verá llegar.

—Pueden ir en un coche no identificativo. Ser discretos.

—Sí, pero ¿y si no? No puedo arriesgarme. ¿No lo entiendes? Luke está muerto por mi culpa. No puedo llevar más muertes sobre mi conciencia.

—Lo que quería enseñarte tiene que ver con Luke —prosigue—. Estaba buscando....

—No tengo tiempo para esto, lo siento. Si me pasa algo a mí, cuida de mi madre, ¿de acuerdo?

—Espera, ¿tiene sentido que...?

No puedo intentar buscar el sentido de nada ahora mismo. No tengo tiempo y apenas estoy aprovechando el que me queda. Cuelgo el teléfono y lo guardo de nuevo en el bolsillo. Subo el resto de las escaleras de dos en dos, con el corazón martilleándome en el pecho y respirando con dificultad.

Cuando al fin llego arriba, giro a la izquierda y corro por el borde de la carretera todo lo rápido que puedo. La nieve de esta mañana se ha derretido y ha dejado el asfalto mojado y resbaladizo, y no puedo avanzar a paso seguro. Miro el teléfono cuando estoy a punto de ver el Sea Cliff. Quedan tres minutos. Me debato entre detenerme un instante para escribir a Desconocido e informarle de que casi he llegado, pero decido seguir. No parece el tipo de persona que pueda darme un margen de error.

Llego al porche delantero del Sea Cliff exactamente un minuto antes del plazo. Aparece otro mensaje de texto en la pantalla del teléfono.

Desconocido: El regalo es para ti.

Hay un paquete envuelto justo a un lado del porche. Está detrás de los arbustos. Tal vez no lo hubiera visto si no fuera por el mensaje.

—¿Dónde estás? —pregunto—. ¿Qué es esto?

No hay respuesta. De mala gana, alcanzo la caja y rezo por abrirla y no encontrarme la cabeza de una persona dentro. Jalo torpemente del lazo. Rasgo el resto del papel y abro la caja. Dentro, sobre una cama de pañuelos de papel, hay una pistola. Tiene una nota. La letra me resulta vagamente familiar.

Última elección:
Suicídate y ella vive.
Niégate y ella muere.
Tienes quince segundos para elegir.

—¿Qué diablos es esto? —grito—. ¿Dónde está Frannie? A regañadientes, cambio la roca que llevaba por la pistola, sosteniéndola sobre mi costado, y entro en la oscuridad del hotel. La silla en la que estaba sentada está tumbada de lado en medio del recibidor y las cuerdas que tenía atadas forman un revoltijo sobre la moqueta quemada. A lo mejor ha conseguido escapar.

—¿Frannie? —la llamo desde las escaleras—. ¿Estás aquí?

No hay respuesta. Parpadeo, el aire hace que me ardan los ojos. Paso del recibidor a la parte de atrás, la zona de la cocina y el comedor. Han pasado más de quince segundos, pero nadie da ninguna señal. Y entonces algo se mueve fuera, entre la niebla. Sostengo con fuerza la pistola y salgo por la puerta trasera.

Frannie está al borde del acantilado, de espaldas a mí. Tiene la ropa y el pelo revueltos, como si se hubiera escapado.

—Fran, gracias a Dios. —Corro hacia ella y se da vuelta. También tiene una pistola en la mano.

Me detengo.

—¿Qué haces? Soy yo, Embry. —Miro a mi alrededor, en busca de Desconocido—. ¿Dónde está la persona que te ha traído aquí?

—No me ha traído nadie. Yo te he traído a ti —dice—. Para que podamos acabar con esto.

—¿Acabar con qué? —Bajo la vista al suelo, a las botas grises de montaña Rendon que lleva puestas. Mi cerebro lucha por encontrarle algún sentido a la realidad que empieza a dibujarse ante mí. Frannie tuvo que seguirnos a Holden y a mí aquella noche. Ella creó la cuenta de correo electrónico y envió el vídeo solo a los de último curso porque probablemente pensó que así no sospecharía de ella. Envenenó a Julia, puede que le quitara el botellín de agua de su taquilla. Y mi madre... me tiembla el labio inferior solo de pensar en ella. Frannie intentó matarla.

Pero si Frannie es Desconocido, ¿significa eso que mató a su propio hermano? ¿O fue solo una mentira para conseguir que viniera sola hasta aquí e intentar convencerme de que me suicide?

Tomo aire e intento analizar su lenguaje corporal y su expresión. Tiene la barbilla alzada y los ojos duros, desafiantes, pero también tiene los hombros hundidos, como si estuviera tan cansada como yo. ¿Es capaz de dispararme? No lo sé.

Doy un paso atrás.

—Mira, sé que le has estado comprando cosas a Matt Sesti. No sé qué estás tomando, pero puedo ayudarte. Todo irá bien. Pero, por favor, suelta la pistola.

Se echa a reír y el arma le tiembla en la mano.

—Eres una mentirosa, Embry. Me estás mintiendo a mí igual que le mentiste a Luke. Mi hermano está muerto. Nada volverá a ir bien, ¿no lo entiendes?

—¿Está muerto de verdad? —Trago saliva con dificultad—. Pero no lo hiciste tú. Sé que tú no le harías daño... ¿Qué ha pasado?

Frannie tensa la mandíbula.

—Lo que ha pasado es que le mentiste y lo traicionaste.

—No lo entiendo. —Examino toda la zona que me rodea, los arbustos, la hierba congelada, el borde del acantilado. No hay ningún lugar donde poder esconderme, no puedo escapar de su arma.

—¿Por qué lo hiciste? ¿Por qué lo dejaste por otro chico? —Le tiembla la voz y una lágrima desciende por su mejilla.

Parece tan desolada que por un instante olvido el hecho de que me está apuntando con una pistola, olvido que esta chica de dieciséis años, que una vez me dijo que yo era como una hermana para ella, ha estado acosándome y aterrorizándome.

—Yo…, mierda. Es difícil de explicar.

Frannie carga el arma. La expresión de su rostro se vuelve fría.

—Inténtalo.

—Luke es… era increíble —comienzo—. No solo conmigo, con todo el mundo. Cuando empezamos a salir, me dejé contagiar por su bondad. Él era todo lo que necesitaba en mi mundo: estabilidad, amabilidad, lealtad, valentía.

—Y entonces, cuando él te sacó del pozo, pasaste a otro chico sin siquiera contárselo. Ojos que no ven, corazón que no siente, supongo. ¿Has pensado alguna vez en la gente a la que haces daño?

Exhalo un suspiro.

—Sin él aquí, me resultó más sencillo enfrentarme a la realidad. No éramos buenos el uno para el otro, queríamos cosas diferentes. Yo no podría haberlo hecho feliz.

—Tonterías —replica—. Él te quería. Te iba a pedir que te casaras con él. Por eso yo… —Se queda callada.

—¿Tú qué? ¿Me seguiste? ¿Me grabaste? ¿Me amenazaste? ¿Intentaste matar a las personas que quiero? —Contengo las lágrimas que desean salir. Tengo que concentrarme, no puedo dejarme llevar por las emociones, ahora no si quiero sobrevivir.

La pistola vuelve a temblarle en la mano. Si encuentro el modo de distraerla, tal vez pueda aplacarla antes de que dispare. Pero está muy cerca del borde del acantilado. Si me sale mal, las dos podríamos caer por él.

—Por eso se lo conté —admite al fin—. Y luego murió. Te has llevado a la persona más importante de mi vida. Y sí, por eso intenté matar a tu madre. Mataría a todas y cada una de las personas que quieres si pudiera. A lo mejor así sabrías lo que se siente. —Su voz está llena de rabia. Ahora le caen lágrimas por las dos mejillas—. No debería habérselo contado, pero me colocaste en una situación muy difícil.

—¿Contarle qué? —pregunto—. ¿Lo mío con Holden?

Asiente.

—Os vi a los dos juntos en la playa una noche. Os seguí hasta el Sea Cliff y os vi allí. Luke iba a venir a casa para Nochevieja por sorpresa. Quería pedirte matrimonio. No quería que se quedara con el corazón roto y le conté que te estabas acostando con otro chico, pero no me creyó. —Aprieta los dientes—. Su propia hermana y él creía que yo estaba confundida o que mentía. Así que te seguí de nuevo y le grabé un vídeo. Te ofrecí la oportunidad de publicar una confesión para que Luke se enterara por ti, pero no quisiste hacerlo, así que le envié el vídeo. —Da una patada en el suelo—. Recibimos la visita un par de días después. Murió en un ataque. Se supone que tenía que quedarse atrás, pero rompió el protocolo e intentó rescatar a un hombre al que habían disparado. Las balas insurgentes lo masacraron antes de que llegara siquiera al lado del otro soldado. Sus superiores dijeron que había sido *un error de juicio*, que podría haberle sucedido a cualquiera. Su equipo afirmaba que Luke parecía distraído últimamente.

De pronto todas las piezas encajan. Frannie sabía que Luke estaba muerto desde hace varios días. Usó su muerte en sus planes para hacerme daño cuando fracasó al matar a Julia o a mi madre.

—No lo entiendo, ¿por qué no ha dicho nada tu familia sobre la muerte de Luke?

—Como te dije, mi madre no quería arruinarle las fiestas al resto del pueblo. Decía que Luke habría querido que fuéramos fuertes, que pasáramos la Navidad como una familia y que lo contáramos después para que el pueblo pudiera llorar su pérdida.

Siento una oleada de compasión. Por mucho que me horrorice que Frannie haya intentado matar a mi madre y a Julia, no puedo evitar pensar en cómo sería guardar ese secreto durante *días*. Fingir que estaba bien cuando en realidad estaba destrozada. La muerte de un ser querido puede llegar a ser la pieza más profunda y oscura de todas. Seguro que ocultar algo así podría acabar con una persona.

—Me has hecho cómplice de la muerte de mi propio hermano —continúa Frannie—. Quería que sintieras ese dolor, el dolor de saber que, da igual la elección que tomes, va a acabar mal, el dolor de saber que tus acciones han matado a una persona. —Se aparta las lágrimas con la mano libre, pero aparecen otras nuevas para reemplazar a las anteriores.

—Frannie. —Trago saliva—. Vamos a hablar de esto, ¿de acuerdo? —Todavía intento averiguar cómo hacer que suelte el arma sin que ninguna de las dos resulte herida. Entiendo su dolor; como ya he dicho, la culpa es mi superpoder.

Frannie sujeta el arma con ambas manos.

—¿Sabes cuáles fueron las últimas palabras que me dijo? Fue un correo electrónico de una línea: «Ojalá no me hubieras enseñado esto». ¿Sabes lo que se siente? Siempre me preguntaré si lo hizo a propósito.

La idea de que el último pensamiento de Luke fuera sobre lo mío con Holden es una patada en el estómago, pero aparto el dolor. Esto no tiene que ver conmigo.

—No, Luke no haría algo así. Él no se mataría —señalo—. Sé lo que es sentirse responsable de todas las cosas malas que ocurren, pero esto no ha sido culpa tuya. Luke no se lanzó al fuego enemigo porque estuviera triste. Probablemente rompió el protocolo porque es médico y está entrenado para salvar la vida de las personas. Vio a un amigo sufriendo y actuó por instinto. Tú lo conoces, Fran, no se lo pensaría dos veces a la hora de arriesgar la vida si así pudiera salvar a otra persona. ¿Te acuerdas de cuando rescató a la hija del alcalde? Ese es el chico que ha sido siempre.

No responde enseguida, así que sigo hablando.

—Si ese día estaba distraído, es culpa mía, no tuya. Pensaba que lo estaba protegiendo, pero en realidad me estaba protegiendo a mí misma. Tú hiciste lo correcto. Contar la verdad es siempre lo correcto.

Niega con la cabeza.

—Eso pensaba, pero mi madre me dijo que no debería haberme metido, que soy en parte responsable de su muerte.

—Pues tu madre está equivocada —aseguro con firmeza. Pienso en mi madre. Oigo las palabras que me ha dicho en la playa. *Conseguimos vencer al cáncer. También podemos enfrentarnos a esto, ¿de acuerdo?* Se me cierra la garganta al pensar en mi suerte por tener a una madre que me apoya tanto, una madre que me respalda cuando no lo merezco.

—Ella nunca se equivoca —replica.

—Esta vez sí. Mira, Frannie, todavía puedes dejar esto. Las dos podemos. Julia y mi madre están bien. Lo de Luke no es culpa tuya. No has hecho daño a nadie. Piensa en todas las cosas que siempre has querido para tu futuro. Piensa en lo que Luke habría querido. Él no querría que fueras a la cárcel.

Sacude la cabeza.

—Tenemos que recibir el castigo por las consecuencias de nuestras acciones, intencionadas o no. Eso es lo que dicen siempre mis padres. Tenemos que aceptar la responsabilidad. —Da un paso atrás, hacia el borde del acantilado—. Pero no voy a ir a la cárcel. Estoy cansada, Embry. Quiero que todo se acabe. Quiero estar de nuevo con mi hermano. —Pone un dedo sobre el gatillo—. Última oportunidad: pégate un tiro o lo haré yo por ti.

—Espera, un momento. —A lo mejor puedo fingir que voy a dispararme y quitarle el arma en el último minuto. No pienso dispararle, no quiero hacerle daño. Ni siquiera sé usar una pistola. Puedo matarla o errar por completo—. Yo también estoy cansada. —Doy un paso a un lado para reposicionar el cuerpo de modo que, si acabo lanzándome sobre ella, no caigamos las dos por el acantilado—. Toda mi vida ha sido tragedia tras tragedia. Pero la mayoría me las he ganado yo sola, y tienes razón, nunca he pensado en las personas a las que hago daño. —Despacio, levanto la pistola hacia mi cabeza y apoyo el cañón en la sien. Es una de las sensaciones más extrañas que he sentido nunca: estar tan cerca de la muerte y, al mismo tiempo, desear vivir con todas mis ganas—. Pero si hago esto, nadie sabrá las cosas que has hecho. Tú puedes vivir.

—No quiero vivir. Quiero estar con Luke.

—Piensa en lo que desearía Luke. Él querría que tú vivieras, ¿verdad? —La observo, cómo le cambia la cara, los diminutos movimientos inconscientes. Sé lo que está pensando.

Cuando abre la boca para responder, me lanzo y hago lo que puedo para mantenerme por debajo de la línea de disparo. Mi hombro conecta con su vientre y las dos caemos al suelo.

Suena un disparo.

Una pareja de policías aparece por un lado del hotel con las pistolas en alto.

—¡Suelta el arma! —grita uno de ellos.

Me aparto de Frannie con la cara paralizada por el horror. Tiene un charco rojo en la camiseta.

—Ayúdenla —les pido con voz débil—. No quería…

—¡He dicho que sueltes el arma!

Me doy cuenta de que todavía tengo la pistola en la mano. La bajo y la suelto en el suelo. Antes de saber lo que está pasando, un policía me clava la rodilla en la espalda. Me sujeta las muñecas con unas esposas.

Vuelvo la cabeza y veo unas botas conocidas corriendo por la hierba.

—¿Holden? —lo llamo—. ¿Qué haces aquí?

El policía detiene a Holden antes de que pueda acercarse a mí.

—Asegurarme de que estés bien —responde.

Vuelvo la cabeza hacia el otro lado. El agente Hutchens está arrodillado al lado de Frannie, aplicando presión en la herida.

—Ha sido un accidente —comienzo—. Estaba intentando quitarle la pistola. No quería dispararle. Ni siquiera sé usar un arma. ¿Se va a poner bien?

—No lo sé —responde Hutchens—. Pero viene una ambulancia de camino.

Frannie se pone de lado y nuestras miradas se encuentran. Contengo las ganas de volver el rostro.

—Déjenme morir —pide—. No puedo arreglar las cosas. No puedo seguir así.

—Sí puedes —replico—. Lo que le pasó a Luke no es culpa tuya. Solo necesitas ayuda para comprenderlo.

—Siento que es mi culpa. —Se le rompe la voz.

—Sé lo que es eso.

Las sirenas inundan la noche cuando más agentes de policía y una ambulancia llegan al hotel Sea Cliff. El agente Hutchens le cede el cuidado de Frannie a un paramédico. Una de las agentes que acaba de llegar es la madre de Holden, que corre hasta él.

—¿Qué haces aquí? Te dije que te mantuvieras al margen.

—Ya sabes que nunca hago lo que me dicen. —Holden se vuelve hacia mí—. Quítale las esposas, mamá. Embry solo estaba defendiéndose.

La agente Hassler se arrodilla para hablar conmigo.

—Puedo quitártelas, pero tienes que venir a la comisaría para que te tomemos declaración. —Me las retira y me pongo de pie. Me acompaña a la parte delantera del Sea Cliff, donde tiene aparcado el coche.

Holden y yo entramos en los asientos traseros juntos. Me masajeo las muñecas. *La segunda vez que subo a un coche de policía hoy*, pienso, mirando a través de las barras el asiento de delante.

—No os mováis. Ninguno de los dos —nos indica la agente Hassler.

Holden y yo la vemos alejarse unos metros por la hierba congelada. Está llamando a alguien por teléfono. Intento leer su lenguaje corporal. ¿En qué problemas voy a meterme? Y más importante, ¿Frannie morirá?

La agente se guarda el teléfono en el bolsillo y vuelve al coche con expresión neutral.

—Oh, oh. Parece enfadada —murmura Holden.

Abre la puerta y entra y se sienta delante del volante.

—Muy bien, los cinturones de seguridad, por favor. El *sheriff* me ha confirmado que te tengo que llevar a la comisaría.

Me pongo el cinturón con dedos temblorosos. Cuando accedemos a Puffin Drive, se me escapa un gemido. Las lágrimas fluyen de mis ojos.

—¿Estás bien? —pregunta Holden y asiento.

—Contenta de salir de aquí.

—Lo mismo digo. Diablos, ha estado a punto de darme un maldito ataque al corazón por tu culpa, ¿sabes?

Su madre se aclara la garganta.

—Esa boca, por favor.

—Casi le pegan un tiro, mamá. Creo que en este caso las palabrotas están permitidas.

—Es posible —coincide ella—. Pero sigo insistiendo en que no hay razón para que estés aquí, Holden. Puedo dejarte en casa de camino a la comisaría si quieres.

—De acuerdo, ya, ya me callo. —Me envuelve la mano derecha con los dedos—. Le prometí a Embry que estaría a su lado si alguna vez se metía en problemas.

—Por lo que he oído, los dos vais a tener un montón de problemas en lo que respecta al incendio que provocasteis, pero ya nos encargaremos, primero terminaremos con esto.

La ambulancia con Frannie nos adelanta con las luces parpadeando.

—¿Qué le va a pasar a ella? —pregunto.

—No estoy segura —responde la madre de Holden—. Depende del fiscal del distrito. ¿Alguna de esas armas es tuya?

—No, me dejó una al lado del porche, envuelta como si fuera un regalo. Creo que su plan era que las dos nos suicidáramos. Nos culpa a ambas de la muerte de Luke.

—¿Su hermano ha muerto? —pregunta.

—Por eso sabía que pasaba algo —interviene Holden—. Cuando me dijiste que había muerto, pero que Frannie no sabía los detalles, busqué en Google. Encontré una página del Departamento de Defensa con una lista en la que ponía que Lucas O'Riley había muerto hace unos días en Afganistán. Sabía que era imposible que un acosador del pueblo pudiera encontrarlo al otro lado del mundo. Al principio creí que Frannie se habría confundido con las fechas, que a lo mejor sus padres habían intentado ocultárselo a ella hasta después de las vacaciones. Pero entonces las piezas empezaron a encajar. Frannie sabía tu número de teléfono. Ella conocía la alergia de Julia. Sabía que tu madre va andando al trabajo. No tenía ni idea de por qué te había pedido que fueras al Sea Cliff, pero tenía sentido que pudiera odiarte si nos había visto a los dos juntos. —Me acaricia la cara con una mano—. Llamé a mi madre en cuanto me colgaste.

La madre de Holden carraspea.

—¿Sabéis a quién pertenecen las pistolas?

—Puede que una sea de una chica llamada Katrina con la que vamos al instituto —contesto—. O a lo mejor Frannie se las quitó a su familia. Sé que ellos tienen muchas pistolas.

La mujer asiente.

—Probablemente deberías llamar a tu madre para que vaya a la comisaría. Querrá estar presente en tu interrogatorio.

Nos separan a Holden y a mí cuando llegamos a la comisaría. La detective encargada del caso del correo electrónico con el vídeo, Alina Reyes, es quien me interroga. Le enseño todos los mensajes que he recibido de Desconocido mientras esperamos a que llegue mi madre. Ella aparece unos minutos más tarde, sus ojos abiertos como platos, un sombrero de lana calzado sobre su cabeza. No se tomó siquiera un minuto para ponerse una peluca cuando escuchó que estaba en la estación de policía.

Reyes le explica a mi madre que no hay cargos contra mí, pero que me van a interrogar por mi participación en el disparo del hotel Sea Cliff. Ella me pregunta por qué fui allí y cuando le hablo de las amenazas quiere saber cuándo llegó la primera. Vuelve a sacar el mismo tema que la madre de Holden y me interroga por las armas. Quiere saber por qué no acudí a la policía y denuncié que me estaban chantajeando, y le explico cómo provocamos el incendio Holden y yo.

La detective Reyes asiente.

—Frannie O'Riley tenía un segundo teléfono móvil encima. Había borrado todos los mensajes que había enviado anteriormente, pero los de hoy seguían allí. Estoy segura de que, cuando tengamos las imágenes de seguridad del centro de estudios superiores, vamos a verla en ellas.

—¿Y eso qué significa para Embry? —pregunta mi madre.

—Alguien tendrá que hacer una declaración detallada sobre el incendio del Sea Cliff, pero supongo que querrán hablar con un abogado antes y que no van a encontrar a ninguno en Navidad, así que eso puede esperar. No estoy segura de cómo va la investigación del departamento de incendios, pero alguien se pondrá en contacto con vosotras.

Mi madre asiente. Puedo ver cómo se le va la luz de los ojos mientras calcula cuánto nos va a costar esto.

—Me pueden asignar un abogado de oficio, ¿no? Si no puedo permitirme uno.

—Eso no se hace a menos que haya cargos —responde Reyes—. No obstante, pregunten en el mostrador. Creo que tienen una lista de recursos legales gratis y de bajo coste.

Mi madre asiente.

—Lo siento —musito.

—Lo sé —responde—, pero me alegro de que estés bien.

Nos encontramos con Holden y su madre en el aparcamiento. Él se acerca a mí y me abraza, levantándome unos centímetros del suelo.

Su madre corre detrás de él.

—Holden, me parece que necesitáis pasar un tiempo separados hasta que todos estos asuntos legales estén en orden.

—Mamá, vamos ya, eso es una tontería. —Me deja de nuevo en el suelo.

—Estoy de acuerdo con la agente Hassler. —Mi madre me pone una mano en la parte baja de la espalda—. Vámonos, Embry.

—Llámame Nadia, por favor —indica la madre de Holden—. Claire, disfrutad Embry y tú de las fiestas todo lo que podáis y te llamaré en un par de días, cuando haya hablado con el padre de Holden y un abogado.

—Me parece bien. —Mi madre acepta la tarjeta de visita de la agente Hassler.

Holden toma mi rostro entre sus manos.

—A la mierda Evard Munch y *El grito*. Tú eres mi cara preferida. —Me da un beso suave en los labios—. Nos vemos pronto, te lo prometo.

EPÍLOGO

Pero no nos vemos, al menos no pronto. Holden se va a Portland a pasar la Navidad con su padre y también yo acabo pasando un par de días con el *mío*. Resulta que ahora está divorciado y vive en Eugene, que está a unas tres horas de distancia, pero también ha comprado una cabaña en Netarts, a unos pocos kilómetros de la costa. Se ha estado alojando en el motel Three Rocks durante la última semana mientras esperaba a que se arreglara todo el papeleo. Por eso lo he estado viendo por el pueblo.

Mi madre ha cerrado el restaurante hasta después de Año Nuevo para que ella y Betsy puedan acompañarme a visitarlo. Hasta he hablado con mis medio hermanos por teléfono. Los dos viven en Pensilvania. Uno es abogado y acaba de empezar a ejercer, y el otro está haciendo un posgrado. Ni siquiera sabían que yo existía hasta hace unos meses.

Mi padre (ya veremos si puede conservar ese título) tiene una larga conversación conmigo en la playa una noche cuando mi madre se marcha al restaurante a resolver algunas cosas pendientes. Mientras intentamos hacer una fogata, se disculpa como quince veces en quince minutos por las cosas que hizo antes y después de que yo naciera. Me recuerda a cuando yo me disculpé con Julia y me hago una idea de cómo debí sonar: desesperada por arreglar las cosas, pero sin tener ni idea de cómo iba a hacerlo.

—Ya —digo cuando al fin enciende la leña—. Ya basta de disculpas. No puedo perdonar de golpe diecisiete años de sufrimiento, pero puedes hacer las cosas mejor, ¿de acuerdo? De hoy en adelante puedes mejorar. No solo conmigo, también con mi madre.

—Mejoraré —declara.

Nuestros ojos se encuentran a través del fuego. Los suyos están empañados. Lo míos también.

—Bien —digo—. Es un buen comienzo.

Más tarde, cuando mi madre regresa, las dos intercambiamos regalos mientras mi padre nos mira con una sonrisa. Está muy emocionada con la página web actualizada y acaricia la lana lavanda como si fuera Betsy.

—No tenías que haberlo comprado, Embry —me regaña—. Es precioso, pero no necesito cosas tan bonitas.

—Tenía un buen descuento —le aseguro—. Y es el color perfecto para ti.

—Es verdad —coincide mi padre—. Y parece muy calentito.

Mi madre me ha comprado, sobre todo, cosas pequeñas: ropa, chucherías, una sombra de ojos azul muy bonita, pero lo último que abro son unas entradas para una exposición de fotografía en el museo de arte de Portland.

—Quería sorprenderte con algo y pensé que, como fuiste a la exposición de Cannon Beach con Holden… —Se queda callada.

Busco información de la exposición en el móvil.

—Es increíble —exclamo—. ¿Vas a acompañarme?

—Si tú quieres. A Embry se le da muy bien la fotografía —le explica a mi padre—. Va a tomar clases el próximo semestre.

—¿Qué tipo de cámara tienes? —pregunta él.

—Solo uso la cámara del teléfono. Por ahora es suficiente.

—¿Seguro? Podríamos ir a comprarte una si quieres —sugiere.

Niego con movimientos bruscos de la cabeza.

—No tienes que comprarme cosas caras. —Sé que su intención es buena, pero nunca he querido un padre por las cosas materiales.

—¿Y qué te parece si te presto la mía entonces? —comenta—. Compré hace un par de años una con objetivos intercambiables que estaba de rebajas, pero nunca aprendí a usar los modos avanzados. Seguro que tú le puedes dar mejor uso y quizás aprovechando esta te des cuenta de qué tipo de cámara quieres tener en el futuro.

—Sí, eso me parece bien.

—Entonces, ¿te gustaría estudiar fotografía en la universidad? —me pregunta.

—No lo sé. Tal vez. También he pensado Biología Marina, o Ciencias de los Mamíferos Marinos.

—Te encanta el océano —señala mi madre.

—Creo que está bien empezar la universidad sin tener un plan definitivo —observa mi padre—. Explorar todas las opciones con la mente abierta.

Mi madre resopla.

—Como si nunca hubieras tenido un plan en toda tu vida.

—Ya, bueno. A mí, mi padre me informó de que iba a estudiar Informática como él a menos que quisiera pagarme yo solo la universidad. Conseguí un buen trabajo, gané mucho dinero y compré muchas cosas, pero nunca he sido más feliz que cuando dejé ese trabajo, a menos que cuenten estos días que he pasado con vosotras.

—Se detiene y traga saliva—. Supongo que lo que quiero decir es que quiero que nuestra hija tenga una vida mejor que la que tuve yo.

Mi madre se pone a llorar y unos segundos más tarde se le une mi padre.

—Eh, sabéis que eso es contagioso, ¿no? —bromeo cuando unas lágrimas caen por mis mejillas. Es extraño ver a mis padres juntos y todavía más extraño es verlos llorar.

—Lo siento. —Mi padre se limpia los ojos—. No era mi intención poneros tristes.

—No lo has hecho —digo—. No te disculpes por… preocuparte.

—Sí me preocupo —confirma—. Espero que lo sepas.

—Lo sé —respondo—. Pero me va a costar acostumbrarme.

Mientras estoy en Netarts con mis padres, la familia O'Riley celebra un funeral en Three Rocks para Luke. Mi madre se ofrece a llevarme para que asista, pero siento que es mejor que me mantenga alejada. Cuando volvemos al pueblo al día siguiente, me lleva al cementerio y hablo un rato con Luke, me disculpo por no haber sido sincera antes, por no haber sido una novia y una amiga mejor. Pensaba de verdad lo que le dije a Frannie, que seguramente su hermano había muerto porque pensó que podía salvar a una persona y no porque estuviera distraído. Pero siempre lamentaré cómo lo traté y siempre viviré con la culpa de saber que mis acciones pudieron haber influido en su muerte.

Es sencillo sentir su ausencia en el pueblo. La bandera que hay frente a la oficina de correos cuelga a media asta y las calles parecen un poco más silenciosas de lo que suelen estar en esta época, la gente aparta la mirada más rápido cuando me ve. El Fintastic lleva cerrado un par de días, pero la gente sigue acudiendo. En lugar de entrar a comer, llevan comida y la dejan en la puerta: estofados, guisos, *brownies*, cestas de fruta. También hay tarjetas y flores.

Han acusado a Frannie con múltiples cargos por los ataques con arma de fuego y la tenencia ilícita de armas, entre otros. Lourdes dijo que había escuchado que su abogado iba a alegar enajenación mental transitoria provocada por el trauma de la pérdida de Luke. La están tratando en una institución de McMinnville ahora mismo. Deseo de corazón que la hagan entender que lo que le pasó a Luke no fue culpa de ella.

A Holden y a mí nos han juzgado y nos han declarado culpables de allanamiento y daños a una propiedad privada, pero como no tenemos antecedentes, el juez ha sido indulgente y solo nos ha condenado a realizar servicios comunitarios y con un período de prueba. No obstante, *somos* responsables de los daños materiales del Sea Cliff. Holden tiene pensado vender la moto y él y su madre van a volver a mudarse con sus abuelos para poder pagar su parte. Mi padre rellena un cheque con parte del dinero que me corresponde pagar y mi madre hace un trato con los propietarios del hotel para saldar el resto.

Mi madre también decide vender su participación en el restaurante a Malachi Murray, el hijo mayor del señor Murray. No está tan mal como parece porque ella sigue a cargo del restaurante, pero ahora cuenta con un patrocinador que está dispuesto a invertir para mejorar el negocio. Le cuenta a Malachi la idea de mi abuela de echar abajo la pared trasera y colocar una ventana para que se vea el mar y él tiene una todavía mejor: este verano presentaremos una terraza nueva en el restaurante que seguro será un éxito entre los turistas y residentes. Yo pasaré este verano y el que viene trabajando de recepcionista en el Sea Cliff cuando lo reformen y todo lo que gane será para saldar mi deuda con la familia Murray. En definitiva, es una solución muy generosa teniendo en consideración todos los destrozos que ocasionamos.

Julia viene a mi casa el día de Nochevieja por la mañana.

Me quedo un poco sorprendida cuando la veo en el porche. Lleva los mismos pantalones deportivos rosas que tenía el día que fui a verla cuando salió del hospital y una sudadera de lana que reconozco de nuestra excursión al centro comercial *outlet*.

—Pensaba que te ibas a Washington DC —comento.

—Ya, se ha cancelado. —Se retuerce un mechón de pelo en el dedo índice—. He tenido una conversación larga con mis padres. A raíz de esta, no se sentían cómodos dejando que pasara unos días sola con Ness y su familia.

—Vaya, eso apesta. Pero me alegro de que se lo hayas contado.

—Y yo. Resulta que tú no eres la única que guarda secretos que es mejor compartir. Y se lo han tomado mejor de lo que pensaba. No muy bien, mi madre se pasó todo el día llorando, pero creo que lo acabarán aceptando.

—Julia —digo con tono suave—. Espero que sepas que eso es por cómo es ella y no tiene nada que ver contigo.

—Bueno. —Esboza una sonrisa falsa, pero me doy cuenta de que está sufriendo—. ¿Me vas a dejar entrar o qué?

—Sí, perdona, soy una tonta. —Sujeto la puerta para que pase y entra en el salón.

—Vaya, ¡este año tenéis árbol! —Rodea el sofá y se acerca para tocar una de las ramas. Del extremo cuelga un adorno con un reno que hice en tercero de primaria con pinzas de la ropa barnizadas—. Qué bonito. Ojalá mis padres nos dejaran tener un árbol de verdad algún día.

—Pero vosotros siempre ponéis ese árbol artificial enorme con todos los adornos a juego —señalo—. Es muy bonito. Parece como los que salen en las revistas.

—Sí. —Se aparta el cabello—. Pero no es real. Tu árbol tiene personalidad. —Mira a su alrededor, todo el salón, desde el árbol a los sofás disparejos hasta Betsy tumbada en su camita de cuadros—. Tu *casa* tiene personalidad.

Betsy da un ladrido suave, como mostrando su acuerdo.

—Sí que tiene carácter —admito, preguntándome si tal vez todas las inseguridades que tenía sobre el lugar en el que vivimos son solo eso: *inseguridades mías.*

Julia toca un adorno de la lechería de Tillamook.

—Eh, ¿has oído lo de Katrina Jensen?

—No, ¿qué ha pasado?

—No conozco toda la historia, solo he oído que la policía ha arrestado a su padrastro.

—Bien —respondo. Katrina y yo probablemente nunca seremos amigas, pero no quiero que le pase nada malo.

Mi madre asoma la cabeza en el salón.

—¡Hola, Julia! ¡Felices fiestas! ¿Puedes esperar un minuto? Embry tiene algo especial para ti y le prometí que la ayudaría.

Miro a mi madre con una ceja enarcada. No sé de qué está hablando, a menos que piense llevar a Julia al restaurante mientras está cerrado para añadir su sándwich oficial a la pizarra con la carta.

371

—Claro, señora Woods. —Julia está ahora arrodillada en el suelo. Está acariciando a Betsy, que se ha puesto patas arriba para hacer alarde de su barriga—. Tu perra no puede ser más ridícula —observa—, parece un bebé grande que nunca crece.

—Esa es Betsy, sí. —Sonrío.

Mi madre vuelve a asomar la cabeza.

—Ya está, chicas, podéis venir.

Mi amiga me dedica una mirada interrogante.

—Sé de qué habla, pero no sé qué es lo que está haciendo —declaro.

Las dos nos dirigimos al cuarto de mi madre y me quedo sin aliento ante la sorpresa. Mi madre ha enlazado la página web que le hice al dominio oficial del Oregon Coast Café. La tiene en la pantalla y ha añadido el Julia Worthington a la sección del menú.

Empujo a Julia para que se acerque a la pantalla.

—Este es tu regalo —indico—. Pensé que, como te ibas a marchar, el pueblo necesitaba algo para recordarte.

Julia se queda mirando la pantalla.

—¿Le has puesto mi nombre a un sándwich? —Se echa a reír—. Es lo mejor que podías regalarme.

—Es nuestra propuesta más sana —explica mi madre—. Pan de semillas, humus, espinacas, salsa griega baja en calorías.

—Ah y un montón de queso —añado con una sonrisa.

Julia me rodea el cuello con los brazos.

—Esto es inolvidable, de verdad. Mírame, estoy en el menú con Courtney Love y River Phoenix. Todo un éxito.

—Me alegro de que te guste. Y me alegro de haber tenido la oportunidad de dártelo.

Julia se acerca y me mira a los ojos.

—Sí, y en cuanto a eso, te he echado muchísimo de menos. Tal vez deberíamos hablar sobre cómo volver a ser amigas.

—Me encantaría.

Regresamos al salón y dejamos a mi madre investigando la nueva página web.

Julia se sienta en el sofá.

—Tendrías que haber sido sincera conmigo —me dice—. Quiero saber cómo está tu madre. Y, más importante, quiero saber cómo estás tú, incluso cuando me marche a la universidad.

—Trato hecho. —Se me empiezan a llenar los ojos de lágrimas—. No sé si merezco una segunda oportunidad. No sé si te merezco. —Trago saliva—. En un momento incluso llegué a considerar que podías ser la persona que me estaba enviando las amenazas, que podías haberte envenenado a ti misma solo para hacerme daño. Había indicios que te señalaban, pero no pude creerme de verdad esa posibilidad. Sabía que tú no me harías algo así.

—No lo haría. —Se estremece—. Y tampoco me lo haría a mí. No quiero volver a sentirme así nunca. Ahora llevo tres lápices de epinefrina conmigo a todas horas, uno en la mochila, uno en la guantera y otro en el bolso. Mis padres me han regalado hasta un envase para el lápiz con llavero por Navidad.

—Bien. Y me entristece que no hayas ido a ver a Ness, pero ¿significa eso que has terminado de hacer dietas extremas? —Me muerdo el labio inferior—. Estaba preocupada.

—Ya he acabado con eso —admite—. Sé que se me fue un poco de las manos.

Betsy se levanta de su camita, alzando primero las patas traseras y luego las delanteras. Se estira y se acerca al sofá donde estamos sentadas nosotras. Me mira esperanzada.

—Ya, de acuerdo —gruño.

Se pone a jadear de emoción, salta al sofá y se tumba entre nosotras dos. Julia le acaricia el pelo suave.

—He llegado a la conclusión de que Holden solo tenía razón a medias con respecto a mí —comento—. Me alejo de la gente que me preocupa que me abandone, pero no físicamente, sino emocionalmente. Sabía que lo que hice te haría daño. No se trataba de que fueras a marcharte, me preocupaba que, si te contaba la verdad, nuestra amistad terminara sin importar dónde acabaras viviendo, así que me lo callé. Siempre me he sentido… inferior a ti, supongo. Y no solo me pasaba contigo. Con Luke era lo mismo. Me callé muchas cosas que pensé que podrían pareceros… inaceptables porque no quería que me echarais de vuestras vidas. —Reprimo las lágrimas.

—Embry. Ser diferente, querer cosas diferentes no te hace inferior a mí —expone—. Ni a Luke.

—Ya lo sé —susurro. Al menos empiezo a creérmelo.

—No puedo creer que haya muerto —murmura Julia.

Trago saliva para deshacer el nudo de la garganta.

—No puedo creer que haya estado a punto de perderlos a los dos.

—Yo sigo aquí. Siempre estaré aquí, incluso cuando no esté, ¿lo sabes? —Jala de mí para darme un abrazo—. Pero se acabaron los secretos, Embry Woods.

—Se acabaron los secretos —acepto.

Mi madre y yo pasamos la Nochevieja viendo una maratón de *Modelos de bomberos sexys* y comiendo helado. Como es una ocasión especial, dejamos que Betsy nos acompañe en el sofá. Cuando el reloj marca la medianoche y los niños del vecindario arrojan petardos y cohetes dentro de algunas botellas, me subo a Betsy al regazo y la abrazo mientras mi madre le tapa las orejas y le canta.

Es la mejor Nochevieja que he tenido nunca.

Al día siguiente me despierto temprano y saco la correa de Betsy para darle un paseo. Meto la cámara de mi padre en el bolsillo del abrigo; a lo mejor puedo capturar el sol saliendo sobre el agua.

A medio camino de la playa, mi teléfono vibra con un mensaje de texto. El corazón me da un vuelco hasta que veo quién es el remitente: Holden.

> Holden: Mi regalo de Año Nuevo está en nuestro antiguo lugar. Pero ve rápido, antes de que la marea te gane.
> Yo: ¿Qué diablos es un regalo de Año Nuevo? ¿Por qué sigues intentando ser el único que me hace regalos?
> Holden: Soy un tonto. Ahora en serio, ven aquí.

Sacudo la cabeza, meto el teléfono en el bolso y bajo a la playa. Espero encontrarme a Holden en el Pot Hole, pero está fuera, en la playa, arrodillado haciendo algo en la arena.

No es cualquier cosa. Está dibujando.

Hay líneas por todas partes, algunas gruesas, otras delgadas y algunas cruzándose y formando ángulos extraños. También hay rocas que parecen estratégicamente colocadas. Hay incluso un árbol en medio del dibujo hecho con ramas de pino que seguramente haya recogido en Puffin Hill.

—¿Qué es todo esto? —pregunto—. ¿Estás señalando el barco de tu madre?

—Te dije que estaba experimentando con medios mixtos, ¿no? Vamos, venid las dos, esto os va a encantar. —Se dirige a una de las escaleras de madera que conduce a las mansiones de Puffin Hill.

Lo sigo a él y a Betsy hasta la mitad de las escaleras.

—Bien, espera —indica—. Date la vuelta.

Bajo la mirada y veo claramente el dibujo. Muchos jóvenes vienen a la playa para dibujar corazones en la arena. Escriben cosas como QUIERO A JILL O STEVE ESTUVO AQUÍ. Pero esto... esto es arte a gran escala. Las líneas son árboles caídos, hojas, restos. Las suaves piedras que ha usado forman las siluetas de tocones y el tronco del árbol solitario que hay en pie.

—Es un campo de explotación forestal —adivino—. Con un árbol que se ha salvado. Es precioso.

Se pasa la mano por el pelo.

—No te he contado la historia completa sobre mi fascinación por los árboles. No me gusta pintar gente, así que hago retratos con árboles. Este eres tú, Embry, porque no importa lo que el mundo te eche encima, siempre resistes en pie.

—Holden —resuello—. Es... es... No sé qué decir. —Me llevo una mano al pecho, que me duele por cómo me late el corazón ahora mismo—. Me encanta. Te quiero.

—Yo también te quiero —responde—. Pero quédate aquí.

Baja corriendo a la playa. Mientras baja los escalones, saco la cámara de mi padre y hago varias fotografías de la playa. Repaso la galería y me doy cuenta de que la imagen quedaría estupenda en una postal o una tarjeta de felicitación.

Holden alcanza un palo y añade algo debajo del dibujo: ¿QUIERES SER MI NOVIA?

Me echo a reír y Betsy ladra. Holden sube las escaleras de dos en dos hasta donde estoy.

—Sin presiones —me dice—, pero avísame si la marea se lo lleva todo y necesitas que vuelva a escribirlo.

—Sí, quiero ser tu novia —respondo.

Nos damos un beso largo en las escaleras mientras Betsy se mueve de un lado a otro en el escalón que hay debajo de mí, golpeándome repetidamente con la cola en las piernas mientras ladra emocionada a las gaviotas.

Cuando los tres bajamos de nuevo a la playa, le doy un codazo a Holden.

—Mira esto. —Le enseño las fotos que he hecho de su obra de arte con la cámara de mi padre.

—Guau, es increíble —exclama—. No puedo creer que yo haya hecho eso.

—Ya sé que no quieres ser un magnate de Etsy, pero este es el tipo de cosas que podrías poner en postales y tarjetas de cumpleaños y vender por Internet. Los gastos de envío no serían un problema.

—No descansarás hasta que no vendas mi arte, ¿eh? —Me devuelve el codazo en las costillas.

—Solo es una sugerencia. Me gustaría que todo el mundo pudiera sentir lo que siento yo cuando veo eso. —Salto del escalón inferior a la arena—. ¿Qué pierdes intentándolo? Necesitas dinero para pagar la deuda a los Murray. Y el mundo necesita más cosas bonitas.

—Ah, ¿sí? —Me acerca a él y me toma la cara entre las manos—. Yo solo necesito una cosa bonita.

A mi lado, Betsy aúlla, protestando.

—Bueno, dos cosas bonitas. —Holden se inclina, toma en brazos a mi perra de cuarenta y cinco kilos y se pone a dar vueltas en círculos; sus patitas vuelan en todas direcciones y está tan sorprendida que ni siquiera profiere un sonido.

—Mi turno —exijo.

Holden deja a Betsy en la arena y me da vueltas en círculos. El cielo ha pasado de morado a rosa, preparándose para el amanecer. Es un borrón de colores pasteles con alguna que otra mancha gris y blanca cuando las gaviotas pasan volando. Me siento... libre.

—¡Y ahora tu turno! —Hago lo que puedo para levantar a Holden, pero tan solo logro alzarlo unos cinco centímetros del suelo antes de que los dos nos caigamos en la arena. Me pongo de rodillas, le quito la correa a Betsy y despliego una sonrisa amplia cuando se pone a corretear entre las olas. Holden y yo nos quitamos las botas y los calcetines y la seguimos de un lado a otro de la playa. Chillo cuando el mar helado me moja los tobillos.

Sobre nosotros, la marca plateada de la luna de anoche sigue en el cielo cuando el sol empieza a asomar por el horizonte. Es un nuevo día, un nuevo año. No sé qué nos deparará el futuro, pero por primera vez en mucho tiempo, me siento lo bastante fuerte para hacerle frente.

AGRADECIMIENTOS

Todo mi amor y gratitud para mis amigos y familiares, y para mi magnífica agente, Jennifer Laughran. Gracias por soportar mis cambios de humor y más de un correo electrónico extenso en mitad de la noche en el que me dedicaba a despotricar.

Tengo suerte de trabajar con un equipo fabuloso en HarperTeen en el que se encuentran Karen Chaplin, Bria Ragin, Rosemary Brosnan y muchas otras personas que son tan amables como para hacer que mis libros estén perfectos y brillantes. Sois mis héroes.

Gracias a mis lectores beta: Philip Siegel, Marcy Beller Paul, María Pilar Albárran Ruiz y Christina Ahn Hickey. Gracias a los administradores de los blogs Apocalypsies y YA Valentines y a todos los blogueros de libros tan increíbles que han conseguido el equilibrio perfecto entre ofrecer apoyo y ser sinceros. Os quiero.

Y, como siempre, gracias a mis lectores. Esta es mi décima novela publicada de forma tradicional y me cuesta creérmelo. Diez libros, ¡mirad lo que me habéis ayudado a conseguir! De verdad, son mágicos.

¿TE GUSTÓ
ESTE LIBRO?

Escríbenos a

puck@edicionesurano.com

y cuéntanos tu opinión.

ESPAÑA 🅕/MundoPuck 🅣/Puck_Ed 📷/Puck.Ed

LATINOAMÉRICA 🅕 🅣 📷/PuckLatam

▶/PuckEditorial

¡Gracias por vivir otra
#EXPERIENCIAPUCK!